华北抗日根据地及解放区文艺大系

陈晋 郑恩兵 主编

国家出版基金项目
NATIONAL PUBLICATION FOUNDATION

《晋察冀日报》
文艺文献全编

散文报告文学

第十二卷

关小彬 编

河北出版传媒集团
河北教育出版社

图书在版编目（CIP）数据

《晋察冀日报》文艺文献全编．散文报告文学．第十二卷 / 关小彬编．-- 石家庄：河北教育出版社，2023.12

（华北抗日根据地及解放区文艺大系 / 陈晋，郑恩兵主编）

ISBN 978-7-5545-7644-1

Ⅰ．①晋… Ⅱ．①关… Ⅲ．①文艺－作品综合集－世界－现代②散文集－中国－现代③报告文学－作品集－中国－现代 Ⅳ．① I11 ② I266 ③ I25

中国国家版本馆 CIP 数据核字 (2023) 第 064028 号

书　　名	《晋察冀日报》文艺文献全编·散文报告文学·第十二卷
	JINCHAJI RIBAO WENYI WENXIAN QUANBIAN SANWEN BAOGAO WENXUE DI-SHIER JUAN
编　　者	关小彬
责任编辑	姬璐璐
装帧设计	郝　旭
出　　版	河北出版传媒集团
	河北教育出版社　http://www.hbep.com
	（石家庄市联盟路705号，050061）
印　　制	石家庄众旺彩印有限公司
开　　本	787毫米×1092毫米　1/16
印　　张	15.5
字　　数	201千字
版　　次	2023年12月第1版
印　　次	2023年12月第1次印刷
书　　号	ISBN 978-7-5545-7644-1
定　　价	98.00元

版权所有，侵权必究

华北抗日根据地及解放区文艺大系

陈晋 郑恩兵 主编

《晋察冀日报》
文艺文献全编

散文报告文学

第十二卷

关小彬 编

河北出版传媒集团
河北教育出版社

图书在版编目（CIP）数据

《晋察冀日报》文艺文献全编．散文报告文学．第十二卷／关小彬编．－－石家庄：河北教育出版社，2023.12

（华北抗日根据地及解放区文艺大系／陈晋，郑恩兵主编）

ISBN 978-7-5545-7644-1

Ⅰ．①晋… Ⅱ．①关… Ⅲ．①文艺－作品综合集－世界－现代②散文集－中国－现代③报告文学－作品集－中国－现代 Ⅳ．①I11②I266③I25

中国国家版本馆CIP数据核字（2023）第064028号

书　　名	《晋察冀日报》文艺文献全编·散文报告文学·第十二卷
	JINCHAJI RIBAO WENYI WENXIAN QUANBIAN SANWEN BAOGAO WENXUE DI-SHIER JUAN
编　　者	关小彬
责任编辑	姬璐璐
装帧设计	郝　旭
出　　版	河北出版传媒集团
	河北教育出版社　http://www.hbep.com
	（石家庄市联盟路705号，050061）
印　　制	石家庄众旺彩印有限公司
开　　本	787毫米×1092毫米　1/16
印　　张	15.5
字　　数	201千字
版　　次	2023年12月第1版
印　　次	2023年12月第1次印刷
书　　号	ISBN 978-7-5545-7644-1
定　　价	98.00元

版权所有，侵权必究

丛书编委会

顾　问
陈平原　刘跃进　王长华　李　扬

编委会主任
吕新斌

编委会副主任
彭建强　孟庆凯　刘　月

主　编
陈　晋　郑恩兵

副主编
董素山　向　回　汪雅瑛

编　委（按姓氏笔画排序）
马春香　王少军　田浩军　包来军　吉　喆　刘书芳　刘贵廷
关小彬　杨　程　杨春生　宋少净　张　辉　张川平　赵　华
高露洋　郭义强　阎晓宏　梁晓晓

编纂说明

在中国共产党百年发展历程中，文艺始终是党领导人民开展进步事业的有机组成部分，是党在各个历史时期的中心工作的实时反映和重要推动力量。"华北抗日根据地及解放区文艺大系"，是一部全面展示抗日战争和解放战争时期华北地区党的历史创造、奋斗风采和形象建构的大型革命历史文艺文献丛书，对于深入研究华北地区革命文艺史、红色新闻史，弘扬伟大建党精神、梳理中国共产党人精神谱系，是必不可少的第一手资料，是我们在新时代坚定树立文化自信的重要思想资源。

一、编纂缘起

抗日战争及解放战争时期，华北地处各方政治与文化力量激烈博弈的前沿，这种特殊政治、军事、文化、地理环境中产生的革命文艺，具有鲜明的地域性特征，是五四新文化运动以来的革命文艺发展史上的突出标识。

但一直以来，由于史料文献整理不足，对华北抗日根据地及解放区文艺的研究，始终未能深入，其独特的地域性实践价值和蕴含的文化创新意义被严重遮蔽。这些史料文献主要以党报党刊的形式呈现，梳理汇编这些党报党刊中的革命文艺史料，借之以探索华北革命文艺的发展路径、发展方向、创造机制和创新经验，是深入贯彻习近平总书记关于"把红色资源利用好、把红色传统发扬好、把红色基因传承好"，"用好红色资源、赓续红色血脉"等系列重要讲话精神的有力举措，也是新时代文艺研究者不可推卸的责任。

2017年6月左右，我们去中国社科院文学所拜访时任所长刘跃进先生，协商合作研究事宜，寻求中国社科院文学所的帮助。请教过程中，刘先生建议我们结合地方特色，做好地方红色文艺文献的搜集整理与编纂出版工作。经过一段时间筹备，2017年底，我们以"河北红色经典系列丛书"为名，正式申报"2018年度河北省省级宣传文化发展专项资金"项目并成功立项，旨在通过选定刊行河北红色经典作品、梳理汇编河北红色经典研究资料、系统阐述河北红色经典发展历史等基础性工作，打造一个集大成式的河北红色经典文献资料库。

项目最初设计共二十四卷，包括六大板块：《河北红色经典史》一卷、《河北红色文艺作品选》六卷、《河北红色经典作家作品索引》三卷、《河北红色经典研究资料汇编》四卷、《〈晋察冀日报〉副刊文学作品全编》六卷、《晋冀鲁豫抗日根据地文艺作品及〈新华日报〉太行版文艺作品汇编》四卷。但在项目实施过程中，我们充分吸收专家意见，认为网络时代和大数据背景下的科研活动有了很大变化，《河北红色经典作家作品索引》与《河北红色经典研究资料汇编》的编纂工作，在当前学术生态中价值不大，并予以取消。同时，在项目实施过程中我们发现，《晋察冀日报》《人民日报》等党报除刊发大量文艺作品外，还有大量记录边区文艺工作者行迹，反映边区戏剧、音乐、文学、美术、舞蹈、曲艺活动与报刊书籍出版发行等各方面情况的文艺史料，以及体现我党文艺方向、方针变化的政策文件与重要领导讲话，是华北地域党和人民对敌作战的重要宣传武器，更是飘扬在华北地区军民心中一面旗帜。这些史料是华北地域革命文艺发生、发展与壮大的真实记录，对我们正确认识革命文艺的特点与历史地位有重要的决定性作用。

为此，我们精心整理了《〈晋察冀日报〉文艺文献全编》《晋冀鲁豫〈人民日报〉文艺文献全编》《〈晋察冀画报〉文艺文献全编》《晋察冀日报社人物志》（共五十一卷），同时收入全国抗战时期和解放战争时期与河北地域相关且被广大群众所喜爱并广泛传唱的红色文艺作品，结集为《河北红色文艺作品选》（共六卷），至此形成丛书目前的五大板块，而且将名称由"河北红色经典系列丛书"改为"华北抗日根据地及解放区文艺大系"，方便以后在此基础上做进一步拓展。

二、地域范围及文艺特质

华北抗日根据地包括当时山东、河北、山西、察哈尔、绥远、热河全部及豫北、苏北、皖北部分地区，分晋绥、晋察冀、晋冀豫、冀鲁豫、山东五大块。1941年，冀鲁豫合并到晋冀豫，称晋冀鲁豫。其中晋察冀抗日根据地作为开辟最早、地域最大、人口最众的模范抗日根据地，是华北抗日根据地的坚强堡垒，牵制和抗击了三分之一以上的华北日军和二分之一的伪军。

在河北及其邻省周边地区开辟与创建华北抗日根据地，是红军长征到达陕北之后党中央迅速做出的重大战略决策。这些根据地地处对日武装斗争最前线，不仅打开了抗战的新局面，成为华北敌后抗战的主战场，而且进行了新民主主义社会的实践探索，对解放战争的历史进程产生了巨大影响，成为我党开辟东北解放区的前进基地和逐鹿中原的战略后方。随着抗日根据地的开辟，延安文艺工作团、西北战地服务团、东北促进纵队干部队、八路军总政治部前线记者团等大批文艺工作者，随同党政干部一道陆续抵达华北，东北、平津的青年学生也纷纷冒着生命危险来到边区。他们一手拿枪，一手拿笔，深入农村与抗战前线，切身体会工农兵的生活，深刻了解工农兵的需求，从而根本上克服了艺术至上主义思想倾向。所以，华北抗日根据地及解放区文艺，既响应了伟大的民族抗战对文学艺术提出的时代要求，亦充分兼顾到广大人民群众的接受习惯和欣赏水平，真实地反映了华北人民火热的战斗与生产生活。很多作者本身就是农民、战士或基层工作者，他们把自己的经历和熟悉的人和事，通过小说、戏剧、诗歌、报告文学、歌曲、绘画、舞蹈等文艺样式记录下来，语言通俗平实，富有生活气息。由于产生于特定时代、特定区域而又适应特定需要，故而无论是题材、语言还是风格，在体现革命大众文艺共性的同时，又具有强烈的华北地域特性。

华北抗日根据地及解放区文艺的繁荣发展，是专业文艺工作者与工农兵群众共同创造的结果。人民群众不仅是革命文艺运动的主导主体、推进主体、受益主体，还是一切成败得失的评判主体。华北抗日根据地及解放区文艺，归根结底，是"以人民为中心"的文艺。

三、学术价值

今天的河北在抗日战争、解放战争时期是晋察冀、晋冀鲁豫两大根据地的中心区域，有着悠久的革命历史传统和丰厚的红色文化底蕴。据不完全统计，抗日战争和解放战争期间，仅晋察冀边区专区以上就办有报刊四百余种，编印图书五百余万册。如果将这种统计扩大到环绕河北的整个华北抗日根据地及解放区，时间扩展至从中国共产党成立到中华人民共和国成立，数据更为可观。这些红色图书、报刊的出版发行，团结了一大批来自全国各地的著名革命文艺家和专业文艺工作者，其中有大量文艺相关信息，是研究近现代中国革命文艺的重要史料。但因受当时物质条件及复杂局势影响，它们传播范围有限，保存困难，如今已普遍出现老化或损毁现象，面临着消失、断层的危险。

长期以来，由于对抢救、整理和利用红色文艺文献的意义认识不足，现行的科研评价、出版机制亦难以有效刺激科研工作者积极从事老旧报刊等红色文艺文献的系统整理，大量有待整理的红色文艺文献尚未进入学界的视野。特别是华北抗日根据地及解放区的文艺文献，有很多甚至还是学术盲区。如《冀中导报》《救国报》《边政导报》《冀南日报》《团结报》《前进报》《新察哈尔报》《冀热察导报》等各类党报，以及《冀热辽画报》《冀中画报》《北方文化》《五十年代》《新长城》《新群众》《诗建设》《诗战线》等期刊，虽有部分学者对其办报（刊）历程、思想以及传播等方面予以研究，但均无系统的文艺文献整理本。"华北抗日根据地及解放区文艺大系"整理的《晋察冀日报》、晋冀鲁豫《人民日报》、《晋察冀画报》，是当时华北抗日根据地及解放区党报党刊的典型代表，是党的理论和实践同文艺结合的主要媒介和载体，是华北革命文艺重要的传播平台。这些报刊，既客观记录了华北革命文艺的传播与发展，也完整展现了华北革命文艺的特殊使命与风格特征，具有极其重要的史料价值。在此基础上，我们还会将视角延伸到《晋绥日报》《新华日报·太行版》《新华日报·太岳版》等党报，不断地充实这套大型文献史料丛书，以此来系统建构华北抗日根据地及解放区的"文艺史料学"。

四、丛书特色

这套丛书的编纂，主要以抗日战争及解放战争期间华北境内各根据地、解放区出版、发行、制作之图书、期刊、报纸等红色文献中的文艺资料为内容。编纂特色主要包括：

（一）抢救珍贵历史文献，弘扬伟大建党精神。

华北抗日根据地及解放区的红色文献发行于条件艰苦的战争年代，数量少，印制质量粗糙，历经岁月的洗礼，留存下来的品相完好者已经很少，有些到今天已成孤本。这些文献作为特定历史时期和区域的产物，见证了中国共产党领导华北人民争取民族独立和人民解放的伟大历程，反映了华北近代社会的巨大变化，蕴含着珍贵的史料价值和鉴往知来的现实意义，是中国共产党领导的文艺事业、新闻出版事业与意识形态建设发展的历史见证。它们诠释了党的初心和使命，蕴含着坚定的理想信念与崇高的革命精神，到今天仍然具有强大的感染力与说服力，是陶冶情操、磨炼意志，走好新时代长征路的有效精神资源。抢救性搜集、整理与研究这些珍贵历史文献，有利于增强党政干部政治信仰，弘扬伟大建党精神和践行社会主义核心价值观。

（二）文艺与党史密切融合，拓展革命文艺与党史研究的新视野。

革命文艺作品的创作、发表和传播，和党的历史任务和奋斗实践是分不开的。在艰苦卓绝的革命岁月，奋斗前行的中国共产党始终强调，既要拿"枪杆子"，也要拿"笔杆子"。革命的文艺工作者，一手拿枪，一手拿笔，深入农村与抗战前线，以人民大众易于接受和欣赏的形式，宣传党的政策，推行党的方针，为中国共产党顺利完成不同历史阶段的中心任务和伟大使命发挥了独特而重要的作用。本套丛书收入的文献史料，主要是抗日战争与解放战争时期党报党刊中的文艺作品与文艺史料，它们鲜明生动地体现了党的历史，党领导人民争取民族独立、人民解放的奋斗历程和精神面貌，从而为学界从文艺角度研究党史和从党史角度研究文艺提供了有力支撑。

（三）作品汇编与史料梳理并行，还原革命文艺的历史场域。

"华北抗日根据地及解放区文艺大系"的编纂，全面辑录华北抗日根据地及解放区党报党刊上刊登的诗歌、小说、戏剧、报告文学、散文、歌曲、版画等文艺作品，并系统梳理当时文艺发生、发展、传播以及社会各界文艺活动的各类消息和报导，同时选编了大量的河北红色文艺作品作为补充。这种文艺史料与文艺作品的配合整理，还原了革命文艺的历史场域，有利于构建对革命文艺的科学认识。

五、丛书内容

（一）《〈晋察冀日报〉文艺文献全编》共三十八卷：

诗歌三卷

戏剧一卷

小说二卷

文艺评论三卷

文艺史料九卷

外国文艺二卷

散文报告文学十七卷

歌曲版画一卷

（二）《晋冀鲁豫〈人民日报〉文艺文献全编》共十一卷：

诗歌一卷

戏剧、小说、文艺评论一卷

散文报告文学五卷

文艺史料四卷

（三）《〈晋察冀画报〉文艺文献全编》一卷

（四）《晋察冀日报社人物志》一卷

（五）《河北红色文艺作品选》共六卷：

诗歌一卷

戏剧一卷

散文一卷

小说三卷

六、编纂体例

（一）整套丛书题材丰富、门类众多，在体裁上不做强行统一。

（二）丛书中所录作品均为当年报刊发表的原文。为确保丛书的文献性、学术性、专业性和资料性，丛书编辑加工的总原则为保持文献原貌，内容上不做改动。

（三）文字的使用

1. 丛书中文字的使用以2013年教育部、国家语言文字工作委员会公布的《通用规范汉字表》为准。

2. 丛书中的古体字、通假字、俗体字，以及所涉及姓名字号、职官地理等专用字，均予保留。

3. 丛书原文字迹模糊残损，但仍可辨认或可依上下文校正，以字外加方框"囗"表示；原文缺字或无法辨识，且无法校补，每字以一个方框"□"表示；如无法统计所缺字数，则以"☒"表示。

4. 丛书中数字的使用，保持原貌。

（四）标点符号及其他符号的使用

1. 丛书在不改变原文意义的情况下，将旧式标点改作现行标点符号。

2. 丛书原文中出现代表文字的符号，如"×""△""○""▲"等，保持原貌。

3. 丛书原文中的着重号、专名号等不再保留。

（五）其他

1. 丛书原文中的注释，保持原貌；编者亦出部分注释，供读者参考。

2. 因为原始文献本身产生于战争年代，保存不易，漫漶不清处较多，丛书疏误之处在所难免，希望专家读者批评指正。

七、鸣谢

本套丛书得以顺利面世，要特别感谢中共河北省委宣传部、河北省社会科学院、河北教育出版社的资金支持，以及北京大学陈平原教授、中国社科院文学所刘跃进研究员、南开大学文学院李扬教授、河北师范大学文学院王长华教授等，为丛书编纂提供了多方面的学术支撑；晋察冀日报社老报人及报史研究会诸位老师，中国社科院文学所现代室、中国丁玲研究会、中国现代文学馆各位专家，也在丛书编纂过程中提出了许多建设性意见；院内外的数十位年轻科研工作者，在原文录入和校对方面付出了艰辛劳动，确保了项目的顺利进行。在此一并致谢。

把艺术交给大众（代序）

——祝贺"华北抗日根据地及解放区文艺大系"结集问世

中国社会科学院　刘跃进

  由河北省社会科学院文学研究所编纂、河北教育出版社出版的"华北抗日根据地及解放区文艺大系"结集问世，值得庆贺。

  文艺是时代前进的号角。1937年7月7日，卢沟桥事变爆发，全面抗战由此而起。广大的爱国知识分子和青年学生，表现出同仇敌忾的民族气节，走出书斋，走出校园，用知识，用智慧，用不屈的精神力量唤醒民众，用实际行动担负起抗日救亡的历史重任。在此后的岁月里，延安文艺和华北抗日根据地及解放区文艺，是中国共产党领导下的两大主体，双峰并峙，展示着那个时代的风貌，引领了那个时代的风气。

  随着抗日根据地的开辟，延安文艺工作团、西北战地服务团、东北促进纵队干部队、八路军总政治部前线记者团等大批文艺工作者，随同党政干部一道陆续抵达华北，东北、平津的青年学生也纷纷冒着生命危险来到边区。他们一方面积极创作大量街头剧、活报剧、街头诗、墙头小说、木刻版画、歌曲、舞蹈等革命文艺，开展抗日救亡宣传运动；一方面也通过开办文艺干训班，开展各行业、各阶层甚至全民的文艺创作与评选活动，吸引工农兵群众加入文艺队伍，掀起了"晋察冀一周""冀中一日"等具有深化性质的群众写作运动，以及"创造模范村剧团""穷人乐"等群众戏剧运动，为晋察冀文艺史添上了浓墨重彩的一笔。

说到这里，我想起2009年参加《北平学生移动剧团团体日记》捐赠仪式的一段往事。从1937年到1938年，在中国抗战史上唯一以大学生组成的"北平学生移动剧团"在长达一年半的时间里，历尽艰难，转辗于国民党第五战区的各个战场，演出话剧，创办报纸，宣传抗日，鼓舞斗志，谱写出响彻云霄的时代赞歌。移动剧团的成员每人一周轮流记述，用日记形式记录了那段不平凡的岁月，《北平学生移动剧团团体日记》就是这部历史的记录。它不是写给个人看的私密记录，也不是为将来面世扬名。作者完全出于一种历史责任，真实客观地记录了那段鲜为人知的历史，体现出强烈的史家意识。日记封面上有这样一段题记，"北平学生移动剧团·愿我永恒·中华民国二十七年二月二十三日始·璧华"。孤立地看这部日记，也许没有什么轰轰烈烈的战斗业绩，也没有什么感人肺腑的情感纠结。客观、平实是它的本色，正是这种本色，为那个历史年代留下一段真实。"北平学生移动剧团"的抗日活动，是文艺工作者投身抗日洪流中的一个历史缩影。

随着抗战的胜利，察哈尔省会张家口解放，晋察冀文协、晋察冀剧协、晋察冀音协、晋察冀美协、晋察冀通讯社、晋察冀边区剧社、晋察冀日报社、晋察冀画报社等文化团体随中共晋察冀中央局和军区领导先后开赴华北根据地，一大批文艺工作者也随之来到华北，开展丰富多彩的文艺活动。他们坚持毛泽东《在延安文艺座谈会上的讲话》中指出的方向，一手拿枪，一手拿笔，深入农村与抗战前线，既为切身体会工农兵的生活，也为深刻了解工农兵的需求，从而在根本上克服了自身相当普遍和严重的艺术至上主义思想倾向，为工农兵而创作，为工农兵所利用，以人民大众易于接受和欣赏的形式，普遍写人民大众的生产战斗故事。譬如左翼作家邵子南，于1938年10月随西战团到晋察冀，主持战地社日常工作，主编《诗建设》；1943年整风运动后，他到阜平任小学教员，在反"扫荡"中与群众、民兵一起转移、战斗，还直接在五丈湾跟随李勇的游击组对日寇展开地雷战；1944年5月随团回延安，在鲁艺任教，后调陕甘宁文协搞专业创作，开始大量创作反映晋察冀边区生活的小说。他以亲身体验为基础创作的短篇小说《李勇大摆地雷阵》（后改为《地雷阵》），运用阜平农民群众的语言，以口语化方式讲述了爆炸英雄李勇的抗日故事，明显吸取了民间说唱文学的优点，特别是在白话叙述中还插入不少快板式的韵白，更适合群众的喜好，因而在当时广为流传，家喻户晓，起到了很大的宣传鼓动作用。其他作品，如《荷花淀》《太阳照在桑干河上》《漳河水》《赶车传》《王九诉苦》《孟祥英翻身》《新儿女英雄传》《白求恩大夫》《我的两家房东》《穷人乐》《李殿冰》《戎冠秀》《没有共产党就没有中国》《团结就是力量》《没有土地的人们》《白毛女》等，都是成功的文艺典范，在现代中国文学史上占据比较重要的位置。

在华北抗日根据地及解放区的文艺创作成果中，还有数以万计的文艺作品和极具研究价值的文艺史料刊发在根据地及解放区所办的报刊上。很多作者，本身就是农民、战士或基层工作者。他们把自己的经历和熟悉的人和事，通过小说、戏剧、诗歌、报告文学、歌曲、绘画、舞蹈等文艺样式记录下来，语言通俗，富有生活气息。人民既是历史的创造者，也是历史的见证者；既是历史的"剧中人"，也是历史的"剧作者"。让故事中的人物自己编词、自己表演的创作方式，很好地反映出人民的心声，并让人民群众从生动活泼的艺术作品中得到教育,这确实是一个成功的尝试。

配合党的中心工作,"把艺术交给大众",通过文艺唤醒大众,这已成为华北文艺工作者的自觉意识。他们积极响应伟大的民族抗战对文学艺术提出的时代要求,充分兼顾到广大人民群众的接受习惯和欣赏水平,创作了大量的作品,真实地反映了燕赵儿女火热的战斗与生产生活,起到了良好的宣传教育与鼓动激励效果。刘萧无编排新闻报道剧《李殿冰》,编剧与演员一起住到李殿冰家里,以便于熟悉主人公的生活,搜集真实生动的群众语言,还模仿他们的动作,理解他们的心理,甚至还让主人公李殿冰等直接参与剧本的修改和编排。描写群众的生活,邀请群众参与创作,这是当时文艺工作者走群众路线的生动体现。该剧演出后获得当地老百姓的极大赞赏,鲁中实验剧团还专门学习该剧的创作方法,创编了三幕五场话剧《过关》。艾思奇《前方文艺运动的新范例》更是誉其开创了前方文艺的新范例。抗敌剧社的《王老三减租小唱》、冀中火线剧社的话剧《我们的母亲》,也都具有这种特色。

这些文艺作品,可能略显仓促,有的甚至急就于战火中,所以在素材提炼、人物形象塑造以及语言的使用、细节的刻画等方面还有很多不足。但是,这不是一般意义上的创作,而是燕赵大地为争取民族独立、人民解放的集体记忆和行动号角,是中国革命事业的重要组成部分。华北抗日根据地及解放区的文艺,有很多这样未经沉淀的纪实作品,不管其艺术性如何,但在发动群众、组织群众、铸就抗击日寇和国民党反动派铜墙铁壁方面,发挥了无可替代的作用。20世纪五六十年代,河北地区涌现出大量的红色经典,便是华北抗日根据地及解放区文艺的传承和发展。

2017年6月,河北省社科院文学所郑恩兵所长来京与我们协商合作研究事宜。我根据所了解的信息,建议他们结合地方特色,做好地方红色文艺文献的搜集整理与编纂出版工作。"华北抗日根据地及解放区文艺大系"就是那次商讨的成果。全书由五个部分组成：第一部分为《晋察冀日报》文艺文献全编，第二部分为晋冀鲁豫《人民日报》文艺文献全编，第三部分为《晋察冀画报》文艺文献全编，第四部分为晋察冀日报社人物志，第五部分为河北红色文艺作品选。全书收录各种文体的作品六千余种，包括小说、诗歌、文艺评论、戏剧、报告文学、散文、文艺通讯、美术、书法和音乐、文艺史料，还有文艺信息、文艺广告，基本涵盖了华北抗日根据地及解放区的文艺创作情况，具有很高的研究价值。

时值中华人民共和国成立七十五周年之际，我们有机会阅读这部皇皇五十余册的"华北抗日根据地及解放区文艺大系"，更加深切地感受到新中国的建立真是来之不易，她是无数条战线的可歌可泣的人们不懈奋斗的结果。在这样一个特殊的日子里，我们感念当年那些有名无名的作者，感谢参与整理工作的学者，当然，更要感激我们这个伟大的时代。

目录

兰州新关一八六号秘密监狱 …………………………… 1
崇高的憎恨 …………………………………………… 4
阳高青顺堡的"呱哒会" ……………………………… 6
过年 …………………………………………………… 9
搭车去 ………………………………………………… 15
刘小眼大翻身 ………………………………………… 19
一笔血债 ……………………………………………… 25
管理员 ………………………………………………… 27
孩子 …………………………………………………… 34
小英雄 ………………………………………………… 37
回忆 …………………………………………………… 43
子弟兵生活素描 ……………………………………… 46
减租 …………………………………………………… 49
一个没有被烧死的人 ………………………………… 59
一群孩子们 …………………………………………… 63
军用车上 ……………………………………………… 65
娃娃识字 ……………………………………………… 69
减租前后的纪家营 …………………………………… 74
大境门的新风光 ……………………………………… 76
评扩大国府组织之意见 ……………………………… 79
调解与审判 …………………………………………… 84
乱人坑 ………………………………………………… 88

刘县长	91
被解放了土地的主人	95
我的生活	99
我的话	100
雪夜线路巡查	101
出发点	103
老工人崔林山	108
报仇	111
行军散记	115
人民的城市	117
四方脸	121
拜年	127
不改本色	129
旧事重提	130
陕北乡村三日杂记	132
闻"让"有感	144
何大妈	146
连长	151
拜年	154
抗属韩大妈访问记	155
两位亲身参加"二七"斗争的老战士访问记	157
罪在不赦	160
蹲在牛角上的苍蝇	162
孩子	163
悼羊枣	167
新闻界的责任	170

龙华县的新英雄主义运动 …………………………… 172
争不"自由" ………………………………………… 192
闲话"东北问题" …………………………………… 194
记古北口古战场 …………………………………… 199
黎明前散记之一 …………………………………… 202
马 …………………………………………………… 205
文件 ………………………………………………… 213
张家口和北平 ……………………………………… 217
泰安城的悲哀 ……………………………………… 221

兰州新关一八六号秘密监狱

李志贤

【新华社延安二十一日电】我是一个虎口余生者,愿意将我亲身经历和所见所闻的兰州新关一八六号秘密监狱中的内幕由贵报转告全国同胞。

一九四二年,我以共产党嫌疑被特务分子所逮捕,转押在兰州新关一八六号秘密监狱里。在每个囚房,靠着犯人可能挖洞逃走的墙壁及屋顶,用碗口粗的木桩做了一面栏杆,站在院中向四面一看,徼然像一座动物园;另外在天井中又做了一副更大的栏杆,衔接到每个囚房的屋檐上,又宛如一只较大的鸟笼,纵然你有翅也难飞了。

在秘密监狱里,有的是俭朴的农民,有的是善良的商人,有的是廉洁的公务员和热血爱国的青年,他们以莫须有的罪名而被逮捕来受苦受难,是谁犯罪?请看下面的事实吧:

农民李兴盛、李兴发本为兰州九十里桥头镇居民,黑夜中被当地驻军三十四师包围,带至静宁某团禁闭室,吊打后用烧红的铁丝烫,继以竹签□入指缝,并向鼻孔灌辣子水。李兴盛因不堪其苦,承认是共产党的探子,但因为他不是共产党,当然说不出共产党的实情来,没有办法,最后只得由法官代他统造一个口供,由他打手印。他是目不识丁的人,为了不使自己皮肤受痛,当然不假思索地照办了。后来被送至兰州监狱来,此后又被严刑讯问,逼他说出与共产党的组织关系来,由于他是绝对俭朴的农民,仍然说不出什么。这点连审讯股长章立国也是知道的,不信请看他们的一段对话!

李兴盛:"大人,我离家已有半年多了,家里只有一个女人,一切无人照顾,请大人开恩将我放了吧。"

章立国:"你的事情我早已清楚了,你根本不够一个共产党的材料。共产党都像你这样早已垮台了。"

李兴盛："那么大人请你把我放了吧。"

章立国："释放？共产党是你承认的，我早已报告上去了，我没有办法。"

这个农民的前途就这样被葬送了。

商人安季良，湖南长沙人，武汉大学毕业，甘肃省府参议员，做永安堂经理。永安堂卖万金油八卦丹，这是尽人皆知的，但是被捕了，连同他的太太、伙计都被抓到监狱里，兰州永安堂就从此关门了。他的被捕竟全是由于当权者的陷害。原来永安堂在兰州是比较吃得开的，而安季良也是一个广于交际的人，爱与权门者往来，因此也就为自己交上了一个祸根。因为他与八战区长官部卫士营长有过争风吃醋的故事，而该营长是朱长官的亲侄，自然在长官面前是说一不二的，因之要与他作对，也就是与长官作对，其厄运就也从此开始了。

安妻被捕时身怀有孕，而且快要分娩了，因遭逮捕，只得在监房临盆。安屡屡要求亲往照抚，然终被拒绝，结果产妇虽幸不致死，而那个婴儿一出母胎却被冻死了。安君提及此事，便含着泪说："我犯了罪，难道我那未出母胎的婴儿也犯了罪吗？"因此有人作出打油诗一首，为安君鸣不平："豺狼汹道气嚣张，遗□儿孙太张狂。大地迷漫血海里，出世婴儿也遭殃。"

银行职员张世荣，安徽人，廿四岁，这是一个爱国的青年，为"收藏《资本论》罪"，被毒打死在监狱里。

八月十五日是传统的中秋节，但这对于失去自由的人只会增加无限的烦恼，能够吃到一顿饱饭，这也是大家的奢望了。这天难友张世荣饿慌了，偷着留下一点剩余的米饭，不幸被狱吏宋源永这条恶狗发现了。他把张世荣带至院中毒打，一条茶碗粗的木棍被打成两截了，还是不肯放手，其实张君早已死过去了。他口里嚷着："你不要装死。"木棍断了继之脚踢，一直到气力使完才住手，最后还恨恨地向死去的人说:"若不是我累了,今天非打死你不可。"

小学教员李志超,在阿拉伯旗教书,已有五六年的历史了。由于他能勤于职守,所以多少有些积蓄,且已建立了一个美满的家庭。但他被捕以后,就在当地特务机关——缉私处——受尽种种苦刑,虽已经弄到遍体鳞伤,无一好处,但还是被锁在一个木架上。后来他与其他难友被装在几个木箱内,由两个骆驼载运来兰州秘密监狱。此后法官使用毒刑逼供,被打得死去活来,仍然得不到满意的口供。最后法官向他作无耻的乞怜了:你现在总得承认一点才好,不然我们抓一个不是共产党,抓一个又不是共产党,叫我们怎样交代呢?上面一定要问我们天天干些什么事情的。你随便承认了没有关系,前些时有很多共产党向我自首,我曾经派了他们相当的工作,你不要怕,我绝对负责,哪怕你承认一点也算对我帮了很大的忙。李志超听他这样讲,心里也就软了,于是承认过去看过社会科学的书籍,不过这是十年前的事了。法官一听"社会科学"几个字,便眉飞色舞起来,并用责备的口气说:"你早讲了不就完了嘛!好!你的事我替你办理。"这口供算是办完了,可从此以后法官再也不来问他了,而他日复一日、年复一年地期待着,但终是渺茫无期。

赵启元,甘肃人,他的被捕是由于别人的诬供,但他到过陕北,法官硬要他承认是共产党,他当然无法满足法官的要求。因此那些恶狗便用种种酷刑逼他,仍然没有结果,于是他们便以长期消灭的办法,使他不得片刻宁静。后来他实在不能再支持下去了,他感到自己的生命难以爱惜,人生难以留恋,他决计离开这世界,在黑夜中他用上吊的办法来结束自己的生命,但被一个半夜起来解小便的难友发觉,把他解救下来。第二天狱吏便说他以寻死相威胁,并告他说:"在我们这里死一个人就好像死一个蚂蚁,杀一个人就好比杀一只鸡,难道你以为死就可以吓倒我了吗?"

(《晋察冀日报》1946年1月1日)

崇高的憎恨

李青

又是新年了，按照习惯，人们要说些"吉利话"。但是今年的新年，我们心里却怀着伟大的希望，也充满崇高的憎恨。

在晋察冀，八年战争中，我们的新年大部都是在反"扫荡"胜利中度过的。我们充满了胜利者的喜悦。总结我们的战斗经验，选举我们的战斗英雄，准备新的战斗的到来。与此同时，我们心里又充满了崇高的憎恨——憎恨日本法西斯两脚野兽，每次"扫荡"，它总给边区人民带来深重的灾难。一九四三年秋季开始的三个月的大"扫荡"，虽然已经过去了两年，日本武士们的骇人听闻的兽行，仍然深刻地记在我们心里。在反"扫荡"中，当你站在山岭上向四周望去，不分昼夜，总是火光烛天，黑烟成云；你走过每一个山沟小道，都可以听见妇女儿童被污辱和杀害的凄惨的呼唤。凡是日本法西斯强盗走过的地方，就像是被严重的瘟疫洗劫过一样，你就再也不能辨认它原来的面目了。我们的祖先亲手建造起来的可爱的家乡变成一片瓦砾，我们的亲人死了、伤了、失踪了，我们失掉了许许多多宝贵的东西，许许多多再也不能得到的东西……

但是，世界上最崇高最可贵的东西之一——对敌人的无限的憎恨、我们火热的复仇的决心，野蛮的日本强盗用尽一切方法也永远没有劫掠去！恰恰相反，在敌人燃起的大火面前，在敌人的刺刀面前，在敌人毁灭了的瓦砾场面前，在死去了的、惨白的儿童的娇嫩面颊面前，在我们的父亲、母亲、兄弟、姊妹的尸体面前，我们胸中复仇的怒火，燃烧得要爆炸起来。崇高的憎恨生长得更加强烈和勇猛，它使没有武器的人从牺牲者的手里接过枪来，加入到强大的子弟兵的行列里去，在战场上猎获敌人，讨还血债。

抗战胜利了。我们正想着手在我们勇敢的父兄用鲜血和白骨保卫住的土地上重建美好的乡村和城市，而我们是有力量把它建设得很好，使人们生活得更好的。阜平的老劳动英雄胡顺义，在抗战前国民党反动派统治时期被迫卖掉女儿，他以为再也见不到面了。谁想到在一九四五年的新年时，他来边区参加群英会，他的外孙女也被选为劳动英雄前来开会。这种喜遇生动有力地给人们展开了一幅新民主主义解放区人民翻身的图画，展开了无限幸福的远景。

写到这里，防空警报在这人民的城市——张家口的上空响起来：大概是罪恶的黑鸟又飞来了。自然，这已经不是第一次了，它已经几次窜入这个和平城市的上空，并且用机枪扫射过。人们听到他的声音，引起来的不是恐怖，而是憎恨！

我歌颂这种崇高的感情——对敌人的憎恨！

你们要来进攻解放区，难道就是因为你们不愿意胡顺义这样的老人和他的外孙女喜遇吗？难道你们仍然要曾被父亲卖过的胡顺义的女儿再出卖自己的女儿，才合你们的心意吗？你们就如此相信你们自己，以至于相信你们可以在被敌人烧杀了八年，洒遍了人民的鲜血，埋葬着抗日英雄尸骨的土地上如意地建立起你们暴君的宝殿吗？

请你们的哨兵们、航空员们把解放区的边缘的真实的情况告诉你们吧：这里站着千百万的人民，他们用挺起的胸膛结成了铁的自卫的长城，在他们的胸中燃烧着人类的最宝贵最崇高的感情——对和平民主团结的无限热爱和对敌人的无限憎恨。日本法西斯强盗在这条自卫的长城面前碰碎了脑袋，谁如果决心毁灭自己，就让他自己试试看吧。

除夕

（《晋察冀日报》1946年1月1日）

阳高青顺堡的"呱哒会"

戈华

青顺堡这个村子,刚从敌伪手里解放出来,敌人在的时候穷人们所受的压迫和痛苦实在太厉害了。村子里有六家小地主,每家有五十亩到一百亩的土地,坐在家里吃租子;六十一家中农自己种地,好年景刚够吃,糟年景吃穿困难;五十四家佃户,都靠种租地吃饭。村里大小事情是六家地主拿主意,中农佃户不敢问,不管谁当甲长,总得听他们指挥,受他们使唤。

八路军解放了阳高,地主旧甲长觉着专靠敌伪一套吃不开,就主动安排一个穷人当村长,一则适合八路军的心思,二则可指使他办事当"耳报神",三则掩护旧甲长继续贪污。于是旧村长当财政,甲长的叔叔当村副,四户老财的狗腿子当了粮秣。村公所成立了,老财们不上庙(村公所)了,但是换汤不换药,黑暗统治还是笼罩着全村子。

区里为了发动村里的群众斗争,便到这村开"呱哒会"(即不拘形式随便拉呱)。第一次到会五十个佃户便呱哒起来,话题是:"咱们为啥受穷?怎样改变咱们的穷光景?"

有的说:"你老思谋吧,有日本鬼子,有警察、大村长这些个大疙疸在头上,谁也不要想过好光景。"

有的说:"越穷越□,有钱的照样地过光景。"

"有仗敌人发洋财的,花两万元买个甲长,六个月刮二十万。"

"大村公所要十石官粮,谁敢空,养骡马的粮食满囤可以不出,咱们不出把警察引到门上来了。"

"二疙疸(地主)把打的粮食分走一半,什么地亩捐、门户捐都

捐净了。"

"到底是官粮厉害!"

"租子要多少是多少,哪怕糟年头一颗也不收,典家当产也得交租,要不就大利息滚你。"

"谁□舐谁就种上地,不就给你倒主(收地给别人种)呀!"

区里同志与他们一块呱哒得满起劲,从这些事实里大家认识了这个世界不公平,认识了受穷不是什么命不好,是大疙疸(敌伪)和二疙疸(地主)凭钱凭势抢走了咱们的血汗。区干部为进一步呱哒,就又提出八路军打走了大疙疸,改变穷光景该怎样做呢?

这个说:"租子地要实行减租。"那个说:"伴种要改变老规矩分粮……"于是按群众需要讲了我们减租减息的政策,引导他们起来斗争。

地主们看见穷人开呱哒会害起怕来,着了急,于是造谣威胁穷人们:"你们减租增资吧,傅作义来了杀你们的头!"

"八路军在不长。"

"减了租明年没地种。"

佃户们猜疑开了:"要是真的可怎么办呢?""减好?不减好?"区干部针对这种情况又召开第二次的"呱哒会"。

人到了虽然不少,可是兴头不如上一次高,低着头不言不语。区干部针对着大家的心病——"怕傅作义来,怕没地种?"用极诚恳的态度提出:

傅作义真的来了,的确咱们不愁卖了命,但傅作义到底来了来不了?提出这样的问题让大家盘算。

有的说:"不敢定来不来。"

也有的说:"百姓随时过,傅作义来了也不能全把咱们杀了!"

"老百姓爱见八路军,傅作义是日本造的土匪,把老百姓害苦了，傅作义成不了气候。"

"傅作义是土匪队伍，尽思谋发财刁抢老百姓开小差回家可过光景，所以越打越小。"

"说力量，八路军把日本鬼子打得投了降，我看傅作义不行！"

从这里边说到八路军的队伍有多少、解放区有多大，打下阳高城，于是空气转变了，大家兴头来了。

佃户有的说："不是那几年的年限了。"

"不是你老财的光景了！"

"八路军走不了，他地主怎倒主（收地换主），不顶球事。"还有的说："不要看是他们的地，有咱们半辈子辛苦在里面，要不地早成荒滩，他凭啥当老财？按理讲有咱们一份。"

大家异口同声地讲："种不种由咱们不由他。"

"呱哒会"摸着了群众的痛苦，解除了群众思想上的心病。

群众组织了农会，刻好戳记，带上农会公事同城里地主进行了讲理斗争，城里的地主采取了软拖："百事有大众，大众怎我也怎，城里也出粮出税不用找，八路军要，我们给他是一样。"

佃户们在大会上讨论谈判无效，于是大家说："反正粮食在咱们手里，咱们丢下，让他来找咱们。"农会为防止溜沟货，规定分粮农会出凭据，地主在佃户这种一致的斗争下，答应减租了。随着减租斗争胜利展开摊派斗争，现在农民们正盘算着往村公所里"按好人"，改选村政权。

（《晋察冀日报》1946年1月5日）

过 年
——四一年过年记事

康濯

过年有什么稀罕呢？说实在话，不光不稀罕，倒是一提起过年，真有满肚子辛酸话没处说。

"小人们望过年！"人们这么说，这个说法不差甚，正碰着我的辛酸处，想起来叫人心疼。

记得我还是小孩那工夫，我也是挺望着过年的。逢着到了快过年啦，我也和村里小人们一伙，打钱、玩闹，还捉摸着怎么个做新衣服，怎么个吃扁食吃肉菜；那工夫，真是啥也不懂，兴头冲冲地，黑夜做梦，就真个梦着穿了新衣，吃了好的，玩灯、拜年、放爆竹……

可是，做梦醒来了摸摸身边睡着的爹娘，我心里就冷了，他们一到了快过年啦，就黑夜睡觉都挨身叹息，睡不着，白天，那就不用说了……

白天，娘皱着个眉毛头，脸成那么黄瘦，盘坐在冷炕头上，眼睛没半点光，老愣着墙角，要不就望着窗洞的裂口，听风吹动破窗纸的"啪哒啪哒"响声，有气没力的。

爹呢？爹抽着烟来回地走着，一会儿看看簸箕里剩下的棒子面，一会儿又问娘还剩下多少盐，后来，就狠命地把烟锅子"咣咣"两下，磕去烟灰，顿顿脚，骂起来："唉！他娘的！过年过年……"

"没法子嘛！年，年还是得过嘛。"娘被爹的骂声惊起，溜过眼珠来说，"捉摸捉摸看吧！这猪够佃得上刘二爷的账就好啦！"

"哼！瞎子抓鸡，够得上才怪！这畜生，为了卖它，真差点连他娘裤子都当了，咱一家子多吃了几个月树叶，哼！你看它……"爹说着说着,样子又像要发火了,却忽然看了我一眼,我心里一跳。"这畜生喂了八九个月,还是这么瘦,瘦得比根保倒不差甚!"我心眼里又一跳:"俺家那猪比我瘦得不差甚?那畜生那么个骨头架子背脊同山梁一样……"我看了看我的手,着实没肉,可这就瘦得同那畜生一样?娘说:"这畜生,难怪嘛!又没吃个什么的,还不瘦?"爹说:"咱自个还没吃的,拿个球喂它!"娘说:"早要知道这个,还不如不喂它个畜生。"爹望娘一眼,摇摇头不说话了。

我想:我不也一样?没吃个什么的,不瘦还行?

我又想:过年的新衣呀什么的可又完了!年上爹不是答应说给做件新衣吗?我那工夫真想问问,真想拖着娘吵一场;可是,望着爹娘那副样子,我怕,我啥也不敢了。

我只好偷偷摸摸溜出去。

我跑到太阳地里,觉得比家里还暖和些。我又跑到那些小人们跟前,也想打钱玩,却又记起,两个大子儿夜里个输光了还不敢对娘说呢!

真没劲头,太阳地里,我也流鼻涕。

刘二爷的三小子,穿了新大褂,手里在□着那么多大子儿……

刘二爷的小女子,一手拿着个什么好玩的,一手拿着□米糕在吃……

"根保!站开些,不用□住了!"记不起谁推我,我才知道,我挡了人家打钱,我望着刘二爷他小子和女子发呆了,咳!他娘的,还有人在笑话我!

我实在难受得不行!我真知不道怎么个才好……

后来,我爹说了很多好话,求情,叩头,把瘦猪给了刘二爷,借了几升小米,算过了个年。

过了年,我就给刘二爷家拦羊,那工夫,我还想着:给他拦羊,总会吃得饱，还得捞上点粮食呀钱的，我还满高兴；这会儿才知道，就是没还清刘二爷的账，我爹给刘二爷说好的条件，拦三年羊，不给吃穿，欠他家的陈账，还得还他。

这是什么个世界呢，竟有这回事！可就是那工夫心眼糊涂，我爹我娘也糊涂，我还小，越发是啥也摸不清。

那工夫，不糊涂又有什么法子？拦羊还是得拦！大早赶着羊上山去，热天老阳晒，冬天大北风刮，饿着肚皮，黑夜回来，怕狼，怕羊跑了坡丢了的，赶着赶着羊，说不定还□一脚。下了山，到□平地上，自个还知不道，人们屋顶冒烟，热饭喷喷香，我回家喝菜汤啃树叶……这日子，比没放羊那工夫，跟爹娘下地，干那几亩地的营生，还苦得多。

后来，又过年了，那天，刘二爷给我说了几句话，说我好，还留我同他家长工吃年饭，我心眼里难受得不行，却也觉得吃他一顿饭还不吃惊，就答应了。

他叫我半后晌就拦羊回去，我回去后，就在他家歇着，没回家，我闻着他家里做年饭菜那股子味，真想吐，却也真饿，想吃，那股子油味，腻腻地，挺香；弄着弄着，真要把我弄迷糊了。

忽然，我听见他家院里吵闹声，越闹越厉害，我就出去看，你说是什么事？刘二爷正在训我爹："你自己说你是不是六畜？我没错待你，今儿个还留你根保过年，你，你也不想想！五六年陈账没还，今年新欠的也不还！你说你过不了年，你连盐也吃不上；呃！你也要让我过年不？你也让我不吃盐？你……你不还我，我怎么个过啊！"

刘二爷一五一十地叙说着，拍着巴掌，窜到我爹跟前，像要打人，我爹真快要跪到地下了。这时候，刘二爷那在城里当什么官的大小子跑出来了，用皮靴踢了我爹一脚！我爹一个趔趄，险些撞在门槛上。

我还看得下去吗？种他家几亩地，年年拼命干，收了租，全交给他还不够，还得交捐交税，给他大小子那些官们花；他家满仓满炕粮食，还说不还账他没盐吃！这事哪儿见过？可是，我也没法，我溜出来了。溜到家里，才抓着娘发火，娘呢？娘哭得眼□鼻子一抹平。

这年，我拦羊，闹得更不好：刘二爷家老找我的岔子，今个说这只羊瘦了，明个又说那只羊的腿怎么坏了。反正，我气在心里不敢往出说。

村里还说着刘二爷要退我家的佃，连几亩地也不叫俺家种，我爹天天发火，有一回还说要跳井去。我娘却说："跳井也不行！你跳我跳，俺根保和桂□子，说不定还会怎么个死在刘二爷手里头，连种都会给绝了的！"

那工夫是黑夜，都睡了，我爹我娘约莫以为也睡着了；我却没睡着，听得很清楚。我想说：我也一同跳井，却不敢。我眼里忽然"扑簌扑簌"流起眼泪来。我碰了碰桂□，他却睡得挺好。

这一年就事变了，八路军来，好了。

一闹一闹的，大家都人心惶惶。村里和我家不差甚的穷人们说，我们快得救了，□□□们也不信，往后，真个是世界变了个样。

刘二爷的大小子从城里回来了。他家整天来来往往很多人，闹不清干什么。反正，我就参加了儿童团，我爹参加了农民会，我娘参加了妇救会。

我们都抗日，都好，闹什么也比事变前那工夫不同，想也想不到的。看桂□吧！才九岁，鼻涕挂在嘴上，也成天上学念书去！脸也长得红红的，满嘴唱着歌，她真好，她比我强多哩！

我呢？虽说还是拦羊，总也好得多，我娘还是个妇救会组长哩！我爹种着几亩地，虽说刘二爷几次要收回去，每回都给解决了，欠的陈账，也不那么紧逼了。

可是，刘二爷的样子挺不同，要说他好，那才是大年初一下雹子——千年难遇的事；要说他坏，可又是一副跟以前不一号的脸相。可是，说来说去，他总不跟俺们一号，他心眼里准不痛快的。反正，俺们跟他是……

我记得挺清楚，那回也是过年，是过旧年，我拦回了羊。他又留我过年，那会儿我可不□！那会儿我家也能吃点面，过过年的。可是我还没说，他大小子就说了："根保不在我家过年的！根保跟八路军过年！人家八路军请他吃扁食咧！"

他说着，还那么个笑着，像跟我开玩笑。我还怕你这么说？人家八路军住在我家一间屋子，前些日子过新年，请我吃扁食，他也眼红！是吗？我们跟八路军就是一家人嘛！

提起八路军，又叫人不高兴，我早就要参加，人家总说我年岁小，又说我个子瘦，不行。年岁小？人家不还有比我小的小鬼？个子瘦，那怪谁们？以前那日子，不瘦，早死球啦哩！

说起来，还是我爹我娘有些死心眼，要不，大前年八路军才来不久，我就参加了的。以前那工夫，没吃没喝，要是我跟八路军走，我爹我娘准乐得丢开的；可是，一到大前年那工夫，日子好了丁点，就不叫走了。唉！这人们真有些脑筋不开！……就说年上，我自愿跟青抗先出去下下□，破了一回路，我爹还不叫我去；今年，前不久工夫，我爹去破了一回路，他还有些不大乐意哩！我倒是背幸！拦羊拦羊，好多抗日工作不能参加。

这会儿好了！这会儿快过年了！

这会儿过年，本来越发不稀罕！这会儿一个劲打鬼子，过年不过年，不比以前那么封建，不吃惊。再说，今年不比往年：打鬼子秋季大"扫荡"以后，我爹被鬼子打了一顿，这会儿还不壮实；我娘，在山沟里冻了几夜，闹病；回来，房子烧了。那口肥猪没来得及闹走,也给鬼子吃了,这叫我爹难受得不行,这猪就是他的命。他成天喂,提着桶泔水,倒到槽里,他就蹲在圈边上瞅着猪吃,说不定还好像跟这畜生说句话的!真不容易。值大七十块,活活给鬼子吃了,可这还好,人口倒还挺平安,今年这年没年上好过吧!也没什么,过一年,胜利就近一年了。

好事儿是,打过了年我就十八岁!这会儿八路军正扩大武装,我够年岁了;要说个瘦,那可不是理由!我这回怎么也得参加。爹娘嘛,老□,也够苦□!可是,我这当八路军抗日,管这些还行?我一定好好说服他们……

(《晋察冀日报》1946年1月8日)

搭 车 去

何洛

八年来，我们，至少是我们中的大多数，都没有享用过近代长途的交通工具了，除在观剧时，间或搭听到舞台上"铁轮"的轰响和"汽笛"的鸣叫而外。即刻到天□，据说就可以搭火车，大家的心里是怎样欢快啊！这是胜利的果实，血汗的代价，也是力量的结晶。

通信员一次一次地从前面飞马而来，告诉着开车的时间快到了："还有半点，加油！"一会儿又叫，"还有二十分，快！快！"于是步行的迈开两腿，骑马的不住挥鞭，坐大车的也拼命□赶。走着、跑着、飞奔着；话声、笑声、呼叱声，搅成一片。突然，天空的马匹吼叫了。

"啊，飞机！"是谁这样喊道。人们都抬起了头，又迅速散开，各自找寻隐蔽的地点。在我旁边的一位小儿说："不怕，我认得，这飞机到过延安哩！"

"到过延安的飞机就不怕？"另一同志问。

"是呀！你看那青天白日，就是接毛主席去重庆的飞机□！"

我想笑，还没有笑出声，头上就开始了机枪扫射。机枪扫射到村庄，瞧热闹的老乡们从房顶跳到地下了；机枪扫射到附近，一个拾煤渣的儿童的手掌被打穿了。这时，我躲在不远的土沟内，一切都瞧得明明白白。更其好笑而又令人佩服的，是一位面目清秀的女同志，她站在杨树下，不慌不忙地望着飞机大骂，飞机扫射一次，她就大骂一次：

咯、咯、咯、咯、咯、咯……"你们真的这样反动吗？……"

咯、咯、咯、咯、咯、咯……"你们还有良心吗？……"

听到这，我很难受！我觉得有些人，哦，不少中国的老百姓，实在是太天真、太老实了，毋怪容易受骗。

愈想愈生气，愈生气愈觉得"善良"就是愚蠢。我立起来，向车站走去，这时飞机已飞远了，车站里，正拥挤着杂乱的人群、行李和牲口……分队长气愤愤地跑来说：

"喂，车头被打坏了，恐怕不能开车，怎么办？"

"哦，哦……"我漫不经心地回答。同班的老张拿出一颗子弹来给我看："他妈的，这不像是机枪弹呀！够多么粗哟。"

"别动！里面有毒，那是机炮弹，枪头还没炸开哩。"一位路工模样的人关心说。

"你怎么知道？"老张反问。

"上次炸张家口，一位工友的腿就是被这种炮弹打毁的呀！医生讲，打中的伤口，很不容易治好。"

掉过弹的屁股来，果然刻有 DM 的字样。老张也不禁大骂了："他妈的，反动派真毒，比这达姆弹还毒！"

"呃，呃……"我仍只有苦笑，是的，还有什么好说呢？一切除了力量！力量！

为了避免心情的波动和打发待车（据说须等新车头来才开）的时间，我匆忙地把行李送进车厢后便跑到一个小馆里吃了一点东西，再转回站台的尽头处，独自个散步起来。抬头看天，天边的月亮又快□□了，一想起那些战时逃亡在外的难胞们还不能回乡欢聚时，我的身子禁不住打了几个寒战。

"谁？"一位弟兄似乎注意到我的行径，持枪走过来了，"你在这里干吗？"

"我，哈，哈，在这里玩。你是护路的同志吗？"

"是的，对不住，请到站里去玩吧！"

"为什么?"

"你不知道,这地方我们刚解放不久,夜里还有特务放黑枪哩!"

"哦,你们真辛苦!"

"不,比起打仗的弟兄来,算不得什么!"

"难道你?"

"我是警务队,是从张家口派来的,你,你们是不是从延安来?"

"是,是。"

"很好!很好!"

一听说我们是从延安来,他的面孔更闪现出笑容,并自我介绍他原是张市工厂的工人,过去在日寇压榨下,生活是怎样地困苦。八路把他们解放后,他们马上就恢复了交通,而且有的还在警务处报了名,受了训,很快就分发到各站去护路护车,这工作虽然也不免有些辛苦或危险,但总算是报答了八路的一份情意。……谈着谈着,正想和他拉下去的时候,从张家口开出的火车已经到站了。队长催促着个别游逛的同志上车,老百姓也挤到售票房买票。刹那间,车站又沸腾起来,在人声喧闹中,我告别这位同志,回到了自己坐的车。好车让给了老百姓坐,我们坐的是闷车。闷车无灯无火,夜里想必是很冷的,有人提议去向站长交涉,有人赶快打开了自己的被盖。正喧嚷间有几位站上的职员到来了。

"对不起,同志们,你们愿意生火吗?"

"不生,生火空气闷。"

"还是生的好,暖和,否则叫同志们受罪。"

职员们都很客气,说着,在铁炉里添上了炭,在车顶装上了灯泡,他们几次去、来,看炉里的火着了没有,电灯亮也不亮,其负责的精神是很令人感佩的。不久,倒车完毕,汽笛鸣叫了,在铁轮的转动与轰响中,我才意识到现在自己是的确坐上了火车,火车把我带到张家口，带到××？去过一种新鲜而有意义的生活，我将感谢谁呢？我将感谢共产党，感谢八路军，感谢开车和修路的一切职工。同时我更深切地体验到：只有劳动的人民，才是世界的创造者，老百姓也并不是好欺侮的。谁是真正在做复员工作？谁是在那里捣乱、破坏？事实不是告诉得明明白白吗？

  电灯的明亮，炉火的温暖，使我的心也明亮和温暖起来，这时全车厢的情绪都昂扬、焕发了，打扑克的，说笑话的，仿佛进入了宴会的客厅。

  欢乐传播着欢乐，愉快感染着愉快。我禁不住要想高声大叫：前进吧！时间，前进吧！一切新生的人群，未来是属于我们的。

一九四五年一二月三〇日

（《晋察冀日报》1946年1月8日）

刘小眼大翻身

宋长庚　徐逸人

八十团特务连的卫生员刘志中，家住冀中定南四区东□春。他长着一对小眼睛，所以人又叫他刘小眼。过年他才二十岁，脸上却已经刻上了好几道深深的皱纹。是的，他受过苦，遭过难，直到来了八路军才翻身的，可是谁又想到他和他一家受过的苦难是这样深重呀！

人不如猪

他父亲是个泥水匠，会盖房子会垒墙。但是这一门手艺并不能养活他自己和一家。穷人不雇他，老财雇他不给钱，家又没有地，指什么吃饭呢！没办法，这年春天他就给小王□的一家老财去喂猪了，一春上只说给两小斗粮，还不到六十斤，一天只吃东家一顿糠饼饭。

老财家里三口猪，全要他一个人管，每天打三挑野菜，回来还要切碎了，加上小米、棒子皮、大麦花煮好。他心里想：这猪吃的比我一家吃的都强呀！真是看猪吃食自己也要淌口水。一天，两天，他抖抖胆就偷猪食吃了，把东家给他吃的一顿糠饼悄悄送回家。家里小眼他们见了糠饼就像见了宝贝，一个糠饼总是分开几人吃。可是这"人不如猪"的生活也还保不住。一天他偷吃猪食让少东家看见了，马上瞪着两眼骂起来："他这喂猪的倒不错！你吃了猪的，猪就少吃少长肉，倒霉的还不是我东家！干脆你给我滚蛋吧！……"于是，刘小眼的父亲，一声不响走回了家。

地主的算盘

父亲又给本村地主王老化家扛长活。说好了一年一百元，不幸上工七个月他就病了,王老化把他赶回家,躺在炕上整整三个月,吃药吃不起,找偏方,好不容易病才好,赶快又去上工了。但王老化因为大水涝了地,不肯再雇他,他问:"不是说好一年吗?"王老化看都不看他一眼:"什么一年不一年,没有活干,□你来吃饭呀!"没办法,只好算账吧,王老化的算盘一□拉,说是工钱只剩十块了。父亲一听好心酸,怎么只剩十块钱?王老化就说当他病的时候,雇短工花的钱都要在他的工钱里扣。胳膊拧不过大腿,他没有什么说的?他用发抖的手接过了十块钱,回家买几斗谷,把吃偏方的一点儿药钱也还了,身上只剩下一块"救命钱"。

熬盐惹起的灾祸

抗战前,在国民党统治的地方,私自熬盐是犯法的。因为百姓熬了盐,会使官盐贩子们的生意做不好,也就是说,会使他们不能更多地赚老百姓的钱,喝老百姓的血。

但是刘小眼一家为了活命,不得不偷着熬硝盐,做一个小小的私盐贩。刘小眼和他父亲隔几天就推着一车盐土回家来,上面盖着沙,对人说是垫地的。夜里,偷偷地架上锅,熬起来,熬好又偷偷地背出去卖……就像做贼一样的。

这天父子两个又在提心吊胆推着车子往回走,忽然父亲眼一黑,他们碰上了边老千。边老千是本村的大地主,又是官盐贩。这老家伙又鬼又□□,他一看就知道刘家父子是在偷着熬硝盐。

他叫车子停下问:"你们推这做什么?"

父亲知道坏了,心一慌,随口答:"推回去当粪使!"

边老千笑了笑:"当粪使?我倒尝尝这个粪!"他说着就用舌头舔了舔车上的土,一舔是咸的,他一脚就把车子蹬翻了。父亲低着头,一声不敢念。

边老千回家骑上自行车，就到东庭警察局去报告了。

父子俩回家慌忙把熬盐的家具藏起来。不一会儿，二十五里外东庭村的十多个警察就来了，他们包围了刘小眼的家，又进去四下搜查，好像哪怕一根针也能找出来，可是并没有查出什么。这样，警察就打人了，父亲母亲都被打得跪在地下直磕头。刘小眼哭到叔叔跟前，叔叔就把他带到王老冲家去，磕头作揖，请王老冲出来说情，因为王老冲是个"有面子"的人。王老冲一看这孩子也就是可怜，像是挺热心地来到小眼家里，暗地掏给巡长二十块钱，警察才不打人了。可是警察才出门，他就向小眼父亲要四十块钱，说是他才垫的不是二十是四十。天呀，小眼家哪来这四十块钱呢！一家子都跪下向他磕头。父亲说："老冲叔，等我日子过好了，准还你四十就是了！"王老冲才不听这个呢。他一掉脸，跨出门又把警察追回来。这一群有钱人养的狗回来更疯了，他们把小眼的父亲捆起来，剥光他的衣裳，用烧红的铁在他身上烙了又烙，要他说出熬好的盐和熬盐的家具在哪里。父亲晕去好几次，浑身没有一块好皮肉了，他疼痛难忍，只好说了实话。□□边老千、王老冲、狗腿子们□像打了胜仗样的挖走了盐，抢走了锅，王老冲那二十块钱也不要了。

树上，地里……

春天来了，野外一片绿颜色。这时候，刘小眼一家就靠树上的叶子、地里的野菜生活。父子俩整天出去挖野菜、炸草曲菜、搭牛花根子，什么全有，只是比起来没有榆树叶好吃，所以树叶一绿他们就上树了。真想不到，穷人吃树叶□受治：谁家的榆树□你上？上也可以，打了的树叶可要对半分，你一半，树主人一半；你一半拿回去当好饭，他一半拿回去喂了猪。父子俩为了不受这个治，就跑得远远的找野树去。可是饿着肚子上高树，两腿直哆嗦，往下一看，头一晕，眼一花，就栽下来了。父亲就这样摔死过几次，都是□半天才活过来。小眼有一次也摔个半死，一只胳臂摔坏了，两三年抬不起也放不下。

麦子熟的时候，他们到主人割了的地里拾麦穗。但是地主见了，说麦穗子烂在地里当肥也不让他们拾，要拾□□着做点活还可以。这样一个麦季两个半人只拾一升麦。只有谁病了，谁才有口福吃一点这一升麦子变成的白面。

秋天，地主的谷子打在场里了，要受苦人给他一袋一袋往回背。报酬呢，只是最后剩在场上土里的几把谷。但这总比饿着强呀。小眼他父亲去背了，有一次，他背了一天只弄到带土的谷子两小碗，地主还不让弄净场，说是那样就把"福底"扫光了。

穿什么衣？

真是穷人怕过冬，西北风一刮，大雪花一飞，穷人就更受治了。年年冬天刘小眼全家没有一个不打哆嗦的。父亲一条薄薄的棉裤穿三年，母亲因为没有棉衣穿，干脆日夜躺在一条破被里。

有一天，小眼在旷野见到一条狗在扒死孩子，他就待在一旁，等狗把死孩子衣裳扒出来，他才拣起拿回来洗了洗，和几块破布缝在一起，母亲的棉裤面子才算有着落。

大年初一去上吊

连着六七个大年，刘小眼一家没有吃过一顿饺子，过年他们就出去要饭。一逢大年，父亲想想一年吃的苦，受的气，就不禁伤心落泪。他实在活够了。他又像在苦难的大海里浮水，再没有气力游到"好日子"的岸上。这样，在刘小眼出世后的第八个大年初一，他父亲去上吊了。刘小眼隐隐看见黑屋角里吊着一个人，他就叫起来，叫

他叔叔，叫他妈。幸亏救得快，父亲才没有死。他躺着，慢慢地喘着气，什么也不说，只是流泪。母亲守在他的身边说："孩他爹，你不能死呀，你死了，咱们不是更没法过了？"死过的人点点头。其实母亲嘴里这样说，心里自己也在想："这日子真倒不如死了好。"第二天她也偷偷去上吊了，幸亏又是刘小眼看见叫人救了她。

一家人抱头大哭，父亲咬咬牙，把皱着的眉头松开说："咱们谁也不用去死了！说什么也□扯着把孩子养大！"

母亲闭着眼睛，像在祷告："总有一天世道会变吧，谁敢说穷人一辈子翻不了身？……"

世道变了

可怜的女人看对了，世道变了！穷人翻身了！

七七事变，八路军开到冀中区，不光打日本，还要救穷人，父亲参加了农会，母亲参加了妇救会，刘小眼参加了儿童团。

父亲泥水匠的手艺又耍开了，母亲从妇救会□□□了不少针线活；不够吃，村里一个月还□给三十斤的□。

富人们开始怀疑共产党的政策，怕共产，怕被统累税，有的把地白送人了，更有送地不算还贴钱的，地主刘三元就是一个。这天他找刘小眼的父亲说："刘老巧，我的地种不完，分给你六亩吧，一个钱我也不要，两年再把地还我！"（他想：共产党顶多占两年。）可是刘老巧的腰杆子硬了，他不要，刘三元讲半天好的，一亩地倒贴三块钱，又改成五年还地，刘老巧这才答应了。头一年六亩地就打了三石谷，三大袋豆，再加耍个手艺，一家吃穿都不愁。

农闲时父亲又熬起盐来。现在，这里再没有国民党的官盐贩子了。八路军在这里，老百姓熬盐不但不犯私，而且受奖励。五天一集，刘小眼父亲总要熬两锅，出四十斤盐，十五斤硝，一桶卤，能卖边币三千多。

一年又一年，共产党领导的真好，一边抗战，一边实行减租减息，开展生产，拨工换工，穷人生活就是个改善，刘小眼的家庭大大不同了。

春天，榆树叶□的多好，刘老巧也不看它一眼了！刘小眼不再挖野菜，上学去了！

麦子熟的时候，全家吃面。

秋天谷上场，刘老巧还是把谷子一袋一袋地往回背，但是不同的是，背到自己家去了。

冬天，一家穿得暖暖的。

过年、吃饺子，没有人再想去上吊。

……世道变了！穷人翻身了！

消灭进攻的反动派

刘小眼十二岁上就要求过参加八路军，可是因为年岁小，上榆树摔坏的胳膊又没好，所以没验上。十四岁要求一次还不行，直到前年（十八岁）六月才正式入伍，先在七分区四十五队后方当卫生员，又经过定南三区区小队、四十九区队，才编到八十团的特务连。今天他已经是共产党的候补党员。

在进行"保卫胜利果实"的教育时，他把自己出生以来遭的难一点一滴地说给大家听。同志们听了没有不感动的，有的甚至哭起来了。他向众人表示说："要不打退进攻的反动派，消灭进攻的反动派！我刘小眼没有个回家！……穷人翻身是不容易的呀！咱们得到的好处可不能再丢了！"

（《晋察冀日报》1946年1月11日）

一笔血债

薛光华

在伪蒙疆自治政府的"察南监狱"经常羁押着的八九百人,是一批一批地大量地押入,又一批一批地死亡,其中占绝大比重的是谓"思想不良"的"军事犯"。

法西斯的杀人手段向来是阴毒的。如果你只从执行死刑的"行刑场"去了解,那里用伪《六法全书》经过判决执行死刑的,自一九四三年——四五年六月,只有四名,所给的罪名都是"强盗杀人",但是仔细□□监犯病死入墓登记簿统计一下,便可透视□□□行了:"因病身死"埋入"犯人坟墓"的,自一九四〇年——四五年八月,就是一千〇五一名(一九四〇年病死三八人,四二年一〇七人,四三年三三九人,四四年三一二人,四五年至八月止一三九人)。其中百分之八十以上是"军事犯"与长期不问黄黑的"未决犯"。至今监狱西南岗坡上仍有四五顷一大片,排成行列的荒坟——"犯人坟"及狼狗争食的遗迹,白骨累累惨不忍睹!

上述情形还只是全豹之一斑,据监狱伪典狱长□□栋,及伪看守员谈:监犯死亡数目,多者一天死过七八名,最少也得二三名,平常就是四五名。死后就近有家领尸的,就抬走了;无人领的,就上了入墓登记簿抬出去,埋到"犯人坟"里了!入墓与领走的"病死监犯",最低每□以五个计,五年多也要死一万多人!

凶恶的法西斯及其走狗们,以为□□经□的"监犯"死亡,是因病身死,似乎可以推卸责任,因此就尽量采用这种杀人不见血的手段,大量地致"监犯"以病,由病而致死。这些刽子手怎么给"犯人"制造疾病呢?首先是一进监门,不管轻重犯人,一律砸上又重又大的脚镣，有的要多带一副手镣，塞在充满了犯人的监房里，再守上臭气熏人的屎尿桶，长久地见不上阳光，时常挨打受气，精神上的愁苦更不用说了，在生活上每人每天只能吃到十二两高粱米，严冬雪天也不□给棉衣。据按月统计，是十二月至三月寒冷时期死亡最多，而在每日则多是死于早晚，从获得案存的所谓"思想不良的犯人"的几首诗中，可以略知他们当时的生活情形，今天这也就是控诉法西斯铁的证状吧！

其一　吊王四

唉唉腔调让君娴，登场扮演莫等闲。引吭歌声犹未息，此身已被宪兵牵。心慌尚问因何事？意懒难洗胭脂脸。犯罪只为一斗米，徒刑原来是五年。可怜已作囹圄客，谁想得疾死病监！（注：王四山阴农家子也，善歌唉唉腔剧，逮捕时尚在粉墨登场）

其二

终宵每日尽发愁，净吃黑豆面窝头。茄子又用开水煮，六斤咸盐二两油。（注：囚犯八百余人每顿饭用六斤盐，使油二两）

其三

凉秋九月□风寒，□忘此身仍着单。败絮破被难御冷，长夜漫漫入梦难。（以上的诗，注：全系"犯人"当时手写的，记者没加一字）

"监犯"经常遭受着苦，这样的常刑受冻、饥饿、愁苦、虐待、还怕不病！加之病人恶性的传染，□□不给医治，即便你是铁打的人，还怕你不死。

（《晋察冀日报》1946年1月11日）

管 理 员

王庆文

午后饭吃过了，几个人把管理员按倒在地上，从他腰里解下一条崭新的皮带；他挣扎着，人们发现里面还有一条，也被解去了，最后把他裤衩上的那一条留下，不然便把裤子撩去了。人们弄得他笑得连气也喘不上来，大家胜利地各自跑了。他起来打打身上的土，也跑到收发室里去了。气还不曾稳定，便坐在椅子上，打了几个喷嚏——说："准是俺媳妇叨念我哩。"

"喂！你那里！喂！张文彬！你给我皮带，你不给可不行，三条皮带都叫你弄去了。这可不行……"说着又坐下去，手举到耳朵旁边，装作打电话的样子，很愉快的。管理员的确是很愉快，他忙着工作，多少有时间便到那里去和人们开玩笑，他说："年轻的人们到一块，净说正南八北的有几句。"

管理员时刻想起自己在山沟里，见的都是大石头、树木、沙土如……二十多岁了，从记事没有见过火车、电灯，虽见过电话也不会用。当日本鬼宣布投降了，人们要从山沟出发到都市里去，他立刻幻想着都市的一切——简直乐得身上发烧，脊梁沟一阵阵地像针扎的发痒，他理想着都市……到底都市是个什么样子？在远远望见宣化的龙烟铁矿林立的大烟囱，他在行列里急想开过人们去问一问，但又咽下去了。后来他竟敢大胆地迈过铁轨去了。在街里休息着，他张望各种东西，处处都是稀奇的。他是个抗日军人，一九四三年因负伤后被介绍到边区交通局去，担任一些杂务，实际上他比伙夫还苦，整天卷着袖子揉面、洗菜、烧火……累得要命。自出发到张家口还是做饭，到了张北他就脱离伙夫工作，担任管理员了。这样使他终日愉快得不知说什么。他想到日本鬼子投了降,八年工夫一晃过去了。没有白熬了,尤其新解放区人们对于根据地过来的干部表示恭敬,说八路军八年抗战辛苦了……说话非常和气,无论到什么地方办事,都很顺当。本来根据地里过来的人对人们影响很好,无论到谁家,商家机关,没有不认识他的,都有玩笑和起坐。他精力是始终用不完的,时时刻刻笑眯眯地跑到这里,跑到那里。

在进张家口所得的敌人呢子大衣、帽子等等心爱的东西,一件一套都叫人们穿去了。他说:"谁愿要什么,这是得的敌人的……"

十一月初塞外已冷得像腊月三九天那样厉害,全局上下五六十口人吃的、穿的、用的,一切东西都迫切地由他要来。他每天一早爬起来一直到专署门口去等到里边一开门,他马上进去要东西,草料、粮食……闹了半天。第二天想到没有要鞋子、袜子……一早又去了。专署里供给处主任和蔼地说:"你们以后把所应领的好好地统计一下,一次领取,不然这个一趟,那个一趟,两麻烦,再说早晨是学习时间。"

管理员抱着所领的东西,头部昏昏的,耳梢也有些发热,说:"你光说学习,俺们那些人们什么不得朝着我要哩?"说罢转回去。

晚上他睡不着,翻来翻去的,想到还差许多东西,他一样一样记在脑子里,唯恐明天又要忘掉。第二天当他又见到供给处主任,在房里坐不是立不是地等着人们洗脸刷牙,也没人理他。人们洗刷完了,要去学习,他以为要再等他们学习完了还得两个钟头,于是他提出要东西。

供给主任实在忍不住了,脸儿忽地变下来又笑了,把书向桌子上一口和他玩笑着说:"你看不见正在学习吗?不是告诉你不要早晨来领东西!你把所要领的东西都好好地组织一下,一次就领去,你这家伙又忘了?"

主任的话有气而有力，一句句从喉咙里吼出来，管理员听了这，虽是开玩笑真像一块块的石蛋碰在头上，耳孔里一时嗡嗡地叫起来，但又一想都是为了工作，只得忍下去。他想：要是仍旧在这里，脸上实在不好看。只得再到专员屋里，见专员正忙着和别人谈话，他在屋子里望着墙上的大地图、挂钟、衣服、大洋案子、布椅子……都起不上名字来，但又想到这是得的鬼子的胜利品，于是又快活起来，东张西望地待了一会儿，于是蹑手蹑脚地出来，仍到供给处去。他想：干这个不生气。回到屋里，人们有的出去工作了，留下的人也不理他，各自低着头工作。但方才主任已经不耐烦了，这会儿再要东西也太麻烦了，不好意思即刻出来，趁着没人理他，又转到专员屋里，靠在专员铺上，静静地听。话说到一个节目，然后提自己的事，他虽望着各种东西，心中总是听着话尾，但又不知先说什么好……好容易等到了一个段落，正在停顿的时候，他掀起专员的被子说："啊！好家伙，你们这被子都是大花的！好家伙……"无意中说出来。

专员问他干什么？他说："要被子，你们光嫌俺麻烦，交通员炕上连席子都没有吗？谁着急谁知道……"

午后饭吃过天又快黑了，专员看看时钟急急地叫勤务人员请进供给主任来说："你快给他发东西吧，他还没有吃饭哩。"回头对客人说："这个人真是有意思，从早晨一直等到晚上，也不怕碰钉子，可真是负责任。"

供给处把东西派人送过来，他领了被子回去对人们说："我不管他早晨，也不管他晚上，不给我就不走。"

在办公室里他看见报纸上标题是《顽军四万余被迫放下武器》……他兴奋地说："日本鬼子那么厉害都不行，别说他顽固军怎么也捣不了蛋，老百姓一齐心……他就不行。"他说着跑到收发室里刚坐在椅子上，一手举到耳朵一边去，笑眯眯地又要学打电话的样子，忽地又站起来似乎想起了什么似的,找到业务股长说:"要给家中写信,先给母亲写。"股长本着他那快乐的情绪写的尽是平安、健康、工作顺利……他说:"再写一封。"人们问他给谁写,他说给"丈母",人们都奇怪的笑了,说:"这些年谁都以为他是个光棍哩。"写好了他要给他念念。他说:"我不认识字,看不清,你们不定净写的什么乱七八糟的哩。"

股长念给他听:"岳母大人,万福。……我近来工作很好,同志们都和气,现在担任管理员……""主要的是现在没有担任伙夫……"

他说:"还得添上今年家去不了,等明年春天才能家去看看。因为现在工作太忙。叫她们放心,还给她们捎个钱去。"

"啊!这家伙想女人了。啊哈哈!"

"你们说的,这人们就不能像你们,想女人?一九四〇年俺村有一个十九岁的大闺女亲自和我说,叫我搞她,我都不干,咱是八路军,要是搞了那个怎么见人?你说的……"

股长把信念完了,他说:"不对了,不能先说给她捎钱,得先说给母亲才是。"大家以为是如此,又把信稍改了一下,最后他从衣袋里掏出几个相片来。大家看看说:"这相片真不错,脸又胖,又好看,衣服是局里副主任的,礼服呢的,是进城所得的敌人的,穿起来真是威硕。尤其是大领子是水獭的皮特别威硕,照出像来,真像个县长。"人们说:"这要叫你媳妇看见了一定吃不下饭去了,丈母更不用说了。不在给钱不给钱,见了这么漂亮的相片,就吃不住劲了。一定的……"

他不管人们说什么,只顾从口袋里掏出那积得很久的崭新的边区票子来——这票子是他在山里努力生产节约下来的——放在信里,对收发说:"我要双挂号的,要不平信路上拿着不当事,再给丢了。"

人们说："对！双挂号保险。"

"不是！你不知道。张家口局子里净俺们的人们，不管你这个那个的，见了非拆开不行。"他把信封得好好的，又细细查看了一会儿，有缝的地方恐怕别人偷看，小心地取出手章前面后面一直盖了七八个血红的小戳，他说："这他们横竖不能拆开看了。"虽如此说，但总是心虚的，当大家在收发室里工作，有人知道他心虚故意说："管理员给他媳妇写了秘密信，你们谁要看就在那信格子里哩。"

他很急的红着脸说："你们别瞎胡闹了，已经封上了，也没有写什么。"

"非拆开不行！"

管理员越不肯离开收发的屋子说："信什么时候才走哩？"

"明天走不了后天有汽车一定走了。"

他对收发说："这信我算靠的你了，谁要拆，你可负责任。"

"是吧。"

收发苏先生本是过去旧邮务人员，北平人，家中有九个孩子和女人，平素不和人们开玩笑，坐在收发室便是半天，局中薪米制度没有确定，为了顾及他家生活，只得借给他一部分款用来买吃买烧。那天他买了二百斤炭，做饭都烧不得，自己和公司去交涉也不顶事，正在踌躇，股长想和他去交涉，又怕碰钉子。可巧管理员正和苏先生嘱咐挂号信，股长说："老李！苏先生买的炭烧不得，自己到公司去说人家不准退，你去和公司去说一说，让他退了才好，不然换点好的也行。"

管理员听了猛地站起来说："我去！"他一直在街上飞快地走着，北风像割一样的难忍，并不觉怎样。他是大家的管理员，他诚心为大家办事，他有一种伟大的互助友爱的精神，他为大家的事从不辞辛苦，他什么事都使大家满意和痛快。交通员们几十个人谁都对他没有话说，说他办事积极，也不想享受什么，只是一身为了别人。塞外严冷的气候，他只穿了很薄的棉袄和那被猪咬破的棉裤，脚上穿着总局发的那一双单鞋。跑到公司门口，刚进门时又想到苏先生已经说过不让退，我去还是白说，于是又转到南街公司主任住的房子里去对主任说："俺们那里苏先生买了炭烧不得，还是退给他吧……"

主任说："本来不能退，这是例外。"说着给他一支纸烟，写了一个条子，叫他拿着去见科长，他一路上很痛快地回去给了苏先生，并且促着他马上去退。

大家正在屋里嘟念着他的性情，办事热情，不是他的事他也管，这种互助友爱的精神真是不错。他不管人家干着什么也不管你早上晚上，办不了就不走。

他坐在凳子上气喘喘地说："我不管他什么地方，就连供给处里，他算跟我没有法子，去了就老是在他屁股后头跟着，给他个瞎子放驴不松手。"

大家都笑了，他身上燥热得很，背上一阵阵发刺痒。他脱下棉袄，只穿一个小背心，王主任走了进来说："你又充洋相哩，你非冻着不行。"

他总是笑眯眯的不说什么。

股长说："李学孔这个积极的精神真是可嘉，什么事都干，绝不辞辛苦，干部们都像你这样，什么困难也没有了。真是个模范工作者，该给你登登报纸，叫大家向你学习。"

李学孔接着似无意中说："冀晋那里也是看《晋察冀日报》吗？"

"也许冀晋那里另外有别的报纸了，但大的材料也许这里供给的。"大家想到他心里在愉快，因为自己是冀晋那里人，如果，自己家乡的人也知道他在外工作好了，也像劳动英雄们那样光荣。

大家取笑他说："你的信早叫人们偷拆开看了呢。又给你媳妇填上了好些乱七八糟的……"

他心里跳了两下但又平静下去,满不在乎的,知道苏先生是老实人,不和他开玩笑,于是又放心不理人们,仍坐在木椅子上右手擎在耳朵旁边。

……"喂!你哪里,你给我皮带,三条你都要了,这可不行。"

……"大氅你们也弄了,呢子军装你们也弄了,剩下我什么也没有了,这皮带!喂喂……"

他脸红红的笑眯眯学着打电话,在这样愉快的时光里,工作学习玩笑繁忙里过着一天天。

一九四五年十二月二十八日晚

(《晋察冀日报》1946年1月12日)

孩　子
——李建禄

林浓

在校长王殿卿（本市七校）的屋子里，你可以看见一个脏脏的手和黑黑的脸，约有十二三岁的孩子。他身穿一套浅黑色的破棉衣，头戴一个不知从什么地方捡来的破黄军帽子，左手拿着一支半截的木头铅笔，右手按着一块不甚整齐的长方形的纸，在校长的桌子头起进行着自己的作业。他歪着脖子，皱着眉头，不时地把铅笔在嘴里嗍嗍。不管有校友来添火倒水，或有其他教员同学来和校长谈话，他都连头也不抬，好像他全身的精力都集中到那个笔尖和纸面接触的地方。

一会儿，他放下笔来，双手捧起那块纸来，左右看着，端量着自己努力的结晶"针""线""袄"，于是他笑了，胜利的欢欣不时地出现在他的脸窝上。

"校长！你看对吗？"他好像已经成功似的，把自己的作品推到校长的面前。

"对！很好！很好！你知道怎么读吗？"校长也忙着停止下了自己的业务，挨近了小孩，和蔼地说着。

"是我们做衣服用的针线吗？"他似知似疑地回答着。

"对啦！就是你们成衣铺做衣服用的针线，袄就是你们做成的袄，你身上穿的袄也是这个'袄'字。"

"啊！我身上穿的袄也是这个袄！？"他看看自己身上的袄，回头又看看那个"袄"字，同时又回想他以前做过的那些棉袄，于是他又笑了。

"我是东门里街，一个成衣铺的学徒，在前几天区里说要成立民校，到我们柜上去记名的时候，我们都不知道是干什么的，结果掌柜的考虑了半天说：'咳！叫李建禄去吧！把李建禄的名字记下吧！'所以我来了。"——当我问他怎样来到学校的时候，他这样答复着，同时说到这里稍微冷静一下。

"啊！"他好像得了什么宝贝似的，"原来是教我们上学，教我们念书的。"

"你乐意念书吗？你柜上还有别的伙计没有？你每天和他们玩玩不好吗？念书怪费劲的。"我故意反问着。

"不！我不能玩，我要学记账，学记尺寸。以前我在柜上看见人家写账量衣服记尺寸的时候，我真是眼气，但是我又不敢说和人家学，同时也没有人教给我，现在既有这个机会，我是决不放过的。"

"你家还有什么人没有？你怎样到这里来的？"

"我是阳高县人，爹娘都死去了，只有一个小弟弟去年因为父亲死去，家里没有饭吃，也送给人家了。我去年给本村李家放羊，今年我乡亲把我介绍到这里来，以前我看见人家念书真眼气得慌；但是我以为那是有钱的人才能念的，像我这样的穷人，只有给人铺床折被，扫地提夜壶，所以念书我是不敢想的。现在穷人也能念书了，这个机会我是不能错过的。"

当我要求看他的作业的时候，他一方面用手按住了他的背包，一方面用两只眼睛盯着我，在他的眼光里，好像告诉我说："你不要给我拿走，也不要给我弄坏了、弄脏了，那是我唯一的宝贝。"

于是我赶快给他解释了："好朋友，我看看还给你，不要你的，也好好地看，弄不脏，也弄不坏。"这样他才慢慢地掏出来很珍贵地交给我，那是几张不甚整齐的白纸，上边是大一个小一个的铅笔字。校长还指给我说，这是那几天学的，那是那几天学的，最后还告我说，在十五日到十九日的五天里学会了五十六个字。这样的孩子，实在引起了我无限的同情。恰巧市工会筹备会为了庆祝市总工会的成立，今晚在市立剧场演剧，我得了一张优待券，我准备让给他去看。结果得到了这样的回答："不！晚上掌柜的知道我看戏回去的晚了还要打我，再说我六点钟还得来认字。"我再也不好意思让他了，同时他也赶忙回过头去熟念着他的功课。

"喂！"他忽然又回转头来，仰起了头对着我的脸，好像有所哀求似的，"到明年恐怕我不能再来上学了。"他好像失望似的，于是我又赶快安慰他了，告诉他安心的学习，他的困难我们负责给他解决，我还答应给他书和纸本铅笔，于是他又乐了，重新回到他的桌子头起，熟念他的课程"针""线""袄"、"针""线""袄"……

(《晋察冀日报》1946年1月12日)

小 英 雄
——记我的小战友李幼成

付克

一、父亲转变了

李幼成是我们剧社的宣传员,他是个聪明能干的小鬼,山西孝义人。抗战的第二年,八路军在晋西一带活动,在人民当中建立了很高的威信,因此我们的部队便一天天扩大起来。那时幼成才十岁,在小学里读书,由于他经常接触我们的部队,给了他很深的印象。当他看到我们的宣传员每次唱歌演剧给老百姓宣传的时候,他感到说不出的快乐和羡慕,简直眼睛发红了,于是回家对父亲说:"爸爸!我要当小八路,送我去吧!"父亲就这个独生子,从小就娇生惯养,真是要星星不给月亮的;况且这样大的家产,儿子走了给谁呢?自然不答应,并且说:"可不能去!鬼子捉到要活埋的!"幼成呜呜地大哭起来,一两天没有吃饭,晚上也睡不着觉,弄得一家人不安心。有一天晚上,半夜里睁眼一看,窗子亮亮的,他以为天明了,便偷偷地爬起来走了。

带着月亮,他走了三十多里路天才明了。到了××部,政治委员问:"你这么小怎么能参加队伍呢?"他接着说:"你不要看,人小心不小,叫我做什么我就做什么,首长!"弄得政治委员无话可说,他就这样入伍了。

过了半年,父亲找来了,要他回家。他一见父亲就说:"爸爸!我可不能回去,咱中国打日本眼望着就要胜利了,工作少了俺们可不成啊!你要知道中国抗战分三个阶段呢?这是毛主席讲的……"他想了想拉着父亲的手说："现在我是个小八路，又是个宣传员，你应该拥护我们八路军，因为我们是统一战线；你是地主，我是小八路，咱们要好好合作。爸爸！现在我教你一个拥护八路军的歌吧！"他就站在父亲面前唱起来：

"啊！这就是那勇敢善战的八路军。

八路军，八路军，

爬山越岭打日本。

救中国，杀敌人，

保护咱们老百姓。

八路军，八路军。

咱们拥护八路军，咱们拥护八路军……"

父亲在平时对八路军就看到了很多好处，现在又看到儿子，简直变成一个小小的宣传家了，不由得喜欢地流下眼泪来说："孩子！干吧！我一定拥护八路军。"父亲回家以后，马上组织自卫军，成立农救会……由一个"顺民"变成一个积极抗日分子。

二、当了一次儿子

　　幼成在八路军的教育下，锻炼成一个意志坚定的小战士了。

　　四〇年秋天，幼成得了一场伤寒病，当他刚能爬起来时，敌人便开始"扫荡"了。为了安全便把他安置在一个可靠的老乡家里，不巧得很，就在敌人搜山的时候，和那老乡失掉联络了，他在山沟里跑了整整一天都没找到。傍晚，他被敌人发现了，七八个鬼子和伪军分头追来，幼成很快地钻到了森林里去，敌人也马上跟进去。幼成没法，便又从森林里溜到沟底去。这时天已完全黑了，月亮从森林边爬上来，发出黄色的光，晚风吹打着树叶索索作响。

　　在沟底发现了一只灯光，他一直摸过去，正是一家老百姓，门子

闭得紧紧的。

"老乡！开门，开门！"他轻轻地叫喊着。"不，不，咱这里是好人，都是良民。"一个妇人的声音惊惶地传出来。"老乡！开门，鬼子已经下来了。"幼成的声音嘶哑了，用力击撞着门子，但里面的妇人还是不理睬。在不远的地方，擦擦的脚步声渐渐接近了，幼成急得说道："不开门，我就要喊鬼子来啦！""不，不！"门呼啦一声开了，屋里三个孩子同在饭桌上正在闹着吃饭，幼成把头上的白毛巾脱下，不管不顾爬上炕去便和孩子们一同吃饭了。妇人还没有来得及问明情形，敌人便冲进来了，持着步枪在屋里到处寻找，孩子们和妇人吓得瞪着眼睛张望着；唯有幼成不慌不忙地在桌上吃饭，他看了看妇人说："娘！这饭为啥这样稀，大大（爸爸）回来能吃得饱吗？"妇人望了幼成一眼，然后指着自己的孩子说："快吃吧！看！都叫你哥哥一个人吃完了。"孩子们仍然在沉静着。

"老太太！没看到一个人跑来吗？"一个伪军带着怀疑的眼光问。

"没□！俺家就五口，他大大上地里没回来，太君……"

"五口……"

"嗯，五口。"她指着孩子们说，"这都是俺的孩子，男人不在家。"妇人在锅里盛出一碗饭放在桌子上，样子很镇静。

"怪！狗东西跑到哪里去了呢？"一个矮个子一摆手，大家便□挤着出去了。

屋里静下来，孩子们又开始吃饭了。

三、不认识的干娘

有一次幼成战斗中和部队失掉了联络，就在一个老乡家里，被一群伪军俘去了。被俘的第二天，在鬼子的监视下，开始审问这个十四岁的小孩子了，问话的是伪军的一个连长。

"小孩子！你们的司令部和后方部队在哪里？好好讲出来，不打你也不骂你。"伪连长问。

"不知道。"幼成干脆地说。

"那么你是从哪里来的，告诉……"

"我是个勤务员。"

"问你从哪里来的，捣蛋的鬼头。"伪连长提高了嗓子，显然有些发怒了。

"不知道。"

伪连长走上去一伸手，在幼成幼小的脸上重重地打了一巴掌，五个红红的指印落在幼成的脸上。

"八路军都是这样厉害，连吃屎的小孩子——"伪连长吼叫起来，"讲不讲？不讲就给你个厉害的看。"

"什么我也不知道，我是个勤务员……"

"灌！"旁边的那个鬼子像个猪哼了一声，几个伪军□起□，提过一□冷水，然后把幼成的头扳了个脸朝天，就在鼻子里口里灌下去，没多久，幼成便昏过去了。

十分钟后，幼成昏迷迷地醒过来，口里仍然喊着："不知……不知道。"敌人没有一点办法，互相观望着。

最后，用火筷、开水□遍了幼成的脚……总之，敌人用尽了人间最残酷的方法，想来压服这个小小的生灵，但他们所得到的结果，只有一句"不知道"。

忽然，鬼子在腰里掏出手枪来，搬开枪机，对准幼成的头，准备开枪了，伪军□骚动起来，屋里充满了恐怖的空气。正在波动的时候，外面一个女人抱着小孩走进来，幼成看了看，马上扑过去抱住了女人的下腿叫道："干娘！救我，救我。"这□被鬼子抢来的女人，不由得一阵心酸，她想到自己的孩子……她的脑海里，好像在哪里见

过这个孩子,她同情地说:"孩子!怎么到了这里!起来,起来!"她把幼成拉起来,看了那个鬼子一眼,便同幼成出去了。

鬼子见自己的老婆把孩子领走了,没□什么也就出去了。

伪军和伪连长莫名其妙地呆望着。

四、他逃出了虎口

幼成被俘以后,对"皇军"很"殷勤",救他的那个女人看他很聪明,也喜爱他,有些事情便叫他去做,小孩子也叫他去看,乍看起来简直是"皇军"的"红人"了。幼成有空的时候,也跑到伪军那里去玩玩或谈谈,慢慢便熟悉了。因此有时也和伪军谈谈八路军怎样好,怎样英勇抗日,往往感动的一些人流泪……啊,他仍然做着他的宣传员工作。

"小鬼!你光说八路好,你为什么不走呢?"有一天晚上伪军偷偷地问他。

"不知道路,又不容易出去嘛!"幼成的眼圈发红了。虽然他在这里住了两三个月,但一时一刻也没有忘记跑回八路军去;经伪军这一提,他心里难过了,终于说:"你送我出去吧!"伪军想了想便点头答应了。

一天下午,那个女人叫幼成到寨子外面去买梨子和鸡蛋,因为要外出,幼成便把女人的手枪和"准许证"带上,跑到和他谈话的那个伪军那里去了。

"干什么小鬼?"

"跟我去买梨子。"他拉着伪军出去了,走到寨子门口,站岗的卫兵问:"干什么?"

"给大尉太太买东西。"他把"准许证"拿出来给卫兵看了看便走了。

伪军领着路向八路军驻防地走去,在半路上高兴地说:"我能不能当八路呢?"

"能成!我这小八路又领来了个大八路。"

第二天晚上,李幼成带着一个人一支枪找到了自己的部队。

"我们的小英雄回来了!"幼成回来后,每个人都这样招呼着他。

(《晋察冀日报》1946年1月14日)

回　忆

杨沫

最近来到张家口，在一所精致的洋房里安置了家。房子大概过去是日本什么"要员"的住宅吧，屋里有暖气的安置，屋顶吊着宫灯式的电灯，漂亮的门窗沙发和一切洋式的——过去只有资产阶级才能享受的桌椅家具，使我乍□住下时，全感到了异样的生疏、新奇，甚至多少还有些惶惑不安。这比八年来，经常居住的农村土坯屋和夹锅灶是不大相同了，这比五个月前□冀中平原上还经常"钻"的阴暗潮湿的地下堡垒便是天上地下了。不仅如此，其实比起抗战前，在北平常常借账住小公寓的生活，又怎能同日而语呢！于是这些新的景物，刺激我很久地浸沉在回忆中。

十七岁，初中才毕业，父亲因破了产竟逼迫我嫁给一个小军阀（大概是当姨太太），我不从，终于和他们破裂而逃走。借了几块钱路费跑到北戴河，去找在那儿教书的哥哥。哥哥听了妻子的挑拨，怕我加重他们的负担，那冷漠的白眼，竟使我永远不敢再回忆。我当时只想，世界这么大，怎么就没有一个十七岁孩子的活路呢？于是北戴河海滨上的沙滩，成了我终日徘徊的地方，海滨上那些避暑的资产阶级的少爷小姐正在游泳嬉笑时，我却几次想自杀。可是，那波涛汹涌的海洋和海滨上美丽的景色挽救了我，那呼啸着的海水，用它深沉雄伟的巨声，几次启示给我："活下来，人生还是有光明的啊！"于是十七天后，我挟着原来的小行李卷，仍然回到北平。哥哥送我到火车站，他说钱不够，只给我买票到天津，可是从天津到北平的二百四十里，叫我怎么办呢？车到天津了，我没有下去，我□下一切自尊心咬着牙，红着脸，向守车的人们，诉说了下边没钱买票的困难。一个守车的中年人，上下打量了我一番，轻佻地笑着说："坐吧，没关系——天气热，喝点汽水。"汽水送到我面前，我呆呆望着它，眼泪直向肚里咽。

到了北平，寄食在一个同学家里。暑假完了后，才找到一个乡村小学教员的位置。从一九三一到一九三七的六年中，我当过十二块钱一个月的乡村小学教员，当过书店店员，给日本大学生当过十块钱一个月的华语教员，也给资本家的少爷小姐当过家庭教师。职业是时断时续，生活也就时饥时饱。为了在大学听课，几年多住在北平沙滩的小公寓里，失业了，微薄的薪金接济不上了，只好从柳条包里甚至有时从身上找出两件衣服拿到当铺去解决下顿的肚子，每年全有脱下单夹衣到当铺去换棉衣的事情。有一次，一个朋友介绍给我说："国民党某小要员要找家庭教师你去试试。"我去了，我永远不会忘记衔着雪茄坐在沙发上的那个胖圆脸。我一进门，他哈哈一阵大笑："可以，可以，年轻的女人，好说，好说……"我带着几乎不可遏制的愤怒，走出了那个红油漆大门，我宁可饿死，我不能受这些兽类的侮辱！但是，在那样的社会里，失业、饥饿、阴冷、鄙视，会一连串像鞭子一样，向每个渴求的青年，无情地抽来。

七七事变前两个月，我六个月的女孩生了急病，无钱诊治，无奈向一个亲戚借了一票当。亲戚老头子说："这么点点的小孩，借当给她治病，不怕给她折寿吗，哼！活不长！"但幸而还是沾了这票当的光，□孩子到现在还能活下来，然而这些久已忘却的事，使我现在回忆起来，还很心酸。

抗战开始了，我参加了革命队伍，在残酷的冀中平原上，和日寇奋斗了八年，苦吃得很多，罪受得很多，甚至多少次几乎没了命，但是精神上，却感到从未有过的愉快轻松。在我们的队伍里没有失业饥寒来威胁我，没有任何人侮辱鄙视我，一切的同志甚至完全不认得的人，全是兄弟般彼此关切着。我的孩子生了病，再不用低三下四去借当，卫生所可以给他们治一切病，不用花一文钱。今天抗战胜利了，我们还住到了平生从没住过的阔气洋房，屋里生着洋火，吃的用的，全不用自己再发愁，这一切就是胜利的果实呀！我珍爱这果实，像自己的生命，但是今天却有人要来窃夺我们这用血汗换来的珍品，我要大声警告这些人们，你们如果敢于叫我和我的孩子们再过过去那样悲惨的生活，我却要舍掉一切，和你们拼个死活！

一九四六年一月十日

（《晋察冀日报》1946年1月14日）

子弟兵生活素描

胡可

墙报

子弟兵惯用枪也惯用笔。他们用笔来办自己的墙报，他们用他们不同的笔迹和墨色来向大家述说他们的生活、学习和战斗。登满的墙报赞颂和批评着他们中间的优秀者和落后者。

一休息，玩笑和歌声里便有同志掏出笔来。为了把自己的稿子装饰得美丽，有的战士还保存着从老远带来的各色铅笔头，精细地在纸上描好花边，然后再工整地把□在肚子里的数来宝写上。如果意外地寻到几本初小教科书，能比着描绘那上面的插图时，墙报就更加热闹了。

墙报出来了，很花绰，有发扬、有批评，有诗歌、有画、有谜语……稿子是由每个战士自己编写和画的，大家喜欢它，大家爱护它。

天气冷，墙报一班传一班，一传过来，战士们便把它围起来，挤着看画、猜谜，要求有"文化水"的同志念给大伙听。

报是大家的，大家都写稿，连识字不多的二排副也写。本来二排副早就编好了一段，可惜不会写，他就东问一个字，西问一个字，两天以后，墙报上便贴出他的作品来。

行军，每天六七十里，脚上打了泡，不掉队；裂了口子不掉队；病了，坚持走，机枪扛着。部队在歌声中前进，墙报并没有停，每到宿营地，墙报委员就打糨子，晚上，墙报便开始用它新的装束来诱惑人了。行军八日，墙报四期，墙报向大家报告在人们中间每天涌现的英雄的行为。

忽然，第一排背了乌龟（注），在第八期的墙报上没有第一排的稿子，墙报委员在墙报上留了几处空白，空白上写道："这是第一排的地方。"

墙报传到一排，一排的战士们咆哮了，病号王□全流起了眼泪，他感觉耻辱，在泪眼模糊里他写出四篇稿子交来。

指导员听说他哭了，赶来安慰他。他说："指导员，我要不病我早就写了。唉！我心太窄，打鬼子挂彩都没淌过眼泪，今天，丢人……"

下期墙报上，一排坐了飞机（注）。

注："背乌龟"是落伍的意思，"坐飞机"是优胜的意思。

老乡

当兵的不怕吃苦，千万里都在脚底下滑过去啦；千万条河，千万座山都在脚底下迈过来啦。想一想，□□□□过多少个村庄啊，我们被多少户房东招待和欢送过啊。

当兵的不能抬着房子行军，当兵的觉得到处给老乡添麻烦，可是房东不这么说，他们说："不麻烦，俺们知道，你们爬山过岭受苦受累，是为的俺们。"老乡好，夏天给我们腾凉快的房子，冬天给我们腾热炕。要是房东不搭理我们这当兵的，那滋味真比挨骂还难受。

我们战斗在新的地区，恰巧，这一回就碰上这么档子事。

说了多少好话，老头儿才肯把炕让给我们住。他自己是不肯离开他的房子的，晚上他睡在我们身旁，白天坐在炕头上一锅挨一锅抽烟。我们让他吃饭，他不吃我们的饭，我们跟他说话，他带搭不理的。他不常出他的房子，他看守着他的财产，看守着他柜里的莜面，他的锅碗瓢勺，他的衣服，他的脏被褥，他的水缸，他的柴草……他用眼睛盯着我们当兵的每一个动作。

他那被皱纹包围着的突出眼睛，注意地看着我们，早晨看着我们出操，晚上看我们开检讨会，上午看我们练刺杀，下午看我们做游戏。他抽着旱烟，看我们挑水来一担一担地把他的水缸灌满，看我们帮助老乡打场；他抽着旱烟听我们念报纸、听我们唱歌。小叶烟发着酸味苦味，小叶烟的烟雾里，他的突出的眼睛发着怀疑的光。

我们要到前边打仗去了，在战斗以前，我们擦着我们的枪栓和刺刀。

"你们不在这儿占了？"这真是稀罕事儿，老头儿对我们说话了。

"对，我们就走了，这几天麻烦你啦。"几个人一块儿回答他。

像发生了什么变故，老头儿急急忙忙走了出去。

大家伙奇怪起来，你看看我，我看看你。

一会儿老头儿手提着一只大公鸡进来，大公鸡咯咯地叫着，拍打着彩色的翅膀，老头子说："你们吃吧！你们吃吧！"

我们当然是不能收留的，就谢绝了。老头子觉得很扫兴，把公鸡塞在我们怀里，睁大了突出的眼睛说："你们吃！你们吃！我说一不二！哎呀！没见过你们这样好的队伍……"

部队离去时，老头儿默默地站在村边沿抽着旱烟望着我们一个个陌生而熟识的脸。

（《晋察冀日报》1946 年 1 月 15 日）

减　　租

马加

有一天，分区抗联会刘主任下乡去检查工作，走到沟口柿子树底下，碰到一个打游击回来的民兵。民兵的肩头上扛着一捆电线，新蓝布小袄里掖着一颗手榴弹，见了刘主任就亲热地扯住了膀子。

"刘主任，我到处找你有一年多了！"

民兵是一个腰长腿短的小伙子，粗眉毛，大眼睛，头上扎着红喜字的羊肚子毛巾。他的样子很朴实，也很畅快，脸蛋晒得通红，风吹裂了他的酱色嘴唇，每一条裂纹都浮着笑容。

刘主任看着这个民兵，觉得有些面熟，但一时想不起在什么地方见过他了。

"去年秋后，我提着一篮子鸡蛋找你去。"民兵乐得合不上大牙，要把满肚子的话都掏出来，"我到了区抗联会，他们说你在县抗联会工作。我提着篮跑到县上，他们说你到分区开会去了，泼了我一头冷水呀！我问过交通站长，打听过卖切糕的汉子，破坏汽车路的时候，我盼望能够在人群里碰到你。我心里想，两山到不了一起，两人总能到一起的。"

民兵感动得鼓起了眼胞，闪着睫毛，差不多流起眼泪来了。

"不错，去年秋后，我离开县抗联会，到分区抗联会工作去了。"刘主任顺口答应着，脑子里在想着这个有些面熟的民兵到底在哪里见过。

"到我家里歇歇脚，吃顿饭，带上鸡蛋，再走。"

民兵拉着刘主任的胳膊，走向前边的茅草棚去。

茅草棚搭在沟口边，墙上黏土抹得光光的，一根新埋的房墙的杨木柱子发了绿芽，麻雀落在上面喳喳地叫着，檐下挂着一串玉茭种子，红色的颗粒放着光。

两个人走进了草棚，立刻感到窄小的插不下脚去，地上堆满了粮食布袋，好像一条条吃饱肚子的小肥猪竖在那里。角落里放着一只土黄色的罐子，泥火盆、镐头、镰刀，土炕上摆满了柿子。一个双眼瞎的老太婆坐在簸箩的旁边，迎着暖和的阳光，用指甲剥着簸箩里的绿豆角。

"娘，刘主任来了！"民兵把电线扔在布袋上，喜欢地叫起来。

"刘主任来了吗？"

老太婆的头发已经白了，掉了牙，耳音却很好，用松枝一样的手稍扶着耳轮，听着他们的谈话声，闪着脸上的皱纹，已经能分辨出是什么人来了。

"不错，是刘主任的口音。孩子，你快去烙饼吧！"

民兵张着嘴笑起来，抹过身子，从土黄的罐子里捞出一个熟的咸鸡蛋，用手榴弹敲碎了皮，塞在刘主任的手里。

"去年我找你回来，怕鸡蛋放坏了，找罐子腌上，你先尝一个吧！这是我的心呀！刘主任，你知道我过去给金大叔当佃户，打下了粮食，自己反倒吃不饱肚子。自从去年你给我减了租子，我们才翻了身呀！"

刘主任想起了去年减租大会的情形，民兵当时是一个佃户，名字叫二顺。

★★★★★★

当平西分区还没有发动减租以前，二顺已经给金大叔做了十年佃户。他和妈妈投靠金大叔的时候，这个有四架大山的地主欺负他们孤儿寡妇没人照顾，捋着嘴巴上的胡子说："小伙子，你愿意做佃户吗？用你吃奶的力量去开山，小心不要叫狼吃掉就行了。"

二顺和妈妈感激地给金大叔磕了头，领了一把镐，丢了打狗杖，开始在一架荒凉的大山落了脚，当了金大叔的佃户。

山上的烟火是稀少的，蒿子盖住了羊肠小道，野杏林和柿子树像一架大阴凉棚。太阳落了山，野雉落在草稞子里，野山羊到山涧里来喝水，山根下有烂羊骨头发着青色的磷光。二顺闩上了门，躺在谷草的土炕上，听到远远近近全是狼吼的声音，有些瘆人。

在这以前，已经有老佃户在山上落了脚。他来的时候嘴巴子还是光的，现在已经长出了山羊胡子。他吃过庄主许多的苦头，为了出气，故意拖欠地租，偷着抽打庄主的牛。当着二顺和妈妈搭起了草棚，到山坡上刨地的时候，老佃户来探望他们，看见娘儿俩寒碜的样子，心里冷了半截子。

妈妈穿着一条露膝盖的裤子，蹲在茅草堆里，一边打草，一边捡石头。二顺的气力很单薄，胳膊没有镐把子粗，举一举镐，喘一口气，刨了三四下，脸上立刻滚下了汗珠子。密密的草根黏结在土块上，刨也刨不断，镐刃不时地碰到石片上，咔咔地响着。

老佃户从二顺手里抢过了镐刨了几下，做样子给他看。

"刨吧！刨吧！穷庄稼主就是靠着吃土活下去。"

妈妈直了腰，望着老佃户的山羊胡子说："人吃土，土也吃人呵！"

"大鱼吃小鱼，小鱼吃虾米，虾米吃污泥……小伙子，你慢慢就明白了。"

老佃户拍着二顺的肩膀。二顺听了老佃户的话，看着地上翻起的土块，似懂非懂地点了点头。

头一年的庄稼长得不好，缺少雨水，到了秋天，谷穗子结得像耗子尾巴一样，打下两口袋粮食，统统给金大叔交了租子。二顺在地边种白菜，白菜卷了心，金大叔拣好的拔了去。二顺栽柿子树，柿子一红，金大叔就用竿子来打。二顺的两手仿佛是一只漏斗，不管他种出什么东西，总是从二顺的手里掉到金大叔的手里。

有几年，二顺同妈妈采野杏树叶子，找野菜，种蔓菁，娘儿俩吃糠咽菜度命。进了冬天，野草枯黄了，野杏树叶子吹满了山沟，狼和野山羊在山坡上走着，大风雪封住了草棚的门子，草棚里挂了霜，吐到地上的唾沫立刻冻成冰。二顺夜里冻的睡不着觉，喊着："娘，脚冻得像猫咬似的。"

"老天爷睁开眼睛吧！"妈妈心疼地摸一摸儿子的耳朵，给他拢起一把火来。树枝烧得劈劈都响着，冒烟，跳动的火舌把二顺的脸蛋烤得红红的。妈妈蹲在火堆旁边，一面烤手，一面勉励他说："孩子，要从死路里找生路啊！"

二顺看着山上的雪一年一年地落着，又一年一年融化了。抗战开始了，他照样过着苦光景，妈妈的眼睛已经瞎了。

★★★★★★

金大叔是一个刻薄的老头子，他的手缝里没有漏过一颗小米，为了地租吵得胡子撅起来像一把扫帚；常常吓唬二顺，不给减租子，使二顺很久不敢在抗联会面前透露口气。

二顺记得清清楚楚□那一次，他到火线上抬担架，回来村里正开着减租大会，金大叔答应减了租子。他一口气把粮食背到草棚，放下布袋，扯下手巾擦着脖子上的汗珠。妈妈念着八路军的恩德，感动地对他说："孩子，不要忘了本呀！好好地跟着八路军打鬼子。"

正在这个时候，金大叔提着棍子找上门来了。

金大叔看见粮食，眼睛像酒枣一样红起来，用棍敲打着布袋。

"能够过冬吗？"

"过了春也吃不清。"二顺心满意足地说，"八路军来了做了好事。"

"你为什么退租子？"

"大叔，不怪我，别的佃户都退了租子。"

"退吧！退吧！将来好好算账，一顿劈柴棒子把你打出去。"金大叔变了脸，露出黄牙冷笑着，"现在，有八路军给你们撑腰，等八路军走了，二顺，你不留后脚吗？"

二顺心里凉了半截，发呆地望着粮食布袋，心里冒火，但说不出口来。瞎眼妈妈觉得忍受不下去，替儿子搭了腔："凭良心说，我们娘儿给你刨了十年山啊！"

"要有良心，也不退租子了……"金大叔怕别人知道，到外边贼眉鼠眼地看了一下，跨进了门槛，又歹声歹气地骂起来，"你们吃谁的饭长大的，摸摸肚皮吧，现在像蛤蟆一样的发白了。"

二顺是一个老实人，一向吃亏让人，有一肚道理，自己却讲不清楚。他记得做佃户那天起，常常被金大叔唤去赶牲口、挑水、劈劈柴、推碾子，什么活计他都干过。现在也有点压不住了，冒了一句："你要和我算账。"

"什么，你要……"

金大叔威吓地用棍子敲着地皮说："三星出来的时候，给我把粮食背回去。"

金大叔把一篮子鸡蛋提走了，妈妈松了一口气，和儿子悄悄地商量说："找抗联会去吧，我们再不能吃哑巴亏了。"

二顺站在粮食布袋旁边，脸木胀胀地发烧，仿佛金大叔打了他耳光子一样，胆子虚了。

"你说什么，妈妈，你不怕惹娄子吗？……"

★★★★★★

晚上，三星挂在柿子树梢上，月亮洒着银光，蛐蛐在草稞子里吱吱地叫着。二顺给金大叔送粮食回来，背一条空布袋，垂着头，摆着鸭子步，慢慢地沿着山坡的羊肠小道走回来。

草棚里的灯光亮着窗子，他知道是妈妈还坐在灯下打麻绳，吃了糠窝窝，肚子不消化，山里狼多，盼他早些回来。他是从山梁那边翻过来的，白天挨了金大叔一顿臭骂，他把减了的租子又背回去，已经背了三趟，家里还剩下二斗粮食。刚刚爬过了山梁，他觉得肩头发酸，腿软软的，吃得半饱的肚子咕噜咕噜地叫起来，山坡上灰蒙蒙的，野蒿擦着他的腿肚子，一股苦清香透过了他的鼻管，深一脚浅一脚地摸到家。

进了草棚，他看见老佃户和一个秃头的男人坐在家里，一边抽旱烟，一边谈着减租的事情。二顺把空布袋撂在地上，呆怔怔地听着。

秃头的男人是县抗联会的刘主任，下来检查工作，发现金大叔没有给二顺减租子，他又调查过老佃户，老佃户热心地把他领到二顺的家里来。

妈妈听到儿子的脚步声，高兴地叫起来："二顺，你来见见刘主任，他是好心好意为着我们来的。"

老佃户推了二顺一把说："傻瓜，把粮食背给金大叔吗？"

二顺抹下了头上的脏手巾，迎着菜油灯的微光，他的脸像风霜吹打的核桃叶子。

"你说明白，你背着布袋去干什么？"老佃户又叮问了一句。

二顺涨红了脸，看看老佃户的山羊胡，又看看刘主任的秃光脑袋，他的心里觉得很难过，好像有什么对不起他们的地方。他后悔不应该把粮食给金大叔背回去，可他想对他们申诉一肚子的冤屈，但是金大叔的话在他脑子里响着："退吧！退吧！等八路军走了……"他很害怕，心里的话到了嗓子门，咽回去。

"刘主任，给我儿子做主吧！"瞎老太婆恳求着，腮帮子的肌肉塌下去。

刘主任慢慢地走到二顺的跟前，看着他垂头丧气的样子，亲热地拍了一下他的肩膀说："你告诉我吧……八路军和抗日政府是要给老百姓减租的。"

"八路军走了怎么办呢？"二顺迟疑地咬一咬嘴唇。

"不会走的。"

"万一走了怎么办？"

"不会，我打包票。"

"当真？"

"当真。"

"真……"二顺的厚嘴唇露出笑容。

"你放心。"刘主任恳切地说，"八路军不会丢掉老百姓不管的。"

二顺听了刘主任的话，心里像一把生锈的锁子打开了，一五一十地说了真话。

"我的儿子是一个好人，缺心眼，受人家欺负。"瞎老太婆拱起了罗锅腰，对刘主任诉苦说，"我们娘儿俩受苦十年，可没吃过一顿饱饭呀！"血液冲到二顺的脑梢上，他感到又快活又难过，用手蒙住眼睛，呜呜地哭起来。

"挺挺腰板吧，活人不能叫尿憋死。"减过租的老佃户大声地说。

"我没有照应到你们呀！"刘主任责备自己说，拉住二顺的手，"不要难过，你明天到大会上，把实情讲出来，给你减租子。"

瞎老太婆摸到地下来，声音颤着对刘主任说："我的好同志，有了八路军，我们娘儿俩才算熬出头呀！"

外面的蛐蛐在草稞子里吱吱地叫着，月亮光洒满了窗子。

★★★★★★

刘主任访问二顺的消息，当夜就被金大叔知道了。第二天早晨金大叔跑到二顺的家里来，敞着怀，没有擦眼屎，提回来一篮子鸡蛋，抱怨自己说："昨天，我喝醉了酒，咳！老糊涂了，干吗提一篮子鸡蛋回家，你欠的二斗租子不要交了，地也不收了。"金大叔又凑近了一步，拍着二顺的后脑勺，"二顺，你说，咱们爷们交情不坏吧！只要减租的事……你不给我讲出来呀!"

老佃户找二顺开会的时候,二顺没有主意了,又怕得罪了金大叔,又舍不得粮食。一直迟延到傍晌,有几个佃户扛着粮食从会场回来,吵吵嚷嚷地走过草棚的前面。二顺忍耐不住了,问他们说:"你们退了租子吗?"

有一个歪嘴巴子的佃户快活地做着鬼脸,高兴地说:"二顺,去吧,打铁要趁热。"

二顺赶忙地找了一条布袋,跟着老佃户到了会场,人们已经挤满了。那是在金大叔的打谷场上,碌碡放在场边,中间放着七八条粮食布袋、簸箕和斗。地上洒了一层粮食粒子。一个退了租的小脚女人抱着粮食,喜欢地擦着眼泪。有一个老头子用扫帚扫着粮食,小孩子吵吵嚷嚷地闹着,红冠的公鸡也跟着人的屁股后头啄粮食吃。

刘主任站在谷草垛的旁边,同着几个佃户讲话,看见二顺拘束的样子,把他拉过来,亲热地对他说:"你刚来吗?二顺,你心里有什么话,就放心地说吧!"大个子的区长打着算盘,计算退租的数目,一群红了眼睛的佃户围着金大叔嚷叫着。老佃户也跟着人们嚷叫起来,他的舌头像一把尖刀子。

"他喝我们穷庄稼主的血。"

"青天白日,在刘主任和区长的跟前吃起冤枉租子来了!"

"退回来!"有人嚷着。

"闪个空,没有减租的到前边来。"区长摇着算盘说。

佃户们吵的声音嗡嗡的。二顺挤到粮食布袋的前面,看见了金大叔的扫帚胡子,瞪了他一眼,他后退了一步。老佃户在后面推了二顺一把,二顺又走到前面去,想起了退地租子,清一清嗓子说:"我没有减租呀……"

立刻,人们大惊小怪瞅着二顺血红的脸,使二顺呆了一下。

"讲吧！讲吧！"刘主任摸着二顺的肩臂，鼓励他说。

区长激动地摇了一下算盘。

人们的嗡嗡声立刻停止了。

"十年了，不管是饥荒、雹灾、虫灾，打下打不下，金大叔都要交租子。一提到减租，金大叔口口声声要收地，过去那不是地呀！石头瓦块！坑坑洼洼的一座荒山，我们娘儿俩受了十年苦，才修得光光堂堂的……"二顺岔了气，咳嗽两声，看到前边的满布袋粮食，嗓子更是提高了，"我吃不饱肚子，怎么抗日啊！抬担架的时候，身上一点劲也没有，在街头站岗，风会把我刮倒……"

听了二顺的话，佃户们气得鼓鼓的，大家都指着金大叔的鼻子叫骂，区长一方面叫大家平静下来，一方面对金大叔说："你怎么违背政府法令，佃户们饿着肚子，抗不了日，有一天鬼子来，你不也跟着倒霉吗？你说！"

金大叔觉得在大家面前很丢人，老着脸皮，反倒咬了二顺一口："谁不抗日呢！叫二顺自己扪扪良心吧！去年送公粮的时候，你问问他什么时候转回来的！"

"你说谎！"老佃户反对地喊着。

"不要抢话，叫二顺一个人讲完吧。"

金大叔想要抢嘴，被刘主任打断了。二顺从刘主任的胳肢窝底鞠起了腰，好像雨后的蘑菇露出了头。

"秋上送公粮，他像狗一样把我唤去，不供我饭吃。妈妈给我做了两个菜疙疸，到第二天傍晌，菜疙疸吃完，没有劲，爬不过岭来，给八路军送公粮，不吃饭我也要送到的。你问问他吧！是谁在公粮里掺了烂米砂子，叫八路军同志吃了肚子疼！"

"混蛋！"

"吓！老顽固！"十几个人一条声的叫起来。

"退租子！"老佃户走到二顺脊骨背后，在后边吹风说。

"他不给我退租子。"二顺回过头来看看老佃户的山羊胡，看看刘主任温和的脸，也看到了后面像一堵墙站着的老百姓，他觉得自己有了靠山，壮大胆子说："白天他给我减了租子，晚上他叫我给他背回去。他吓唬我说：'减吧！八路军快走了，好好算账……'现在我二顺看透了，八路军走不了，我减了租子，打日本不是犯法的。"

刘主任给大家解释说："八路军让老百姓打日本，首先要叫老百姓有饭吃，给老百姓减租子……"刘主任又转过脸去质问金大叔，"政府不是答应给你交租吗？你为什么违背政府法令，打日本是大家的事情。"

金大叔望着洒在土里的粮食粒子，踢了啄粮食的公鸡一脚，又呆呆地望了半天，好像在寻找什么丢掉的东西一样。好久，他才望了刘主任一眼，不自然地说："刘主任，我错了，政府给我□□□租子，我就减租吧！"

到了傍晌，二顺把带来的粮食布袋装满了，扎上了麻绳，提了一提，舒畅地出了一口大气。最后跑到刘主任的跟前，扯住刘主任的袖子，呆头呆脑地站了半天，忽然激动地说："刘主任……我的家里有一篮子鸡蛋，你捎上吧！"

"二顺你自己留着吧！"

"刘主任，你捎上……"

"不，二顺，我们再见吧！"刘主任亲热地摸了一把二顺的窄肩膀子。

二顺扛起了布袋，摇晃一下肩膀，跨过场院的碌柱，向着沟上的柿子树底走开了。当一年以后，刘主任和二顺在柿子树底下碰到的时候，二顺已经是一个民兵了。

一九四五年二月

(《晋察冀日报》1946 年 1 月 16 日)

一个没有被烧死的人

席水林

这是一个严冬的深夜，风呼呼地刮着，侦察员刘新和贺子英沿着结了冰的小河向敌占区走去。

刘新穿一件黑棉袍，头上戴着白毡帽，走起路来活像个唱京戏的武生，二把盒子枪紧紧握在他的右手里。

他们在李家村后边停止前进。刘新机警地跳进一堵矮墙，在一所破旧的瓦房后边敲了两下墙壁，待了吸半袋烟的工夫，他又稍微加重地"嘣，嘣"地敲了两下，前边的门悄悄地开了，他们跳过墙，走进屋子。借着月光，房东的老头子小声地说："快着歇歇吧！"房门又轻轻地关上了。

他们两个人从天亮便坐在屋子里，房东的老头子坐在大门口看动静。

太阳偏向西南了，突然，在院子外边掀起一阵混乱的声音，还夹杂着几声枪响——刘新突地站起来，说："坏了！"房东的老头子三步并作两步地跑来报告："同志们，鬼子包围了！你们千万别动啦！"

刘新镇静地送走了老头子，随后光着头向墙外看了看，敌人在五十米达以外渐渐向这边围拢来。他跪下来，从腰间掏出两颗手榴弹，拉出了引火弦，直向敌人掷过去。在灰尘的烟雾里他们便往外冲，到了大门口时，敌人在东边已架起了机关枪，密集的子弹封锁住大门。他们又退了回来。贺子英沿着墙根走，然后从墙的缺口中，用手枪瞄准了东房上的敌人机枪射手"砰"的一声发出去，机枪成了一块死铁，没有半点声音。

他又掷出一个手榴弹，眼看着六个敌兵倒下去。他们趁机往外猛冲。还没冲走到大门口，敌人的机枪又响起来了！贺子英举起手枪刚要射击，从东房顶上飞过来两颗机枪子弹穿进他的胸膛，贺子英立刻倒在地上。

在敌人机枪密集地射击下，刘新不顾一切地扑了过去把贺子英的尸首抱着跑进屋子里。

望着贺子英的尸首，望着贺子英遗下的手枪，刘新小圆脸上的两道黑眉，紧紧地皱在一起了，他没有流泪，用手擦了擦流着汗珠的脸。

枪声激烈地响了好一阵！突然，又寂静下来。

"缴枪吧！过来吧！"

刘新急了，"砰"地放了一枪，他跺了两下脚，就向外面喊了："你们要是有良心的中国人，就该闪条路让我们过去！"

"别太死心眼，你们愿意过来也行！"伪军无耻地又喊起来了。

刘新一听敌人喊了，他的心立刻更加愤恨了——他的父亲是被敌人打死的，他给人家当长工，到现在并没有成家，他平常说："我们的队伍就是我的家！"于是怒气冲冲的，他喊起来："我死也不能做汉奸！"

从下午两点钟一直苦战到天黑。

"你们是下定了决心要想烧死吗？——好，抱柴火去！"

敌人的眼睛气红了，在墙外喊着、骂着，把老百姓的柴草从房上拉下来，堆在房子的周围，所有的出口都被柴草塞堵住了。

火，点起来了。

屋子外面的火，像蛇一样地从每一个空洞中钻进来，窗户纸、草叶、干柴的灰，在屋子里面飘舞着。

虽然是黑夜，刘新穿着青布短衣，两颗发亮光的眼睛，似乎能穿透浓沉的灰烟看到外边。他站在火里，火映着他那红色的脸，汗珠乱往下滚，把毡帽塞进怀里。他自言自语地说："只有坚持！实在不能坚持时，就抱定牺牲的决心，坚决不让敌人捉活的！"掏出贺子英的手枪，迅速地把每一个零件都用砖头捣坏，投到火里。随后，把他的二把盒子拿出来，用袖子擦了擦，他想："枪里边，还剩下两颗子弹，万一不能冲出去时，自己就——"话并没有说出来，只是用枪对准自己的头比了一比。

烟雾像一股旋风，飞卷出去，朝向天空。

火熊熊地烧着这个房子，敌人又在矮墙的外头喊起话来了："同志们，把心眼放活动点吧！时间不许可了，你们快烟死在屋里边了！"

"死就死，咱就是被烧死也不能当亡国奴！"

刘新一边喊话一边想：前年反"扫荡"时，我被敌人绑在一棵树上，他们用皮鞭子抽我，鲜血滴的满地都是，我没有说出一个字来，后来趁敌人不注意脱开绳结跑回团了——今天，我就是死了，也不能投敌！

他习惯地摩了摩手，咬着牙齿看着火舌，他的棉袍被火吹着了，他立刻用手去拨，烧去碗口大的洞。他不再想别的，抱定了牺牲的决心，惦念团里的同志们。"死了，他们会给我报仇！死了，我要对得起党，没有党，就没有自己，穷光蛋出身的咱，什么都是党给的……"他想着想着，闭紧着两只眼睛，房梁与瓦片坍了，在浓烟与火焰的下边，他喘不过气来，他的眼睛越来越模糊，逐渐睁不开了，昏了。

在屋子的外边，日本军官命令房东老头子："屋里，你的看看！"

老头子蹑着脚从□子里进去，在烟火里他滴下了几颗钦佩与伤痛的泪，便低着头走出来。他说："屋子里又是火又是烟，望不见人！"

敌人又向烟火□漫的屋子里投了几个手榴弹，手榴弹火星爆炸了，接着用电筒向屋子里照了照。敌人便说："屋子里的人一定被烧死了！"

立刻用最尖的声音喊着："集合了，走了——集合了，走了！"

从院子里响起了杂乱的脚步声，由近而远，村子里的狗也狂吠起来，渐渐地又平静下来，救火的人浇了几桶水也各自回家了。

刘新在烟尘里昏过去，他的脸被火烟熏的灰黄，吐出黑色的痰块，嗓子里又干又痒，浑身烧的又热又疼，眼睛迷糊了，头发烧焦了，渐渐地苏醒过来，挣扎着站起，拍拍身上的灰土，正试着往外走，房东老头子来了，他愣住了："你没死！""没有！"这位老人感动地说："老刘，我的亲人哟，可真把我吓坏了……房子烧了再盖，只要人活着什么也好说……老贺呢？"刘新摇了摇头："死了！"老头子哭了。他说："老刘你走吧，俺们想法把老贺的尸首找出来，埋了！……这群坏蛋也该死了！"老头子恋恋不舍地送走了刘新。

他披着那件烧了几个洞的棉袍，又从怀里掏出那顶钉着兔皮的白毡帽，端正地戴在头上，越过敌人的点碉，胜利地向自己的队伍走来，顺便他得到一个重要的情报——敌人今晚出动，昨夜增来一百敌人。

司号员正吹起床号，刘新走进侦察连。

当天晚上，刘新忍着疼，怀着复仇的怒火，和侦察连的全连同志们，就在敌人出动的路上打了一个伏击战，很漂亮，十分钟打死敌人二十多名。刘新还缴了一个盒子枪。（这是在一九四二年冬天的故事）

一九四五年十月追记

（《晋察冀日报》1946年1月17日）

一群孩子们

王诚　魏棣

民众教育馆开馆不久之后，每日总有十几个蓬头垢面衣服褴褛的孩子在馆内攀着楼梯跑上跑下，满屋乱窜。他们不知道什么是规则，也不管什么是秩序，好像一群打家劫舍的江湖好汉，乱嚷乱闹，推翻凳子，撕破窗户，闹得阅览人给馆里提意见。虽然职员们会曾屡次劝告他们守秩序，但安静一会儿，又慢慢哄哄起来了！馆里的人都感到没办法。

后来，经过几次打听，知道他们是一群可怜的儿童，他们的父兄多是在河滩摆小摊子，"靠每天，赚两个"维持生活的人。所以他们每天还要到车站上捡煤核，帮助家里闹个钱，既没有读书机会，更没有适当娱乐。大人都忙着照顾生意，哪有时间教育儿女，所以，这孩子将煤筐子往家里一摊，就成群结伙地在街上游荡起来了！呼喊吵叫，打打闹闹，倒也蛮痛快。

"这样游荡，有什么好处呢？为什么不上学念书哇？"

"我们念不起！""我们没空儿念！"……七嘴八舌头地一阵乱。

"你们愿意上学吗？"民教馆长站在□里笑问他们。

"愿意！"他们一齐大叫着，有的还跳起来嚷一声："愿意！"每个人的脸都像刚吵了架似的，挣得红红的。

又经过了馆长和他们个别的和一部分的谈话之后，了解他们有的是根本无力上学；有的上了两天，交不起学费又退学了；有的家长不知把孩子往哪里送，结果索性不管了。馆长根据这个情况和民教馆的现有条件，遂提出"上夜学"的办法，他们都喜欢得要命，争着报了名。馆里立刻给他们都发了一个小白纸本。从此，每天晚上，阅览室的吊灯下，闪动许多小孩子的头，他们都伏在桌上，小手捉着铅笔，吃力地在纸上画。馆里有的是孩子的读书声歌声，而打闹□声音便少了。根据半月的统计，报名的有三十人，经常上课的有二十五六人，每人已学会了二十多个字，最小的也学会了写自己的姓名，和"年""月""日"一些字，并且还学会了四个歌子。他们总是兴致勃勃地："馆长上课吧！""都来啦！"最近又教他们打霸王鞭，每到黄昏，院里总有十几个孩子在热情地练习着；有时母亲叫几次，还舍不得走；走时又一定要找到馆长鞠个躬："馆长，明天见！"

他们不但在学习上用心，就是对馆里的一事一物，都像自己的一样爱护。有一天，一个小孩子偷了个墨水壶，被他们看见，不但追出东西，还要求开除他！后来经过解释教育，那个孩子也转变了。外面的儿童到馆里来，他们还招待他，像馆里的小纠查员。有时布置会场，扫除讲室，他们都是争着去做；虽弄得满头是汗，工作不完，总不肯住手的。他们对馆里职员们，尤其是馆长和夜学的二位王老师，一天不见，就问长问短，亲热得像一家人。最近有些儿童家长来馆里看，都高兴地说："馆里待孩子真好，孩子也学的听说了！"也有些家长不让孩子来了，怕拐走当小八路军，但他们的孩子有的又偷偷跑来了，找着馆长诉苦："我妈不叫我来，她是个老顽固……您跟她动员动员吧？……"馆长笑着接受了他们的意见。

（《晋察冀日报》1946年1月17日）

军用车上

塞

早晨八点二十分,从北平到青龙桥的一趟车,每一节车里都挤满了人,天很冷,有的却挤得满脸汗珠。汽笛长长地拉了一声,又短促地拉了几声,车头挂好了货车,直往客车的股道上叉过来,月台上还不断地有人跑过来上车,车上车下都嚷着:"开车啰!"

忽然在一节三等车厢里面,乘客被赶了出来,提着铺盖卷的,抱着孩子的,跌跌撞撞地直往外跑,车警要他们到旁的车上去,因为这是军用行李车,要装军用的行李的。

"你们下去,叫你们下去。"

"车这就开了,下去,上哪儿去呀。"

"到别的车上去。"

"哪个车上不是挤满了人呀。"

"那么,你们下一趟再走!"

被赶出来又挤进去,挤进去的,又被赶了出来。

剩下的人被赶到车厢的尾头,靠门站着,因为前面的车厢实在是挤不过去了,一个老头挤得两脚悬空立了起来。买好了票,上了车,谁愿意下一趟再走呢。

可是军用车总算是空出来了。几个脚夫搬着行李上来放在车厢的当中,一共是两只箱子,三四件铺盖。接着走上来四个人,一个穿着军衣,看服装顶多是个尉官,眼睛上有点疤;另一个穿着西装,没扣扣子的大衣里一支盒子枪摇晃摇晃地露在外面,他的眼睛带着红丝;另外两个,一律是呢帽长袍。穿军装的先在车上巡视了一遍,坐下来命令把门关上,车警就跑过来,把门口的人,用力往隔壁车厢一推,几个妇女小孩给挤得叫唤起来。那边的乘客实在受不住了，来了一个反挤，于是门口的一大堆人，就像酒出瓶口，不由自主地被压得冲了出来。那个穿西装的就猛地站了起来，两只手举起来挥舞，一口湖南腔喊着："走呀，走呀，你们是干什么的，上那边去。"像是听了集合号令似的，乘客们又直往门口钻过来。可是这一回怎么也挤不动了，一个中年人说："没法子就让咱们在这儿凑合一会儿吧！"

穿西装的突然面孔一红，好像受了莫大的侮辱，掏出盒子枪："什么，叫你们过去，你们就过去。"

"实在挤不动了。"

"挤不动，谁叫你们上车的，走，我开枪了。"说着，就把他的盒子枪口直冲着人身上搗过来，如果顶上了子弹，那么他的手指不小心一碰扳机，立刻就会死人的。人们拼死命地挤呀、压呀、躲过他的枪口，他却更有劲儿地把枪往人的脑袋上胸口上直撞，碰着骨头，磕磕地作响，嘴里骂着："看你们走不走，看你们走不走！"可是走到哪里去呢，比装了箱的瓶子还要挤得紧，一个贴着一个没有一点空隙，谁的手脚也不能动一动，也不敢动一动，生怕再挤过来。

现在，界限是非常清楚的，门虽关不上，但整个的"军用行李车"就坐着他们四个人，同五六件行李。穿军装的在空旷的车上来回地踱着，他们说起南口："娘个×的，南口这地方，老子没有到过。"他走过来，从人堆里拉过一个背炭的老头，问他："南口这地方大不大？"

"地方倒是不大。"

"有街吗？"

"你说那话，街是有的。"

"有大旅馆吗？"把香烟头一丢眼睛随便的一瞥，好像故意表示他是经常住大旅馆的。

"要说大旅馆没有,有店。"

"他妈的,这么个鬼地方,窑子呢,有没有?"

老头踌躇了一下,"您说窑姐儿,有!"

"是土的吗,还是外江货?"

"这个……可不知道,小地方,土的吧。"

穿西装的扫兴地啐了一下,把左腿跷在右腿上:"这回算到了鬼门关了。"戴呢帽的高个换过身子眼睛鼻子挤在一起,凑到穿军装的耳边捣了几句鬼,就跑开了,穿军装的追着打他:"他妈的,你个相公。"他们围着行李兜圈子了,背炭的老头赔着笑也不是,不笑也不是,就偷偷地到门这边来。他微微摇头,沿着车壁蹲下,人堆里也乘机会悄悄地疏开几个人,挨着老头蹲下来松散一口气。

车到了一站,车门一开,又是一大堆人挤上来了。穿西装的又起来往外赶,"啪"的一声把上下门关上,外面就有一个十四五岁的小女孩捶打着玻璃门,嘶叫着:"娘,娘,快让我上车,让我上车。"车上一个四五十岁的妇人,就哀求着:"老爷子,积积德吧,开开门,把我的女儿放过来。"

"你下车去,不干脆吗?"

"老爷子,您不知道,今晚咱们还赶回北京呢,做小买卖的就是这样,误了这趟车,就吃喝不上。"小女孩又在外面猛力地捶打着上下门,哭喊着:"娘,怎么办呢,开走了。"一个穿棉袍的青年走过去把门开了,小姑娘进来了,她走到娘的身边抓住娘的手:"呀,冻死我了。"穿西装的大声地问:"谁开门放她进来的,是你。"抓住穿棉袍的青年,他点点头,"你凭什么放她进来。这是军用车,你知道吗?"

"咱们几个贴着紧这边站一会儿,你们四位就在那边,那么大的地方,不碍着您,也不要紧。"

"不要紧,你知道不要紧,这车上的东西都是军用品,你能随便在这儿!"

"咱们实在没地方了。"

"你凭什么开门,唔,你凭什么开门,你他妈的是汉奸。"

"我是汉奸?"

"你再说,你是汉奸,你是汉奸,下去,下去。"掏出他的盒子,发了疯一样直往头上打过来,另外三个也走来,连打带骂:"滚蛋,滚蛋,全给我滚蛋。"后上的人都撵走了,可是母女两个悄悄地溜在角落里,蹲在那个背炭的老头后面,老头披起一件羊皮袄,遮住了她们。

穿西装的昂然地靠在车窗前,两手把枪抱在怀里,眼睛扫了一下缩在角落里的乘客,骂起街来:"老百姓,就是这个样,奴隶性,你跟他来好的不行,你揍他,他就听话了,他曰了曰了跪下来了。"用手抱着枪,做出可怜的样子。

车到南口他们四个下了。这节"军用行李车",又挤满了乘客,人们这才伸伸腰腿,絮絮叨叨地说话。小女孩坐下来从包袱里掏出一个馒头给背炭的老头,老头不要,他们就小声地谈起话来。她母亲就在老头面前称赞她的女儿,说她能干是个鬼灵精,说她记性好,说她胆子大,从北平到张家口那个站,她都跑过买卖都熟识。女孩看看车外插进来说:"今儿这个车到站一定要误点了。"又说将来车通了,她还要跑下花园呢。母亲叹了一口气说:"听说下花园那边日子好过了,车到什么时候才通啊?"老头没搭理她。那边的人,却是在谈着白面菜蔬涨价的事情。

车开始上山了,慢得像一头牛。

(《晋察冀日报》1946年1月18日)

娃娃识字

荆宇

太阳像是专门为孩子们出的,临到旧历年了,太阳却还老是红红的,射在人们的身上,像是一盆温暖的火。

院前的那棵大槐树上,架着一个挺大的野鹊窝,树脚边是一个碾盘,旁边是猪圈、驴栅、柴垛。这块地方近来就成了孩子们的乐园了。

白雪和雪阳是刚从学校里放假回来的。姐妹两个都伶俐,都聪明,在学校里是好学生,在家庭里是好孩子,不但爸爸妈妈爱,左邻右舍亲戚朋友也都爱。

一回家,爸爸就给订了学习计划,规定天天写日记,复习功课。妈妈也给订了工作计划,姐姐做好两双鞋子,帮妈妈烧火做饭,妹妹抱孩子、扫地。

临放假,校长还给了一个顶重要的任务:回家来当小先生,组织起娃娃识字组,教娃娃识字。

太阳刚露头,大槐树上的野鹊还没离窝呢;地上,柴垛上铺着一层霜,闪着银亮耀眼的光。胡大奶奶的那只芦花大公鸡,翘着一只脚,歪着脖颈朝着太阳唱;旁边的几只母鸡,缩着翅膀,围着它咕咕咕地叫。

穗芳抱着妹妹来了,小艾也从南边下坡了。

"白雪,快出来!"穗芳站在槐树底下大声地喊。

"来了!"

白雪、雪阳、穗芳、小艾聚合起来了,欢快的气氛和上升的太阳一起,在这庭院里生长起来了。

"做什么玩啊？"小艾提议说。

"打——瓦！"

从背后响出了一声尖叫，孩子们回头看时，是春喜那个野小子来了。他把身子躲在柴垛后边，只露出半只脸和一对小小的黑眼睛来。他不学字，也不讲卫生，一天价胡闹，再不就钻进识字组里来捣蛋，孩子们都不喜欢他。

"你野小子价，谁和你耍？"穗芳见是春喜，把脸一扭，几个人都走开了。

到了槐树底下，小艾向雪阳说："雪阳、白雪，天还早，学字冷，你们再教个歌给我们唱吧！"

"也好，唱个歌咱们再'蒙闷'（注一）来。"

小艾和穗芳坐在碾盘上，白雪和雪阳依着槐树，就教起歌来了。

"两只小雀来喝水，两对翅膀四条腿。四个眼睛两个嘴，尾巴一振，得儿……朝南飞……"

"朝北飞——"春喜又从槐树背后伸出头来，叫一声，朝穗芳做一个鬼脸。

"不要脸的货。"穗芳骂了。

"嘿！"春喜只是笑。

"羞不羞，臊不臊！"

小艾向他划了几下脸皮，春喜逃走了。

★★★★★★

太阳上来了，小雀儿在房檐上、树枝上"叽铃铃"地叫唤着，跳跃着。孩子们的手一挥，雀儿们就成群打帮地"波濛濛"地飞走了。

孩子们重聚在碾子旁，做起"蒙闷"的游戏来了。

都伸出大拇指，四个拳头串在一起摇着，越摇越快，四个人都喊："摇铃摇摇铃，谁笑谁蒙闷……"

个个绷紧着脸，喊了四五遍，终究还是小艾先笑了，不用分说，他得蒙闷。

驴栅里的那匹老驴，把脖颈伸出槽外来，白雪跑过去给它添了草，撒上一把料豆。

小艾蒙闷输了，大家罚他认字。白雪在地上写着："小艾是男孩子。"

小艾只认得四个，"男孩"两个字认不得，穗芳替他认了。三个人都同意再罚小艾唱个歌。小艾把脸一仰，唱起来："没有共产党就没有中国……"

没等唱完，白雪家的两只白羊就爬上了棒子栅栏，那个调皮的长胡子已经从缝隙里咬出了一个棒子来。穗芳看到了，喊了一声，小艾的歌停了。

太阳爬下了驴栅，把温暖送给孩子们，院子里的霜慢慢地消融了。

太阳照进了西山顶上的树林子里，乐得野鸡们拍着翅膀"咕咕咕"地叫。

胡大奶奶的那只老母猪，用嘴巴掀开了圈门，踱到西墙脚下晒起太阳来了。胡大奶奶淘好了黄米，孩子们帮她抬到碾子上，她要碾黄米面做软糕吃。

孩子们识字开始了。

今天轮着雪阳当教员，她先让大家复习。昨天教的是"毛主席是中国人民的救星"，都认得了，让小艾写，小艾把"救"字写错了，雪阳拿石灰在碾子旁边的大石板上写了个很大的"救"字给他照写。

等到小艾把"救"字写会时，立娃和小聚也赶来了。

新的一课就要开始了，今天教的是"过新年真快活"。

雪阳一宣布，大家都跳起来了，欢欣地拍着手，你拉拉我，我拉拉你的，笑个不住，跳个不住。立娃说："过年真好哇，吃好东西，穿新衣裳，放鞭炮，扭秧歌。"

小艾说："过年，我爸爸就从工厂里回来了，带很多钱回来，他答应给我买顶新帽子。"

穗芳说："初二，我爷爷□牵一只羊去劳军，我跟着爷爷到姐姐家里去。"

雪阳把字写在槐树背后的大石板上，才教过三四遍，大家就都会了。

认会了就学写，小聚把"新"字写了几遍，还是写不对。

小艾说："小聚准是不愿意过年了，那咱们大伙都过，不让她过吧！"

小聚立时涨红了脸，噘起小嘴嘟哝着："说得好听，不准我过年，看我非赌气学会不行。"

小聚又在石板上用心地划了起来了，可是越慌就越写不对。

学会了字的都自由了，小艾爬到柴垛上去找花鸡毛，准备做毽子；立娃拿了一根棒棒去赶西墙根下的那只肥猪，再待两天就要把它杀掉了，怕的它到处跑，跑消了膘。

一群白鸽落在檐梁上啄吃谷穗，穗芳一石子把它们打飞了。

"看呀，对了吧！"小聚喊了一声，大家聚拢来一看，石板上的"新"字真的写对了。

小艾从柴垛上急忙跳下来，手里举着一丛花鸡毛，拉着高兴的音调说："小聚捞着过年了，看呀，我的毽子就快做起来了！"

"好吧，字学完了，唱个歌吧。"雪阳一边说，一边帮大家排起队来。

"太阳升,东方红……"一片清脆的歌声,把树梢上的一群小雀都给惊飞了。

雪阳的小弟弟被歌声震醒了,妈妈叫她快去抱弟弟,雪阳回到屋里去了。

春喜提了翻弓(注二),腋下夹了一只锦彩的大野鸡,凸着肚皮下坡来了。

"春喜,送我一根野鸡翎。"小艾说。

"嘿呀,那可不行!这野鸡翎比什么东西都宝贵,你看,多好看!"春喜说着,把翻弓向左臂上一挂,右手蓦地扯出一根顶长的鸡翎来。

"你们不肯让我参加识字班,我就不给你们。"

"你可不要捣蛋啊!"白雪向他郑重地建议。

"捣蛋的是个狐狸孙!"春喜把那根长鸡翎送给小艾,又拔下几根鸡翎来,一人送了一根。

注一:"蒙闷"是一种儿童游戏,类似捉迷藏。

注二:"翻弓"是一种打野鸡用的弓,用豆子或高粱做引,野鸡啄引时,弓一翻就把它的脚给钳住了。

(《晋察冀日报》1946年1月19日)

减租前后的纪家营

蒋辉

纪家营离固安的牛驼镇不到六里地,全村一百八十余户,共五十七顷多地。过去村中大部分土地为八大地主所占着(号称八大家),租佃户占全村总户数二分之一以上。事变前粮价每大斗六七角钱的时候,地主把租价抬高到六元到八元,有的上交租,佃户拿差,且只种一季,地主接种麦子,佃户全家劳动一年很难落个半饱。

事变后敌人刚占了牛驼,八路军过来了,减租减息的政策曾经达到过这个村庄,那时人民真像看见久雨新晴的太阳。二十九年的秋天,棒子都吐了红缨子,牛驼的鬼子一天比一天疯狂起来。纪家营的地主乘机反政,依仗敌伪势力,又伸出剥削的血手。他们要避免减租,强迫佃户"以租变典",一亩典价要二十元(这时粮价每大石十一二元)。佃户如不要就马上把租佃权转移,你想眼看快到嘴的粮食谁舍得了呢!人民为留下带着庄稼的租地,不惜使高利贷,变卖家具。如老佃户刘凯就使了八十元钱,利息四分;徐得兴为典七亩七分五租子地,就卖了个驴,还果了八口袋粮食。谁知道偏偏赶上连年荒旱不收,再加上敌伪疯狂勒索敲诈,每亩也要拿到五大斗粮食的差。佃户们穷得连糠都吃不上。

好容易民国三十二年地里算是收了,可是契约已经期满,地主趁粮价正贵的时候,把土地收回了。这减租以前的纪家营,穷人是没有活路的。今年秋八路军把牛驼解放了,专署政训班的工作队来到这个村庄,人们又重见天日。将近八十岁的赤贫户王老婆望着同志们的脸说:"盼得你们眼红眼绿的,今个可来啦!"为了减租,四十一家佃户组织起来了,他们结成行列,高呼着口号,手里拿着算盘、笔、成文纸，背着饭桌子，去找地主减租立契，共立了契约六十三张，地数是四顷八十亩七分，还退出一万八百三十七斤粮食的租。

减租斗争胜利了：斗争中的积极分子，被全村民众选成村干部。贫民得到救济，抗属受到优待，并补发了九个月的粮食。开明地户李振明等，在新干部的动员下，报出瞒地四十九亩半。小学也开了，现在已有四十多个男女儿童开始受着新民主主义的新教育。半月内解决了五十一件土地问题，从地主手内返还了二顷四十五亩五分地，保障了三十七户农民的租佃权和优先权。虽然特务分子挑拨地主不拿文契，还威吓农民说："都是老乡亲，干吗那么较真！一变派（就是国民党来了），地还得归了人家呀！"但人们懂得了自己的团结的力量，"他娘！什么来了也是一样，不说理咱就干干！"

减租以后的纪家营，到处是新气象。孩子们歌唱着"共产党的道路明……永远跟着毛泽东"（《王秀鸾》插曲），唱出了人民的方向，也唱出了人们胜利的喜悦。

（《晋察冀日报》1946年1月20日）

大境门的新风光

贾风

大境门是张市风光之一。凡是到过这里的人们，无不怀念着这个古老的虽然曾经被敌人蹂躏过了的关隘。它的两旁横亘着数百里的山岭，岭尖蜿蜒着风雨侵蚀了的外长城，在它的前面，耸立着一座小山，天然地形成一座屏障。冬天，坝上凛冽的大风雪吹来，在高高的边墙上结下厚墩墩的发亮的霜片，行路人是非常稀少了。

现在正是数九天，大境门正处在严冬的威胁里。早上，彻骨的冷风从门洞外袭来，一直吹到中午；但是，在冷风里，行人依然稠密，在这条通向市区内的大路上，始终不断车马和行人，这是过去所罕有的。有一次，我站在大境门外的坝岗上，看见有一排肉车在清晨的曙光里从我面前驰过。我很为之惊讶，我立即询问一个正在摆杂货摊的商人，他告诉我说："这一点也不足大惊小怪，自从八路军解放此地，政府允许自由买卖，肉行就在大境门外建立了两个屠宰场，这些肉都是从那里拉来的。每个卖肉的人，都可以把猪羊赶进去，清晨用大车利利索索地拉出来，摆到市上，肥肥的真馋人。"说到这里他打了一下顿，继续说："可是在四个月以前还不到这个样子呢，鬼子不但不叫吃肉，就是连块肉皮也不敢着面呀！"说完他扭过头来，指着他已摆好的货摊说："现在的杂货要什么有什么，这才叫作解放呀！"

走出大境门，就到坝岗底。坝岗底有一个小小的集市，敌人在时做小买卖的不及十家，现在却一变而为二三十家了。如果过去称得起荒凉，那么今天可以说是热闹的地方了。早上一群群从辽阔的坝上赶下来的牛羊，一齐都挤在坝岗底下的河沟里；如水如□的车马行人，不断络绎于通向塞外的大路上。倒闭七八年的马桥启封了，一百多户牙纪得以复业；清响的驼铃又开始在大境门外的冷风里荡漾了。东至宣化西至天镇，南至深远的边区腹地的乡村，都又印上了骆驼和牛群的足迹；商业是繁荣起来了，一半以上的商户又重新开张，有的还刷洗了门面，隆重举行开张仪式，肉铺和饭馆开始贩卖猪羊肉了。他们可以大胆地在门前挂上招牌：清真或者刀切猪羊肉，没有一个人去干涉他们。

大境门的右边是七区正沟街的街公所，看见了它，看见了这个人民胜利的标志，不由得使我想起了几个过往的事实：

我清楚地记得，在大境门的周围，曾经进行过三起较大的清算斗争，三次斗争人民都取得了胜利。汉奸张自成、杨仲高、成永庆之类都受到了应有的惩罚。过去他们流过人民的血，现在已经用他们的血来偿付了；过去他们榨取过人民的血汗，现在已不差分毫地还给了人民；人民的力量是伟大的，人民终归翻身了。

我还清楚地记得，在十一月份摧毁旧甲牌和打垮一切敌伪组织时，反动的敌伪残余势力是如何地拼命挣扎，他们是快要死了，但是他还想拉一把正在前进中的人民；最后，人民得到了胜利，新的街公所与同业联合会出现了，大批工人、农民、小商人，以及一些公正的士绅商人都参加到这些组织里来。政府是人民的，人民已得到了幸福。

我还清楚地记得，工人增加了一倍以上的工资，农民进行了二五减租，一切穷苦人的生活都比过去好了几倍。

这一切都像别的解放区一样的发生在大境门的周围，而且燃烧上了大境门的烽火台和遥远的边墙□。

走进大境门，脚下踩着的便是明晃晃的洁净的马路，马路的两旁已没有土丘在碍眼地凸出着，防空壕已全都填平，商户都大开着门，整洁的墙壁上已显不出一点战争的气息，敌伪的遗迹已彻底被肃清了。

到目前为止,大境门附近——七区的正沟街和牌坊街——建立了三个合作社、四块黑板报、两座夜校、两座妇女识字班和一个阅报牌楼,这些都是在人民自愿的原则下经过政府的帮助建立起来的。秧歌队、高跷、霸王鞭等,每逢节日,都锣鼓喧天地穿梭于大境门下。兴奋的人民,把大境门震撼得更加雄威和庄严,大境门不再寂寞和荒凉了。

昨天,我轻松地缓步在马路上行走,看见大境门,又看见一辆橙蓝色的公共汽车,飞快地迎面驰来,这是近代化的交通工具,现在是掌握在人民手里的。同时,一辆洋车在我旁边停下,他昂扬着头,用无可奈何的眼光盯视着汽车飞起来的烟雾。我认出了他,他是我的老相识,两个月以前他带领着他的伙伴们进行过清算斗争。我认识他就是在斗争胜利以后,那时他说:"八路军真是一颗救命星,我们洋车工人快跳出火坑啊!"但是此刻他却多少有些窘迫,他紧握着我的手,惋惜似的说:"洋车这一行快不行了,八路军不干这人骑人的事。"他顺手向牌坊下面的停车处指了一下,扬起了眉毛:"你看,就剩我们这几个了,我们在政府贷款以后也打算改行。"

刺骨的晚风吹来了,大境门附近的小商都回到了自己家里。烟囱上冒着烟,猪羊肉的奇香弥漫在大境门上,大境门沉浸在严寒和热烈的欢笑声中。

远在民国初年,大境门上不晓得站立过多少政客军阀,他们都以"大好河山"的主人自居,而最后终归把"大好河山"送给日本人;现在八路军把大境门解放了,大好河山已为人民所有,正像它上面所写的"大好河山"的颂词一样,新的和平民主繁荣的大境门,已在人民的张家口诞生了。

(《晋察冀日报》1946年1月20日)

评扩大国府组织之意见

【新华社延安十九日电】本月十四日，政治协商会议讨论结束一党训政、改组国民政府问题。会上政府代表团提出所谓扩大国府组织之意见一案，并由王世杰氏加以说明。根据原案及王氏的说明，国民党对这个问题的主张，可以概括如下：（一）增加国民政府委员十二名；（二）国府委员得由主席提请党外人士充任之，就是要由国府主席提经国民党中央执行委员会通过方能任命；（三）国府委员会"抽象的"是政治最高指导机关，实在权利是讨论和决定立法原则、施政方针、军政大计、财政计划及预算，以及主席交议和三分之一以上委员建议事项，但无任何用人之权；（四）主席有指定权、相对否决权及紧急处置权；（五）行政院设政务委员若干人，得兼任部会长官；（六）国民党不但要占多数，而且要占"特定程度的多数"。这些便是国民党当局对全国人民与国际舆论所坚持要求的实行彻底的民主改革的回答。应该明白率直指出，这个回答对于全国人民的要求与盟邦的期望是不相符合的。

全国人民与盟邦所要求于国民党的，是废止国民党一党专政，组织民主的联合政府。在这一联合政府中，一切民主分子应参加政府的一切与各级机构，享有公平有效的代表权。而国民党在这一提案中所表示的，却只是以设置几个党外人士充任的国民政府委员及国务院的"代价"，来获致国民党继续一党专政的合法化。因为在提案及其说明中，国民党代表坚持所谓"法律的系统"，坚持将国家的最高权力依然放在国民党的中执委会手中，连国府委员的任命，也仍旧要经过国民党中执委的通过。而国民党一党的中执委君临于一切国家机关之上，乃是一党专政在国家组织体制上的最触目的表现。一切今天的所谓法律系统，乃是国民党一党专政的法律系统。连国民党当局自己也不得不承认在这个法律系统中的许多法令，必须"分别予以废止和修正"加以任何扩大政府的提议。如果不打破所谓法律系统，不彻底取消国民党党部对国家政权的任何法律地位，则不论其形式变化如何繁多，实质上仍然是涂抹脂粉的一党专政。中国的一切真正民主分子，是显然不愿意充任这种脂粉的。

其次，国民党代表的这一提案实质，不是贯彻民主主义取消个人独裁的提案，而是虽有迂回曲折，而归根结底依然是保障个人独裁的提案。保持国民党中执委为国家最高权力机关，实际上就是保持个人独裁制度。因为根据国民党的组织系统，中执委不过是总裁的服从者。六全大会以后，国民党的中执委是必须宣誓"服从总裁命令"才能就职的。国民党的总裁同时又是国民政府的主席，主席不仅实质上指定全部国民政府委员，而且在政府提案中，又特别规定他对国府委员有提交复决权及紧急处置权，后者在事实上与合理上都是欠通的。国府主席理应向政治最高指导机关之国民政府委员会负责执行其决议，不应形成两个最高指导机关，实质上也就形成一个比"最高"更高的指导机关。因为在国府委员由国民党占"特定程度的多数"的情况下，提交复决权，实际上就是主席一人的否决权，也就是主席的独裁权。至于紧急处置权，尤无存在之必要，因为照拟议中之国府委员会仅四十八人，在任何紧急情况下，都来得及集会讨论决定，因之保持紧急处置权并无任何理由，也只是为了保持主席可不经国府委员会的个人独裁制。

这个提案，不是在党派平等合法基础上组织一个重要政治分子有公平和有效代表权的民主联合政府。这个事实也是显然的，提案中一切非国民党人士要参加政府，必须经国民党中执会之通过，就完全破坏了党派平等的原则，把其他党派变成国民党的下属。政府代表要求国民党委员的名额，不仅要比"任何他党的名额多"，而且要"具特定的多数"，就完全破坏了"一切政治分子的代表在国民政府内得享有公平和有效的代表权"的原则。国民党一党要占"特定程度的多数"写成明白易晓的语言，就是"压倒的大多数"。这在全国政治力量的对比上，既不公平，又使任何其他党派或无党派人士之参加政府，成为完全无效力的，三分之一以上的委员的签署才能提出议案的规定，使党外人士几乎无法提出任何议案，而国民党则可以依据其特定的多数，否决任何国民党外人士的议案及主张。

不但如此，而且这个提案所拟议的国府委员会，使王世杰氏的说法"抽象的"虽是政治之最高指导机关，而实际上尽管国民党占绝大多数，尽管主席有指定权、否决权与紧急处置权，这一委员会却依然是一个连有限权力也极微弱的清谈场所。因为第一，它的主要任务只是讨论"原则""方针""大计"；第二，它没有用人权。没有用人权这就是说没有使用一切民主分子到政府一切机构中去之权，这就是说没有使各党派享有公平有效代表权之权。一个"最高指导机关"尚且无权保障民主，而只能保障独裁，那么在独裁制度的办事机关之行政院中，增加几个政务委员，当然更加无能为力了。

最后，这个提案，对扩大国府组织，仅限于增加国府委员十二名及行政院设置若干政务委员得兼各部会长官，而没有一个字涉及地方政府，这也是完全与"广泛地吸收一切民主分子到国民政府的各级机构中"的原则相违反的。任何改革政府的主张，如仅限于在中央机构中做无关重要的改变，而将地方政权机关仍然置于原封不动的一党独裁之下，对民主改革的事业是毫无裨益的。真正的民主改革，必须使一党专政制度，从上而下自国民政府直到乡镇保甲加以全部改变。

把这个提案和国民党代表所坚持须于五月五日召开的那个十年前

由国民党一党包办、贿选、逼选、指定、圈定的国民大会联结在一起看，则更可以看清国民党的意图。国民党的意图就是把现在已经动摇的一党专政，经过三个多月的临时的"扩大"的一党专政，最后过渡到完全合法的"宪政"式的一党专政。总之，变来变去还是一个一党专政。

综上所述，国民党代表所提出的所谓扩大国府之具体办法，完全是拒绝民主改革，坚持一党独裁的办法。这种办法非但对解决目前国内严重的政治局面无所裨益，而且更会保持和培植今后更大的国内纷争再起的根源。因为谁都知道今天中国的险恶的形势及内战的基本根源，是在国民党的一党专政制度，是在国家制度毫无民主气息，人民毫无自由权利。不废止这个一党专政，就不可能实行迫切的民主改革；不废止这个一党专政，就不可能消弭内战的祸胎；不废止这个一党专政，中国就不可能走上和平、民主、团结、统一的道路。所以为了巩固国内和平，实现民主改革，促进经济建设，就必然废止国民党的一党专政，实现民主的联合政府。这就必须：（一）彻底的从上到下的、从中央到区乡的取消国民党对国家的形式的与实质的干涉，尤其是国民党一党君临于国家机构之上的丑恶形态，必须完全废除；（二）必须贯彻党派平等合法，在政府内有公平和有效代表权的原则，任何政党在政府内不得超过三分之一，以实现真正的联合政府，避免任何一党之专政；（三）一切行政机关必须贯彻民主主义的精神，主席必须服从委员会的决议，以纠正个人独裁与手令制度的积弊；（四）政治之最高指导机关，必须具有圆满的权力，一切行政主管人员之任用，必须经最高指导机关之通过；（五）中央机构之改革，必须与省、县、区、乡各级行政机关之民主化同时并进，才能使中央的联合政府有地方的民主政权为基础；（六）临时的民主联合政府，应该在广泛的民主基础上，迅速地实行无拘束的普选，召开国民大会制定宪法，成立更广泛的、正式的中央联合政府。

我们在原则上赞同扩大国民党政府使成为临时的民主联合政府，但是国民党代表所提的扩大国府的意见，是完全不适合于这个目的及其所应具的上述的条件的，因此是完全不适用的。为了国家民族的整个利益，我们希望政府代表团依照蒋主席在政治协商会议开幕中所说的"有时候撤销我们的提案，比之坚持我们的主张更有伟大的价值"，因而实行撤销这个提案，以便与会中各民主派别的代表获得圆满的协议，使此次会议有确实的成就。（《解放日报》社论）

（《晋察冀日报》1946年1月21日）

调解与审判

王子宜

自从去年提出调解方针和马锡五审判方式以后，边区的司法工作曾经有了一番新气象。在这个方针下，司法工作者调查研究，依靠群众的观点逐渐加强了，广大农村中出现了不少公平正直的调解模范，和解了许多纠纷，减少了许多诉讼，但是在执行调解方针中，我们是有缺点、有偏向的，特别在提出调解为主、审判为辅以后，我们工作中的缺点和偏向就更其增多了。

什么是这些缺点和偏向的主要方面呢？就是强调调解是诉讼的必经程序，模糊了调解与审判的区别，认为人民不经调解而到司法机关上诉是手续不完备，因此形成从乡到区、区到县、县到分区的层层调解及调解不成再审判，审判不成的再调解的反复调解。同时单纯地把调解工作的好坏作为司法干部考虑的标准，这样就容易促使干部产生"强迫调解"和"调解了事"的思想，如个别司法人员甚至向发生纠纷的当事人央告乞怜说："看我的面上，这事情算了吧。"至于遵守政策合理与否，则可以不管。

由于上述偏向，在同一时期内有些地方把某些不应调解的人命案和赌博案也列入调解的范围，因此有些赌犯说："不要紧，浪赌吧，犯了法也不过调解调解！"

由于这种无原则的调解，迁就和助长了农村中某些落后的习惯，如披麻戴孝、烧香纸、念经、阴阳、看坟等，有时使发生纠纷的当事人一方倾家荡产，损害了生产的发展。

也由于上述的缺点，个别地方发生只讲调解不顾政策的事情，如佃户和地主发生纠纷，佃户失去了土地也给调解了；又如某地一个雇工向地主索取所欠工资，地主竟将该雇工吊打成残废。对于这种蛮横无理违背政策的事件，也仅仅采了调解方式。

也由于层层调解反复调解的结果，一个案件往往无期拖延，道途往返，人力财力都有损失，这是群众不满意的地方。他们说："你们是六级六审六调。""边区的司法原是县司法处及高等法院两级两审制。"他们还说："你们官是好官，就是管住不放。"这些话都值得我们重视。

上面所述就是边区这两年多实行调解为主这个方针的主要偏向，由这个偏向使一部分司法人员模糊了调解与审判的区别，从而产生了"不告不理的态度"。

怎样克服这个偏向？去年冬天召开的边区会议上曾对目前边区司法政策中各个重大问题做了再四的研究，并得出了初步的意见。

第一，调解与审判的区别究竟在哪里？有些同志说，他的区别只是形式的、是解决问题的两方面（或者说调解是合乎政策违背法律），这些看法都有其片面性。应该说，审判和调解不只是形式，而且有其实质上的区别。审判是法庭依法处判决带有强制性的；而调解则是第三者依据当事人的自愿，是"私下了"，带有妥协性。又如刑事案件一般的不许调解，民事纠纷一般的提出调解也是一个重要区别。因此，审判与调解应确立几点原则，审判的原则是：（一）全面调查、虚心研究、重视证据；（二）保护被告人有充分辩论机会；（三）迅速处理，照顾生产；（四）实行陪审制度，发扬马锡五的群众观点调解的原则：（1）双方自愿，不许强迫；（2）适合民间善良习惯，照顾政策法令；（3）调解不是诉讼的必经程序。

第二，区乡政府解决民间纠纷算不算调解？在这个问题上，有几种说法，一种是除法庭及县府一科调解外都可以叫作民间调解，根据统计，群众间发生纠纷多半经由区乡政府解决（如延县一年中由区乡了解的案子有一千九百件），真正群众自己调解的案件非常少，如果区乡不包括在内，则所谓调解范围就很小了；一种是区乡解决纠纷"既非强调"（调解不许强制但区乡处理案件常挟带强制性）"又非审判"，也不是完全依照法律手续办事，而是一种特殊形式，但由于边区是分散的农村环境，人民愿意到区乡政府去解决纠纷，在这种情形下，为了同民间调解有区别，不妨叫作区乡处理；一种是区乡政府既不属于纯粹调节，应酌予罚五天或十天的苦役。对于上项所说，我们认为区乡政府处理民间纠纷仍属于调解范围，应遵守双方自愿原则，不能加以强制，也不应有罚五天或十天苦役之权。过去因民事而随便押人罚人的现象应彻底纠正，否则区乡政府将变为一级合法的审判机关，但根据过去经验，县司法处应加强对区乡调解的直接领导，着实和他们取得密切联系。了解实际情况，帮助他们解决困难，同时注意培养和发扬这方面有经验、有成绩的干部。

第三，调节为主抑或是审判为主，或者调解与审判结合呢？我们认为调解为主。如果仅就政府方面对于处理民间纠纷的方针来说，是可以的，但把这方针运用到司法机关就不妥当。因为法庭主要的是依据法律手续判决案，而不是实行调解，更不应以调解为主，县府一科也不需调解。至于提出以审判为主，则又忽视了处理广大民间纠纷的调解作用。因此在整个司法政策来说，无论提出调解或审判为主，都有其片面的缺点，而应分别具体情况办理。至于调解与审判是否可以结合？我们认为新的审判方式本身就包含着调解的因素在内，虽然它主要的是依据法律判决。我们法庭对于当事人有教育责任，无论审讯或宣判都须经过解释说服，使人心悦接受，因此也不必强调调解与审判结合了。

第四，什么是马锡五审判？我认为有三项原则：（一）深入农村调查研究；（二）就地审判，不拘形式；（三）经过群众解决问题，这个原则贯穿着一个基本精神，就是民主、调查、审讯都有群众参加。案情从群众中来，竭力求得正确全面、是非曲直摆在明处，然后把研究分析过的情况经过群众酝酿，使多数人认为公平合理，既合原则又近人情，双方当事人服判，其他事外人也表示满意。这种审判方式是最民主的方式，应该在我们的各种形式的审判中，大大地发扬这种联系群众的民主作风，但不是机械地从形式去模仿。

法是属于人民的，人民授权于我们保护他们的基本利益，历年来边区司法工作者就是遵循着这样一个方针而努力工作。经过了一段曲折的路程，我们在调解与审判这个基本问题上得到了一个清楚的认识，但上面这些意见是否完整无缺，尚需在实践中考验修正，并依靠全体司法工作者来改进。

（《晋察冀日报》1946年1月22日）

乱 人 坑

杨朔

你要是到宣化龙烟铁矿的庞家堡矿区去,工人就能指给你乱人坑看:在西部一区,足有五亩地大,到处是脚脖子深的荒草。前些时,工人在这一带做土坯,撮着撮着土,簌踉地就跳出个脑袋,簌踉地就是条大腿。这里埋着他们的骨肉,他们的亲友,但是一辈子也埋不了他们惨痛的记忆。

提起这件事,石头人也要流泪!人不是人,却变成畜生,最野蛮的奴隶主对待他的奴隶也不会更残暴。干这事的便是日本刽子手。他们派出大兵来屠杀中国人,才在宣化经营起庞大的炼铁厂,到处强抓中国"苦力",制造杀人的武器,从河南、从河北、从山东……一车一车的工人往矿山里灌。这些人,不是诓来便是抓来的,锁在□闷子车里,吃喝不管,逢到大热天,有时整车活活闷死,也不算稀奇。

一进矿山,工人算是下了活地狱了。满身满脸,尽染成红色,衣服只是些烂布缕。三九天,身上也难得见些棉絮,只是披着石灰袋子,破麻包,要不就围着破被,脚上包的尽是乱草,用铁丝麻绳一类东西绑起来,大北风一吹,这个罪怎受?

不但受冻,还得挨饿呢!工人的食粮都是配给的。勾结敌人,狼狈为奸的是德元兴,这家电磨的老板叫曹老二,本是个穷光蛋,这里拐点,那里骗点,后来勾搭上日本人,扑了个叫傅老二的商人做财东,一同开起德元兴,专管配给工人食粮。这些商人都是生财有道的人,生意自然做得兴旺。工人吃的无非是高粱面、棒子面、黑豆面、芸豆面等等。他们磨面时就要带上棒子骨头、高粱帽子,还掺进沙土、木渣、树皮、山药梗子,以及杂七杂八的东西,蒸成窝窝头时,硬得像石头，拿它打人都不坏，摔到山沟里也不碎。不吃是没的吃，吃了就烧心，拉不出屎，尿不出尿。

这一来，工人可死多了。正干着活，忽然就得了血伤寒，鼻子流出一大摊血，闻到气味便传染，常常会一死一家。要不就肚子发胀，活活地胀死。也有人吃了生硬东西，喝了凉水，黑夜山风一吹，又没被褥，拉起稀来就没救。

日本监工的可不管你死不死。他们手里总提着根棍，头上是个小榔头，看见病人，便恶狠狠地骂："他奶奶的，怎么不干活？"病人哼哼着，他却擎起棍，对准病人的脑袋就是几榔头，还骂："脑袋壳还硬，就得上班！"

最严重的时候，一个月死的人竟上千。每回工人下班，看吧，这家门前，那家门前，尽是死人，盖着席头，大家连忙送出去。赶黑夜，听吧，左邻右舍，大人小孩乱嚷嚷，天亮一看，满街又是些盖席头的，有时连向矿方报告都赶不上。新死两个人，去报告了；才回来，又死三个，又去报告；没等回来，又死了两个……

死的人，用破席一卷，扔到野地去，也来不及埋，遍山沟，遍路边，一个压一个，全是死尸！死的死了，活着的饿得只剩皮包骨，走起路来，摇摇晃晃的，脚都迈不动。吃的既然这样坏，工人差不多都变成夜盲，太阳一落，什么看不见。即使能看见，谁又敢出门呢？天一黑，满山遍野，跑的尽是狼群，嚎得像哭一样，抢着吃死人，拖得到处都是零碎肢体。

到末后，工人实在看不过眼，大家才支撑着气力，拣了五亩多大的地方，挖了些坑，忍着泪掩埋起他们的同伴，他们的亲人！连男带女，埋在一道，每个坑都要埋上两三层。新死的人送去埋，掘的还不敢深，深一点，就又露出死人了。

这便是叫人心颤的乱人坑。八年来，龙烟铁矿加上庞家堡和烟筒山两个采矿区,死的人足有三万,单只庞家堡的乱人坑,埋的就不下六千。

这笔账,我们记在日本强盗的头上,记在曹老二的头上,也记在傅老二的头上。今天,算账的日子终于到了。在反攻中,工人们曾坚决地保卫了矿,坚决地配合着八路军,袭击敌人,现在也正在坚决地和奸商清算这笔老账。在清算委员会上,我遇见一些工人,谈起这些旧事,又激愤,又痛心,眼睛都要冒出火来。末后,矿工周玉成用两指捻着身上崭新的小棉袄,红漆的脸放着光,激昂地说:"头些年,工人哪有这个穿?肚子饿得要死,裤子露着屁股,冻的得得得得……想想当时,我真要哭!鬼子可望着你骂:苦力,快快地干活——一石头就劈过来。今年,人翻过来,天也翻过来了!好多工人都架上皮袄,吃的也是热腾腾的好饭食……八路军给工人带福来啦!也不知道怎么回事,天也暖和了,人也不死了,连狼也没有了!"

是的,和平而幸福的日子已经来临了。但是让我们记住,冬天并没真正过去。我们还得准备和风雪搏斗。只有春天到来,光景才能完全好过。

(《晋察冀日报》1946年1月22日)

刘 县 长

宋平

徐水县长刘萍同志，是全徐水广大人民最敬爱的县长，他对于人民解放事业是最忠实的。一九三八年他到了徐水县之后，把该县的局面就打开了，建立起区村的民主政权，组织起抗日人民武装（县大队自卫队），奠定了解放人民抗战胜利的基础。该县的境内有一片苇塘，就是刘萍同志开辟工作的办公厅所。

他对于在一起工作的同志们，照顾得非常周到，所以同志们没一个不敬爱他的。他是一个青年的知识分子，身体虽然不大粗壮，但是他的精神是很充足的。他是个近视眼，但他每逢打游击，或扰乱敌人的时候，是一贯走在最前线，如遇上什么情况，他总是走在后面照顾同志们。

在夜里行军他经常被坑洼绊倒，常将眼镜子摔掉。同志们知道他这点困难，都互相争着扶他走，但他总是不肯这样做，只是说自己是个青年人，不要紧，拒绝人们对他的照顾。

他对于人民的痛苦与利益，是时时刻刻关心的，如一九三九年的严重水灾，老百姓们的生活非常困难，他想尽一切办法来给老百姓们解决，并计划到第二年的籽种问题。

他的态度是很和蔼的，不论男女老少都能说到一起，他每逢转移到一个村的时候，老百姓们都很欢喜地争着给他腾房，让给他住，真是如同自己一家子一样。

水磨头村一个老头说：" 我活了七十多岁了，没有见过这么好的县官，真是自古稀少的清官啊。"

他常穿着老百姓式的旧衣服，一件破棉袍就穿了好几年，他对同志们说:"省一点是一点,看我的棉袍破还是件宝衣呢!一到夜里,大襟当被子,底襟当褥子,将袖子一折就当枕头,在行军的时候就是件大氅!"

由于他这些优良的作风,老百姓与干部们,大家都亲昵地叫他:"我们的小刘县长!"

一九四〇年夏季的一天,刘同志带着县大队的一部分,由县西部(平汉路西)往东部(路东)转移,被敌人发觉了,就打了我们一个伏击,因敌众我寡,又是在铁路附近不能长时对峙,所以都往东冲。

不幸,我们的刘萍同志又落在后边,腿部受伤很重,不能走路了,扑在洼地里的一个土坡上,就晕过去了。

敌人在搜索时就发现了刘萍同志,如同获得至宝一般,就将刘同志抬到城里去了。

伪县长为了诱降方便,将他安放在伪县政府里一间很清静的小屋里,并派医生给他医治伤口,派马弁给他送饭,均被刘萍同志拒绝了,誓死不敷敌人的药,不吃敌人的东西。

伪县长得到医生与马弁的回报,仍然是不甘心,亲自给他送饭,对刘同志说了很多无耻的话,劝他吃饭,劝他治枪伤。刘萍同志听他这套谬论,向他严厉地沉默很久,说:"什么东西,与我说这些无耻的臭话……莫非我会上你们的圈套吗?"

伪县长一看谈不进去,只得又装腔作势地说了几句下台话,就退出去了。

他们的诱降失败了,仍是不甘心的,就又另想出一个法子来。伪县长、新民会长、特务队长、宪兵队长、翻译官、敌中队长,还有其他的汉奸们,共同审问。将我们刘萍同志抬到大堂,一群狗东西们,就七言八语地乱叫,有的威胁,有的是劝降。

刘萍同志在架床上躺着,睁开眼看了看这一群狗东西们,愤恨地哼了几声，闭上眼就又不理他们了。

翻译官看这种情形，将桌子一拍，怪声怪气地说："你将你所做的一切罪恶还不很好地说出来！"

刘萍同志听到他这种问法，马上将眼一瞪，挣扎着坐起来，说："你说什么？我有什么罪恶，我是中国人的一分子，领导着全徐水县的人民为自由解放，反抗侵略我们的日本鬼子，是我应尽的责任。不但是我，只要是有一点中国气味的中国人，都有这个义务，我有什么罪呢？"

特务队长马上站起来忙插嘴说："得了得了，别胡说了，又是这一套！"但是刘萍同志，不听他的阻止，只是接连着往下说："你们这一群民族败类，自己不问自己出卖中国人民的罪恶，反而问我，真是一点中国人的气味也没有了！"

翻译官又站起来，按着桌子瞪着眼喊着说："得了，不准你再胡说，不然的话，对你一定不客气了！"

特务队长、宪兵队长，又应声附和地怪叫了几声："再要胡说，该要动厉害的了！"

刘萍同志把头一抬，又冷笑了几声，接着说："我所说的是全中国人民最爱听的，也是最爱做的，只有你们这失掉中国人味的败类们不爱听，哼……不承认自己胡做，反而说我胡说，真是无耻得很啊！"

刘萍同志在说这一段话的当中，这一群狗东西们喊叫着禁止他再说，有的伪警汉奸们也附和着用脚踢着，不让他再说；但是刘同志不听他们的怪叫，不理他们的脚踢，只是说着自己的。

同时，有的伪警汉奸们被说的目瞪口呆的，不做一语，也有的伪军警们站在一旁垂着头不做任何的举动。

日本中队长看此情形，没有办法，站起来按着桌子瞪着眼，说着生硬的中国话："八格牙路的，要死了死了的，弄回去的！"

刘萍同志躺到床上，被抬到院里，不住地喊着说："我是个中国人，我总是为自由解放奋斗到底！希望你们很快地省悟过来吧！"

刘萍同志回到小屋里，因两三天不吃东西，伤口又沉重，又驳斥这些东西们的谬论，第二天就光荣牺牲了。

这个消息，从城里传出之后，徐水全县的老百姓们无不流泪愤恨，全县的干部们宣誓给刘同志报仇，与他一同遇伏击的干部们，尤其充满了悲愤。

一月一九日

（《晋察冀日报》1946年1月22日）

被解放了土地的主人
——张市农民代表大会素描

申玮

我走出张家口繁华的街道，踏上村落小道，穿过枯树林。在一片荒凉田野的边沿上，走着五六个穿着老羊皮袄的农民。他们在前两天接到市农民筹备会的通知后，这天一清早起来，匆忙地吃过早饭，就赶来开会了。他们一路上谈心作乐，一阵阵传出粗壮的笑声，应和着脚步，加快了速度。

"八路军就要咱们这些穷人老粗说话办事，还当代表、开大会，真是变了'天'啊！"

参加开会的一个老汉，咳嗽了两声，紧接着说："我大半辈子过去了，向来是人家骑在脖子上撒尿。咱们当佃户的人，哪能过一天好日子?!"

"可不是，往年这时候，还不是早出了口，躲债的，躲租的，还过什么年节?!"

他们回忆起过去的悲惨历史，激起了无限的愤慨。今天，他们却抑制不住内心里幸福的欢笑。

在这愉快的日子，我跟随着他们，走向吉家房去参加市农民代表大会的盛典。西北风击打着树枝，发出吱吱的声响，心情上不禁轻松起来。

吉家房是塞上一个农村，一面国旗八年来第一次飘荡在完小礼堂的门上，穷人们第一次走进他们从前不能到的地方。今天就要在这儿开会，成立农民自己的组织和商议向地主闹减租斗争。

在室内，挂着张家口各界赠送给大会的贺账，墙壁上放射着红光。在这辉煌而庄严的气氛里,我们的三十几位农民代表,安详地坐着。每个人都披着羊皮袄,里面穿着深蓝色的棉衣棉裤,头上戴着毡帽子和皮帽子,没有一个人秃光着头顶,穿着单薄的衣裳。赤红的面颊,温厚的面孔,嘴角上不时地现出了微笑。自从八路军解放张家口以后,四个多月的光景,他们没有饿过一天肚子,家里还存着退回来的租子,这就是他们翻身以后的写照。

会议在和蔼轻松的空气中开始了。

主席报告工作以后请大家上台讲话。忽然一个身材高大的农民代表从座位上站起来,摇着他的宽肩膀向台上走,雨点似的鼓掌跟着他的脚步响了起来。他的心发了慌,急促地说了几句话,就跑下去了。

"我吃饱了饭,家里有存粮,为大家办事,心里实在痛快。"

这时,主席台上,坐着一个神采焕发的年轻人,从容地走到台边。他叫程庭枝,是九区姚家庄村农会主任。因为工作做得好,农民们又把他选到区农会为大家办事。他的粗壮身体和爽朗的神情,都显得特别健康。十多年前,他的父亲用一辈子勤劳的血汗,买了二十亩旱田。八年前,敌人侵占张家口,二十九军逃走后,敌人在这片土地上修飞机场。仅有的土地,被敌人强占去,庄稼被踏平了。从此,他的小康生活便被剥夺,当了佃户,每年从地主手里租来十亩地维持五口人的生命。他的父亲气闷不过,终于死了。他受了整年的风霜,打下粮食,不是交给地主,就是给敌人上捐。这样,他只好忙里抽闲,做短工充饥。每月还要给敌人应工七八天。几年来,今年他的身上第一次穿上完整的衣服,笑纹堆满了他的脸上。他走向大家面前,口口声声说:"我要向毛主席敬礼!"

两分钟悄悄地溜走了,会场角上一个低个子忽然站了起来,掌声又发作了一阵。他大步走上台子说:"今天是个好日期。我要向大家报告报告,这个会我很高兴,今天是个好日期……我要向大家报告。"

他并没有报告出什么，但却非常满意地回到自己的座位上。接着还有两三个代表上台讲话。有一代表低声说："谁都有一肚子话要说，能讲出两三句也是好的。"

第二天，为着使每个人都能讲出心里的话，各区代表分组开会，围坐在炕上漫谈。

在减租退租斗争的讨论中，他们显得格外热心和关切。他们都领导本村农民向地主恶霸斗争过，使一些佃户从穷困中获得了生机。但是，也有一些胆小、自认为命穷的人，说种人家的地是帮人家的光，又怕将来"变了天"，不敢得罪地主，甘心愿意过穷光景。大家还是愿意帮助这种人从饥寒的日子里翻身，但是嘴头上都不免有些气愤。

"这种人不识好，拨开他的嘴给他肉吃，他还不吃，有什么办法？我看就在群众大会上斗争他，看他去给地主要不要租。"

也有人说："斗争他，他胆子小，见了地主还是挺不起腰来。"

没有结果，吵叫的声音嗡嗡地充满了屋子。最后，一个不大讲话的中年人，从口袋里取出纸烟来，吸了一口，从容地表示他的意见："咱们回到村上，多方面去调查一下，看谁真正没有减租，什么原因，弄个明白，再把他找到农会劝说，等他醒悟过来，事情就好办了。大家看这办法好不好？"

好的办法提出来，大家都同意了。

有了土地，庄稼才能在土地上生根结子。于是，大家都在生产方面发言了，全说："多打粮食，国家才能富强，这要靠咱们农民做主。"

过去，敌人用刺刀和卖膏药旗子占领的土地必须归还原主，强买的土地归公，加上村里的公产地，农会帮助调剂给贫苦农民耕种。

怎样才能多打粮食呢？一个有经验的农民说："种地最大的困难是没有牲口耕地，没有大车送粪，靠租有钱人家的车马，真是太吃亏。我有一个办法，如果一家钱不多，只能买一条小毛驴，那么，三家的钱凑在一起,就能买匹马……"

一个五十多岁的老汉,从墙角里躬起了腰,打断他的话说:"办法好是好,就怕人不齐心,老百姓不是向来都是各管各吗?"

接着,又一个青年的小伙子答了腔:"咱们农会不会组织吗?"

"我看咱们集股开合作社,由合作社买车马,低价租给大家用,以后还能分红。"

这个意见更高明,打动了各个人朴素的心灵。大家都望着说话的人出神,点头。

谁不说劳动互助好呢?主席露出了埋在阴影里的一张笑脸,摇着手掌,问大家过了年能不能组织起来。可是,那个老汉又打岔了:"能是能,还是我刚才说的,就是人心不齐。这事情也不好办。前几年,我们几家拨工,今天该给他耕地,我早早地就把牲口准备好,让他拉去。该给我耕的时候,我去拉他的牲口,他说还没有喂,太阳大高了,谁信他那话。碰到这种心奸人,就拨不成工了。"

但大家都说,困难是有,办法是好的。以后咱们村干部回去先带个头,人就会跟着来的。

准备种子、积肥、组织磨坊等,都一个个地想出了解决的办法。年轻的农民代表任焕会后兴奋地讲着:"我弟兄三个,家里一亩地都没有。八路军一来张家口,家里有了粮食吃,我就在青校会工作。这次,又选我当农民代表,回家以后我更要好好劳动□!"

在会场上,我生活在农民的愉快气氛里,我也体验到他们翻身以后的快乐。在他们回去的路上说:"自己的事自己办,只有斗争才能翻身。"

一九四六年一月二十日

(《晋察冀日报》1946年1月23日)

我 的 生 活

张市九区姚家庄　程庭枝

  我的家里有八口人，耕种二十亩地，在八路军没有来以前，受着日本鬼子打骂，不当人看待。后来鬼子修飞机场，那二十亩地也给占去。再也无办法可想，家里人每天饿着肚皮，粗粗的高粱米塞得半饱不饱，身上没有衣裳穿，冻得打哆嗦。有一回，敌人逼着我去背麻袋，因为肚子空，背不动。敌人唤洋狗咬坏了我的身体，挨到家里，家里人不由得大哭一场。后来，爸爸和哥哥生了病，没有钱吃药，前后都死去了。家景太贫穷，嫂嫂改嫁，家里只剩下可怜的五口人。那年景，压得我喘不上气来，只好靠租种地来度命。租子重，官粮捐税多，一年产粮顶不上，一到冬天就没办法了。只好做工挣钱度命。这苦光景实在难挨呀！谁想到八路军解放了张家口，家里有了吃喝、有了地种，不再发愁了。这一次来开大会，我可以自由讲话，庄稼主翻了身，我的心里实在快乐高兴。

(《晋察冀日报》1946年1月23日)

我 的 话

张市八区老鸦庄 任焕

一月十六日,我到市农会来开会,晚上在人民剧院看了《白毛女》。回来以后,我心乱如麻、悲痛万分,眼眶里不由得流出了热泪。在日本鬼子占领时候,受了八年窝心气,愁眉不展,光景过不下去,只有少数的官僚及汉奸走狗们过着好日子,穷人都没有份。自从八路军解放了张家口,我们才得到了快乐日子,大家生活才好起来,有饭吃、有衣穿。八路军不欺负老百姓,不打人,还给打扫街道。我们活到这么大,没有看见过这样好的队伍。区里的同志也很好,能吃苦耐劳,热心领导我们。我们要好好努力,保护这块好地方,一心一意地增加生产,让大家都有饭吃,过好光景。

(《晋察冀日报》1946 年 1 月 23 日)

雪夜线路巡查

丁点

这里是天镇站——平绥路的一个二等站，要比张家口站冷静些，但要比其他小站倒还觉得热闹得多——因为这儿是已经解放了多日的站了。

是在一个深灰色的夜幕罩上了大地的时候，时钟敲过九下了，各当番同志们都检点了一下自己的武装，这是将要准备出发，要去完成自己的任务去——线路巡查。

我们是由部队（八路军）和自卫队合作组成的巡查队，都是勇敢的青年，所以每个同志的脸上都充满着无限的热情。

不一会儿，出发时间到了，同志们都兴奋地举着健壮的步子，踏上了铁路两旁的细道。夜色与雪光反映出一个白茫茫白世界——原来是雪下得更大了，风是掺着雪粉呼呼地刮着、飘着。脚底下只听得吱扭吱扭地乱响，铁路两旁的树枝上、树干上、电杆上、电线上，都穿上了白的新衣裳。我只觉得心内燃烧着一个热望——"和平民主团结"，忘记了风、雪、冷、冻。没关系！再走吧！再向前走吧！就这样地走着，还没走一里路，"扑通！扑通！"一连就是两声。"是谁？你也滑倒了吗？""不要紧！"因为这是我们自己的铁路，我们又是人民自己的队伍，自己的队伍巡查自己的铁路，即便受些罪，我们又有什么说的呢？何况平绥路它是和平民主建设的交通工具。一路上就这样地克服了困难，就这样的前仆后继地前进着，向交换巡路牌的地点——夏小堡前进着。虽是短短十五六里的行程，但苦于这路又细小、又高耸，枕木下的碎石又多散漫在小路上，一不小心，就会滚下道坡去、道沟去，因为这小道的两旁多是四五丈的道坡道沟。

大家在哄然笑着，不知什么叫作冷，什么叫作冻，只觉得头上出了汗，身上是热烘烘的，心弦上增加了愉快脉搏的跳跃。

每个铁路附近的村庄，全是鸦雀无声。老百姓们都安然地酣睡着，做着他们自由快乐的梦，他们再不受鬼子的蹂躏了。

"看哪！前面有了灯光，大概是到了吧！"

"喂！你们往那里走！"路旁有人叫着。

我们都像发现了新大陆似的，于是打了招呼。换了路牌，做了片时的休息，又分离了，仍旧踏上了原来的去路。

（《晋察冀日报》1946年1月23日）

出 发 点

吴伯箫

队伍出发。

嘉陵宝塔的影子慢慢落在了后边，延安远了。走在路上的人心情可会是沉重的吗？不。多少年大家庭的红火生活，受奶汁样延河水的哺乳，受脂肪样深厚黄土层的庇荫。人最是硬朗的、矫健的，并非淡于感情，没什么留恋，而在留恋所浸染成的不是忧郁，不是小心眼低回过去罢了，更热衷的是放大眼光奔上辽阔的前途啊。从延安伸出来的路是长的哩！有老百姓的地方就有通延安的路。那是坦荡的大路，四通八达的路，人民的路。

帕米尔是世界的屋脊，多少山脉从那里绵延起伏，奥林匹克为众神所居，希腊神话记载着那里开始扮演的美丽故事。树有根，水有源，太阳辐射光、热。延安，正是这样一类的地方，它是光明的灯塔，革命之力的发动机，新中国的心脏。它虽不是耶路撒冷，也不是玄奘取经的去处；但拿来取譬，它却不多不少称得上是一个圣地。这个圣地不是属于神的，而是属于人的，特别是中国人的。从这里它要一步一步了结从有阶级以来中国人所遭受的辈障，它要粉碎千百年来的锁链与桎梏解放（不用佛语"普渡"吧）。所有被压迫、被剥削、被奴役的人们（这里也不用"众生"两字），走延安这条路的人有福了。果报不只在子孙后世，利益是现实的、亲身的。

延安有两面旗子：一面是民主，一面是自由。在这两旗子底下，人人都有衣穿、有饭吃、有书读、有事做。过年过节，春秋佳日，人人都有机会看戏、闹秧歌，进行各种各样的娱乐。这里穷人都翻了身（从减租减息开始），富人也各得其所（发展资本主义）。买卖人有钱赚，因为出产丰富，家家商店都堆满了货物，而老百姓又都有买东买西盈囊的积蓄啊。工人，在这里问题不是失业，而是有着做不完的太多的工作，有的场合因而反感到劳动力的缺乏。

中国，有史以来，以延安为中心的西北高原，有过任何记载说这里是沃野千里、物阜民丰的吗？不，在从前，连范仲淹在"渔家傲"的词里都写过："千嶂里，长烟落日孤城闭。"那是很荒凉的。一眼起伏的土山，不是蓬蒿就是梢林……曾很少有热闹的城镇街市，鸡犬之声相闻的稠密村落。但自从这里有了民主、有了自由，面貌就焕然一新了。老百姓从自己当中选出公正热心的好人，组织各级政府，管理老百姓自家的事情；老百姓叫自己的子弟拿起枪，训练为子弟兵，又从而保卫自家底田园家乡。这样闾里太平，大家安居乐业，日子便可尽往美里过了。变工队、互助组、合作社，"男子组织起来开荒种地""婆姨组织起来织布纺纱""娃娃组织起来拾粪拦羊"。大家一齐亲自动手，于是很多荒山变成了良田，部队屯垦也将渺无人烟的南泥湾，变成了水草肥美的塞下江南。"丰衣足食"，旧社会即在鱼米富产区域谈何容易，但以延安为中心的陕甘宁边区一般人却都过的是丰足的生活。

"仓廪实而后知礼仪"，延安，勤于劳动，勇于战斗，善于工作的人都是尊敬的，都愿意拿他们做榜样，向他们学习。因此选举劳动英雄、战斗英雄、模范工作者往往成为热潮，成为风气；而吴满有、赵占魁、张治国便响亮在每个人的耳朵里，传颂在每个人的嘴巴里了。数千年封建社会，修庙、立碑、写成史传的，只有王侯将相、达官贵人，老羊皮、旱烟袋、镢头手能够题名上榜称"状元"的，是延安开始第一次，得非千古美谈？翻转来，也是从延安开始，"改造二流子！"把好吃懒做，游手好闲，"球长脖子细，家里不称二亩地"（故劳动英雄农民诗人孙万福语）的那些璃琉球、流氓、瘪三，都给以适当的帮助教育，使他们改邪归正，从事劳动生产。把社会的寄生虫改变为社会建设的一份力量。叫死人复生，白骨生肉，世界医学仿佛还没进步到那种程度，但改造二流子这件事却是有着"生死人，肉白骨"的功效的。

有了民主，有了自由，人民还怕什么不到手吗？延安，革命的帕米尔啊，你给了人民以民主、自由，你就给了人民一切了。因此，延安是老百姓的家，是人民的首都。哪地方有老百姓，哪地方的老百姓就向往延安、拥护延安，延安的力量到达哪里，哪里就有民主自由，就有幸福。老百姓呼"延安万岁！"从此出发，中国有了广大的解放区，有了一万万至两万万已经解放或正在解放着的人口。论自然条件，比延安更差的地方在解放区说来是比较少的。若以延安为榜样，假以相当时日，社会的繁荣，人民的幸福，将无穷无尽。因此我们要保卫解放区，建设解放区。从解放区出发，我们看得到全国。

从帝国主义侵略下解放，从封建势力压迫下解放，百数十年来革命先烈前仆后继地流血牺牲不必说了，只刚刚过去的八年抗战，人民出的汗、流的血、遭遇的苦难，不就够写几部古今中外从来还没有的悲壮史诗吗？一寸寸干净土都是用鲜红的血液洗涤得来，筋骨累累停下来喘口气的那样一点点自由也曾必须抗拒千万次的鞭挞，千万次的辱骂□能获得。于今，我们老百姓能够敢于对脚下的土地、眼前的房屋、手边的锄、口边的饭，亲爱地叫一声"这是我们的了"。假如就在这时候，竟有霸道的暴君，横眉竖眼地大声喝道"滚开！回到牛栏里去，回到猪圈里去！"同时把绳子套在我们脖子上，手铐箍在我们的手上，叫我们再去过奴隶牛马的生活，老乡，咱们怎么办呢？像绵羊一样柔驯俯首听命吗？还是大家起来，即便没有刀也握起拳头，说"'老爷'别装蒜啦，早换了多少年皇历了！"给以有力的回击呢？不成问题，应当是后者，拼着性命得来的东西是不能随便再丢掉的，哪怕是一牛、一犁、一寸土地！这警惕是无论什么时候都不能放松的。

现在我们急切要做的是老百姓算清敌伪统治下的旧账，把敌人烧了的房屋从瓦砾堆里再修盖起来，要使流离失所的人们回家，爹娘儿女得到团圆，村庄城市进入常态，建立革命秩序。更从而大家商议，减租、减息、增加工资，把荒芜了的田地好好耕耘，转动起城市里停开的机器，大规模发展生产，增加人民自己的财富，使大家过忙碌的但是饱暖的幸福生活。老乡，这样可好吗？这不是别的，这是延安来的主张：和平建设。但和平是要有保障的，为保障和平，我们要精兵习武，好给那些说了话不算话，惯于偷偷摸摸兴兵动武破坏和平的人以迎头痛击。

事从延安出发，事是好事；人从延安出发，人是好人。

事好，因为是替老百姓办的；人好，因为是替老百姓办事的。

从延安出来，人们第一个记得"为人民服务"，替老百姓当勤务员。因为在那里的人不是神人，不是异人，也不是敕令自封的英雄豪杰，他们都是从老百姓中间来也还要回到老百姓中间去的平常人。有一点不同就是他们更有决心、更大公无私为老百姓办事。老百姓的疾苦就是他们的疾苦，帮老百姓求得解放，他们也跟着得到解放。"先天下之忧而忧，后天下之乐而乐"，除了老百姓大家的利益，他们是没有更多的私人利益的。他们为老百姓，相信老百姓，依靠老百姓。和老百姓一起，像鱼在水里。"三大纪律，八项注意"是和老百姓相处中间最起码的信念。多少有名的政策，多少仁义的措施，直到通过联合政府，建立独立、自由、富强的新中国，没有一样不是为老百姓打算的。

有延安在，老百姓就有活路。

再喊啊："延安万岁！"

但延安有名，不在它那座随山迤逦筑就的石头城，而在那里是好人好事的出发点,那里是中国革命的总部。因为那里不只像范仲淹在嘉陵山下题的那样:"胸中自有数万甲兵。"论英勇,论士气,论保护人民利益不惜任何牺牲的精神,那里有不能以数目计算的军队。那就是八路军、新四军和他们领导下随时可以武装起来的老百姓。那里住着的不是别的政党,而是永远和中国人民在一起的中国共产党。那里掌舵的不是别的领袖,而是中国人民的救星,人民的领袖——毛泽东同志。

毛泽东,像太阳;

照在哪里哪里亮。

这正是中国千万人的心声。

一九四六年一月十二日

(《晋察冀日报》1946年1月24日)

老工人崔林山

联星

今天我看到了崔林山,他是那样沉静而有力的样子。过年就六十了,在他平静而喜悦的脸上还存留下一些旧日被压迫的疮痕。他现在在宣化电灯公司工作,他的工作表现,可以值得每个工作者学习。

崔林山,河北河间人,九岁同父亲到北平以尚鞋谋生。后来到外国人那里当厨子,整整做了三年,每年只有四十吊钱的工资。庚子年闹义和团后,又到洗衣坊去工作。在那里做了一年多,拿不到一个工钱,只供给吃饭,鞋袜都没的穿,他气得不干了。回到家,在家里没有闲饭吃,只好找到电话局去做工。到民国二年,电话局、电报局工人秘密地开会组织工会,当时他也参加了,要向局里要求增加工资。这件事给局里营务处知道了,将所有开会的工人绑到西单牌楼电话局坐了两个多月,后来罚到原籍坐三年牢。出狱后,他仍然回到平津一带做电气事业的工作。

自敌人侵占北京后,就被敌人压迫到包头做工,一天一块二毛钱还要吃自己的。监工的是日本人,他们对待中国人是开口就骂,举手就打。天不亮就得起来做工,一直做到天黑,工人受到压迫,有苦无处诉。崔林山说:"在日本人底下做事我们尽管偷闲,不好好地给敌人做,我们工人时常偷敌人的材料,日本人看见就打,咱们还是照样地偷。"后来他被新亚电器厂调到南京到上海的铁路上装电话线,经常受敌人打骂,四个月后回到了北京。在北京又被伪北京奉天满洲电气工厂调到济南到台儿庄,从台儿庄到徐州一带整整做了一年的工,不给工钱,不算账,鬼子说:"做完了工回到北京去算工钱。"在做工的时候每天每人只发给两块钱吃饭,做完了工回到北京奉天满洲电器工厂等了十二天见不到一个负责人。掌柜的跑了，不发工钱，工人住在那里饿饭，结果是工人自己卖掉穿在身上的棉衣和被，好容易才回到了家。做了一年的工，不但拿不到工钱，还要剥掉自己的衣服。

八路军来，张家口宣化解放，工人翻身了。崔林山愁苦的脸上也露出了笑容，他现在在宣化电灯公司工作，工作真积极。公家看他年纪大了，不让他常出去按电线杆、口线，但是他还像青年人一样出去工作，不管路多远还跑出去工作，回到公司来从来不休息，整理变压器、电线、拉线、收拾材料，修理旧器材，替公家省材料。一天八小时工作他总是早到迟退，就是礼拜天别人不上工，他老人家照样来到公司接接电话，或是帮做别的零星事情。公司的同志说："崔老头，你歇歇吧，年纪大了，不能太累了。"崔林山说："歇什么，现在干活是给自家干的，我乐意做，就是没有工钱我也乐意做。在鬼子下面做活我总是想法子偷闲的。"现在可完全相反，他始终是那样积极的，比有些年轻工友还年轻些。公司刚开工时每月发给他三百五十斤小米，他们的组长只有三百四十斤，崔林山说话了，他说："公家给我三百五十斤小米，公家看得起我。组长一月三百四十斤小米，我心里不好受，他是领导我们的，他能领导我们过生活，帮助我们，这十斤小米一定得给组长。"公家劝说了很久，他还是坚持只领三百四十斤组长领三百五十斤。你若问他："崔老头，你乐意将你的本事告诉人不？"他马上说："我很乐意的，我知道什么就告诉人什么，我年纪大了，过年就六十了，还能活几年？我留着手艺干什么？"他说他不认识几个字，不会画图。现在公司每月每个人一定要认五十个字，他很高兴要学习文化，他说干手艺的人，尤其干电器的人工作的时候要留心才不会出毛病。过去的同事电死了二十几个人，但是他现在还活着，干什么都是干到老学不了。崔林山现在每月公家给他四百三十斤小米，养活一个老婆很够了。他儿子三年前就当了八路军了，今天真正亲眼看到八路军解放了张家口、宣化,解放了张家口、宣化的工人。崔林山不再熬苦了,不再挨打受骂了,不再整年地不说一句话了,在他那沉静有力而带有旧日创伤的脸上发出内心的微笑。

(《晋察冀日报》1946年1月25日)

报　仇

贾生

自从敌人占了麻天岭，北关的房子几天的工夫便被拆光了。陈福自己的三间房也是一样。

北风狂飙地吹着，寒风从窝铺的四面八方透进来，陈福蜷卧在被里，直打哆嗦，无论如何是睡不着。想到鬼子不来，怎能住在这儿！于是怒从心中起地坐了起来。

穿上衣服，摸下了炕，他浑身不停地抖着，牙齿抖得合拢不到一块，轻轻掀开了门上的草帘子，钻出了窝铺。

天上的星清晰可数，劲风掠过山坡的树，吼得令人害怕，一股一股寒气刺得脸痛。陈福在星光下摸到沟那边陈高的窝铺，掀起了挡在门上的乱草。

"谁？……"陈高也在醒着，一手从枕下拉出了手榴弹。

"我，真冷！睡不着觉，他妈的！"

"拢点火烤烤吧！"

干柴劈劈啪啪地直爆，黑烟一缕一缕地从屋顶和四壁钻了出去，火光映着陈福的脸红红的，陈高也从被中伸出手去烤。

"陈高哥，你的法子想出了没有？咱们就这样白受吗？你是游击组长，你得想法子领导呀！"

"别着急，慢慢总有法子治他。"

"哼！四五个月了，光割点电线，那多不过瘾，总得想法子伤他个人才好。"

"是，我也是这样盘算。不过没把握咱们还是不轻动，你知道咱们离得太近呀！"

"离得近怕什么，房子拆了，东西光了，现在又不种地，还怕他捉住活人吗？"

"区里不是让咱们多用合法斗争吗？那咱们就得想想，你说跑了，跑了谁来监视他们。"

"反正合法也得干呀！老坐着看就算合法吗？"

"昨天我说的那个法子，咱们要不试试。"

"是呀！不行了才拉倒呀！我看现在就去吧，碰上这个冷。"

★★★★★

他挑起了水桶，两个人轻轻地走下了山坡，北风仍是不住地吹着，吹得陈福的洋铁水桶不住的"哐哐"乱响，他几次停住了脚步调换了肩头都不行，只好把自己里面穿的破夹袄脱下来包住了水桶。

水泉子薄薄地冻上了一层冰，陈高轻轻地用石头凿了两下才涌上水来。泉水灌满了四只桶，两个人挑起来爬上了麻天岭的山。

半山坡，那里是汽路拐弯的地方，坡最陡，平常上去的汽车走在这里总是"嘟""嘟"直吼，吼了半天停一会儿再"嘟""嘟"；下去的汽车，在这里总是先"吱"的一声，不响了才慢慢向下滚。北沟的人们整天瞅着这个地方，希望有一天汽车一下子在这里掉下崖去。

陈福和陈高的两担水挑到这里，四只桶一排扳倒了水，顺着坡流开了去，流得很匀，成了冰。

一担，两担，三担，每个人往返了七八回，汽路上亮晶晶的有了一大片冰。这时候他们的身上不再冷了，汗从脸上淌下来。

风已经略住了一些，天还不亮，但是已经将近拂晓了。

返回到陈高的窝铺，刚才拢罢火的灰吹满了一地，烧剩的柴火掉在四周，余烬已经灭完了。陈高爬下去又生着了火，火星噼啪地爆着，两个人围着火堆坐下来，四只手烘在火上蒸出了腾腾的汗气，心上身上都有些热烘烘的。

"要成功,看这一下吧……"陈高说着从裤带上取下了那两个手榴弹,轻轻地放在炕边上。

"按上个地雷就更好了,可惜刨不动。"陈福的脸映着火红红的。

"呀!咱们还得写个报告派人送去,不然全村子还是个倒霉。"陈高记起了这事。

"那也得天明去呀!叫谁去?"

"叫老库叔送去,你写吧,我给你念。"陈高顺手从席子下面摸出了一块纸,把屋顶椽缝里插着的一支铅笔拔下来,递给陈福。

"写上:报告大太君,今天天明的时候有一百多个八路军从汽路向西去了,……每个人都有枪……就这样写吧。"陈高一面拨弄着火,一面念。

陈福把纸铺在脱下的鞋底上,费力地写着。

报告写好了,陈福念了一遍折起来。

"咱们还得看着去。"陈高一手撩开了草帘,看了看天上。

"快了吧,快亮了吧?"

"快了。"

"走吧,咱们还是到黄崖头去瞅着吧。"

"你先把那个报告送给老库叔,还得交代他一下,别说炸了。"

"对,你先走。"

★★★★★★

早晨的太阳刚照到西尖上,麻天岭的据点里也冒出了好几处青烟,附近田地里的冻裂更宽了,那些小窝铺的屋顶上冒出了热气和白烟,人们已慢慢地爬出了窝铺。"隆""隆"的汽车声突然响了,汽车怕打伏击常常拂晓行动,人们已经听厌了这个声音。

慢慢地汽车露头了,爬上了岭,一辆、两辆,坐着满满的兵,汽车爬上了岭头声音便小了,行动也慢了,但是没有停,因为在麻天岭汽车照例是不站的,一直向曹沟堡开去。两辆汽车一层层从汽路上盘了下来,看着头一辆已经到了半山坡的转弯处,"吱——咚"已经连车带人掉在左边的崖下去了,还没有等到第二辆车打主意,紧跟着"吱——咚"也掉下去了。

黄崖头的树林里,发出了哈哈的笑声,他们欣赏着自己的创作,观看着自己的成绩。

这时麻天岭岗楼的门外,站着老库等着送报告。

★★★★★

下午小窝铺的人们给麻天岭抬回了十三个死鬼子,陈福、陈高也背了两背汽车零件送到麻天岭的据点里去。

(《晋察冀日报》1946 年 1 月 26 日)

行军散记

仲华

去年十月，我从延安到晋西北，路过兴县康宁镇。晚上，宿营在一个老乡家里，我走得累了，想要很快地休息，但是一个年轻的小伙子正在给我们烧炕，手里一把接一把地往炕灶里添柴。他那朴厚的长方脸，生着一对黑亮发光的大眼睛，不住地上下打量我。

和我谈着八路军和老百姓的关系，他很兴奋，终于他把一个故事逗引出来了。

他突然问："你来到这里，看见贺司令没有？"

"没有，老乡。"我说，"他是一个英雄。"

"同志，英雄……他却像老百姓一样啦。"

他哈哈哈地笑了，很得意地告诉我下面的故事：前些日子贺司令从我们村过，在这村里休息，我们都想看看贺司令是什么样子，门口人都堆满了。等他出来时好看看，忽然出来一个挂盒子枪的同志，问我们在这里干什么，我们吞吞吐吐地说等着看看贺司令。这个同志回去很快的又出来了，对我们说贺司令请老乡们都到里面坐。大家高兴极了，一窝蜂似的把整个院子都挤满了。贺司令笑着从窑洞里走了出来，说："老乡们要看看我吗？我很喜欢跟老乡们在一起谈。"接着他便问我们有什么困难没有，缺吃不，缺穿不，庄稼长得美不美……上冬学没有……还有可多啦。我真记不清啦……可替咱老百姓想得周到咧。贺司令吸着烟斗，边说边笑，胖胖的大高个子，留着短胡，长得可慈善咧。哼！可是打起鬼子真凶，把鬼子打得东窜西逃，真像个活龙；一见到咱老百姓笑嘻嘻地说长道短，关心得可到啦，真像个活菩萨。哈哈……

"是的老乡,我们八路军不论官兵都是给老百姓想办法的。"

"同志你说得对,八路军和咱老百姓是一家人,哈哈……"

"老乡你休息吧,我自己烧吧!"

"同志这是我们应当做的,没什么,再有两把柴就行了。"

老乡又烧了两大把柴,才站起来对我说:"同志,炕热了,你们好点休息,明天还赶路呢!"他笑着回到自己窑洞去了。

(《晋察冀日报》1946 年 1 月 26 日)

人民的城市

羽山

啊，多么使人兴奋的繁荣景象啊！

辉煌的灯火，照耀着这人民的城市，没有月色的夜空，已在人们印象里失掉感觉了。

我看见怡安街上络绎不绝的人流，看见商店的玻璃在闪着光，我听见庆丰戏院的锣鼓声，市立电影院放映机的达达声，听见清河桥头叫卖糖瓜的吆喝，此起彼伏的鞭炮的爆炸。啊！看几个小孩子提着红灯，在愉快地跳着、唱着。流线型的小卧车驶过去了，高大的公共汽车驶过去了，自行车在汽车后面追赶着，人力车在街道两旁飞跑着。汽笛鸣叫了，晚九点的火车急风似的，从东边驶进了站台。这塞上的城市，同样有着一切城市的喧嚷呀！

不，这只是我们能够眼见目及的。还有，还有在市郊轰响着的发电锅炉的声音，熔铁炉中沸荡着的红流，风击电闪似的吐着太阳烟、联宝烟的机械的鸣响……这一切，更加雄伟的城市的声音，在不知不觉地支持着人民的城市，繁荣着人民的城市。

啊，张家口，你繁荣起来了！啊，人民的城市你繁荣起来了！我亲眼看见你从萧条混乱走上了繁荣。多么快呀！只有短短的五个月，你就改换了一副崭新的面貌了。

也许，也许你赶不上上海、赶不上天津、南京、武汉那么热闹，但是，你却是今天中国少数的几个人民的大城市中的一个啊！

在这人民的城市里，没有到处贴封条发胜利财的达官贵人，在这儿敌伪汉奸的财产有专门机关管理，并把它用来建设这个城市。你不见敌人开的"若素"公司已经改为民众教育馆，敌人的公会堂已经变成人民剧院了吗？

在这人民的城市里，不是少数当权者在那儿发号施令、为所欲为，置人民疾苦于不顾，而是人民自己和人民的民主政府在管理城市，一切城市的建设，都围绕着为人民谋福利的原则。你不见闾长、街长等政府人员都是人民自己选举出来的吗！？你不见市内的建设都是按照人民的公意去进行的吗？！

在这人民的城市里没有乞丐，没有嗷嗷待哺的失业者群，没有因为担负拿不起营业税、经不起意外的勒索而倒闭的商店，没有买东西不给钱和随便打人的士兵，没有不三不四而又欺压市民的特种人物，没有仍旧耀武扬威的异国人和汉奸。在这儿有人民自己的团体从各阶层人民介绍职业。你不见在本市总工会就介绍了一千一百余工人的职业吗？！这儿穷苦的人民都曾经得到三四次的救济粮；这儿商店都全开了张，工厂的机器全都在转动着，生意很兴隆赚钱；这儿八路军的战士公买公卖，对人民像自己亲人一样地和气；这儿汉奸都被惩办，政府保证人民的权利，人民向一切压迫人民的汉奸恶霸展开了清算复仇运动，而且都得了胜利。总之，这儿没有贪污、混乱、肮脏、不平，这儿的一切都是按照着人民的意志在进行，一切都是公平合理。人民的城市是民主的、繁荣的，而只有由人民和人民的民主政府来管理的城市，才会如此地繁荣起来。

啊，张家口，啊，人民的城市！你是新中国城市榜样。

我是亲眼看见你从萧条混乱走上繁荣的。当我最初踏进这个城市的时候，那被反动派的鹰犬点着的仓库正在燃烧着，发出来的枪子满天乱飞着，日本法西斯八年来压迫凌辱这城市的一切痕迹烙印在墙头、大街上，在车站的站台上，在每一座建筑物内，也烙印在市民们的心里、市民们的脸上。市民用怀疑压抑着欢欣，市长对我们那种过分的谦恭，曾经激起我深深的难受与不安。虽然在冬天，街上的行人也很稀落，商店紧紧地闭着，城市成了没有眼睛的盲者。车站上遍地是破烂的衣物、家具。零散着弹药，街上铺了破铁片、碎砖瓦和垃圾，自来水从街上流成一条小河，电线头到处拖着、吊着。天刚傍晚，就没有人敢出门，没有路灯。

我是亲眼看见你走上繁荣的。我看见闭了三四年的商店一家一家地开了张；看见河滩上开头不过几个卖日本和服的小贩，渐渐成为一个百货俱齐的热闹的市场；我看见铁轨修复火车通行；看见所有的电灯都亮了，电话都通了话，自来水渐渐地顺着正规的水管流，人力车和自行车渐渐多起来，一切公共场所一天天的热闹起来，街头的小摊一天天增加起来；最后我看见火车通过得更远，信件邮得更远，公共汽车在街上行驶，伪甲牌长被选出的街间长所代替，人民自己的团体成立起来，各种同业工会成立起来。

呵，这浴着塞外的风沙的城市，你繁荣起来了！

但，不要忘记了，人民的城市和城市的人民，张家口是怎么繁荣起来的。我们应当向老解放区的广大同胞致敬，因为没有他们支持敌后抗战，我们不会有今天；我们应当向英勇的人民解放军致敬，因为没有他们八年血战最后解放张家口和打败日本以后，为保卫人民胜利果实的斗争，城市不会这么迅速地繁荣；我们应当向中国共产党和民主政府致敬，因为没有他们八年来和五个多月来的辛勤与领导，我们不会有今天，人民的城市不会这么繁荣；我们应当向城市的工人们致敬，因为没有他们积极热情的心和手，人民的城市不会这么迅速地繁荣起来。

和平后的第一个旧年要来临了。在这儿我们真正看见了和平的景象，真正看到了一切和平的设施。

人民的城市的一切景象，激起我的兴奋和回忆。我默默地走过解放大桥，走在明德大街的柏油路上。柏油路清洁得没有一个小石子会碰到脚，街灯高悬在电线杆上，街灯整齐地排列成一个甬道，漫长的明德大街的柏油路反映着街灯的光芒，宛如一条清澈见底的长长的河渠。

啊，张家口，你繁荣起来了！啊，人民的城市，你繁荣起来了。

一九四六年一月二十六日

(《晋察冀日报》1946年1月30日)

四 方 脸
——抗战小故事之一

司徒达

十月，下半夜四点钟光景，公鸡起劲地啼叫着，平汉线上的火车隆隆地驶来，但不一会儿又隆隆地远了。

这时候，铁路西边赵村一家北屋里，亮着一盏暗淡的菜油灯，在微黄的灯光下，正坐着一个四方脸圆眼睛的大汉。他姓陈，是个勇敢又机警的区干队长。黑夜里，他腰间披着"搂子"大胆地在敌人的"治安区"里穿来穿去。他性子硬朗，区公所的同志都叫他"石头蛋子"。现在他正拔出枪栓，聚精会神地抹擦着他那支"八搂子"的枪膛。

院落里，忽然响着清晰的脚步声，侦察员郝小三急忙地跑进来。陈队长一瞅见他那张冷冰冰的脸孔，就问："怎么？外边又坏了事吗？"

侦察员每次都这样，一探到坏情况，就板起脸孔沉默着。但他没有即刻回答，只挪下蒙头的白手巾，撩起衣角，拍着身上的灰尘，一边慢悠悠地说："哼，王仲武昨天又领鬼子到辛庄去扭走了三个抗属……"

"怎么？又是他……"石头蛋子忽然变得像个暴怒的狮子，不等对方说完，就气急的叫嚷起来，连脖子都气通红了。

郝小三继续说："刚才辛庄王村长跟俺说，这次去扭抗属的，又是这村西炮楼里的鬼子……"

话还未说完，赵村的伪村长赵德林（实际上他是做抗日工作的）又仓皇地闯进来。他全身缩在一件羊皮袄里，讷讷地说："老陈，你们提防些，炮楼上的吊桥放下来了，说不定今早晨又有什么事儿了。"

"石头蛋子"怔了一下，就一把抓起枪筒，按上枪栓，拿一梭子弹往弹巢里一插，然后抬起头来。伪村长正准备往外跑，但区干队长叫住他。

"什么事？"赵德林茫然问。

陈队长激昂地站起来，心绪纷乱地说："王仲武又领鬼子扭抗属了……"

"噢，对呐！"赵德林忽然高兴起来，"俺差点忘了，王仲武今夜在家里哩，你们不早要干他吗？这正赶巧啦！那狗东西鬼得很，很难捉摸他。他不像那个偷偷摸摸的王贵兴那样随便，有时他在家，你们没来，你们来了，他又不在家。"说到这里，他的脸孔变得很严肃，"村里人早就盼你们干掉他！现在离天明只两个钟头，要干他现在就得动手！"

区干队长沉默地听着，一边想："武委会早就叫俺找机会干掉他，要不是那次他跑得快，今年夏，他就该回老家了……"

王仲武是个死心塌地的汉奸，暴戾而又诡诈，在侯如墉部下当排长时，他什么罪恶都干得出来，还逼死过好几个村长。当时他挂着中央军的牌子，在这一带耀武扬威。许多干部和老百姓，他都知道个底细，四○年他投降敌人之后，就常常领着鬼子来捉抗日干部和抗属。算起来，已给扭去了二十来个人了……哼，这钉子要不拔，这地区的工作准会垮台……

想到这里，"石头蛋子"的手指铁钳似的紧抓着"八搂子"，用力向空中一扬，咬紧牙根说："老子要拧死他！"

郝小三本来发愣地望着菜油灯，听了队长这句话，突然转过脸，兴奋地说："干！现在就动手吧，过一会儿就天明啦！"

陈队长没有理会他，只向赵德林说："俺们决定现在就干。你到

华北抗日根据地及解放区
文艺大系

村西头去警戒炮楼上的鬼子，要是鬼子进村，你就喊：'牛跑啦，牛跑啦'一直喊到东街来……"

"对。"

★★★★★★

当区干队长和侦察员走出院子，天色还很黑，没有星子，只听见轻微的落叶的声音，除了鸡的啼叫，真是一片无边的寂静。走到大街突然听得远处有开门的声音响，"石头蛋子"即向郝小三做了个手势，两人掏出手枪，避入一家的门洞里，不久大街上迎面来了一个黑影，踏踏的步声。夜色虽昏暗，但过细一瞧，那确是王仲武。侦察员性急得想冲出去，区干队长却狠狠地碰了他一下。等步声近了，他们才从门洞里走出来，满不在乎地迎上去，挨到身边，"石头蛋子"冷不防就猛地一把抱住王仲武的两臂，侦察员直扑上去摘下匣子枪，区干队长才气呼呼地说："走，到村边说几句话！"

王仲武一听是"石头蛋子"的声音，就知道坏事了。他后悔自己太大意，后悔自己昨黑夜没在炮楼里过夜。他不说话一句话，只哆嗦着。

"走！"

"不，我不去。"

陈队长扬起"搂子"，对着他的脸孔，摇晃着："去不去？"

"不去，死就死在这里。"

"死汉奸。""石头蛋子"咬牙切齿地骂着，一边朝着对方的脸孔就一枪。王仲武像一截被砍断的树干，摇晃了一下，"啪"地扑倒地下。

侦察员摸了摸伤口，觉得满嘴血浆，但怕他装死，朝胸口又一枪。他们知道他活不成了，才撒开腿，像两只小松树鼠似的，一出村，溜过密密枣树林，隐入夜的黑暗里……

★★★★★★

炮楼里的鬼子一听见村子里的枪声，就惊惶地拉起吊桥，乱打起机枪来，一直等伪村长赵德林去报告了，才知道狗腿子王仲武在村子里被人枪杀了。赵德林是很会支应敌人的，他把事情经过说完之后，装出极其惋惜的神情，连声叹息着："唉！仲武真死得可惜，真可惜！"

日本小队长广田，听完了这报告，瞪着眼睛，好像不相信自己的耳朵似的，又叫赵德林重说一遍。当他第二遍听完之后，他竟摸着脑瓜子，神经错乱咆哮起来："八路胆子大大的，敢到皇军据点来！嘿，要搜村的！快！"

广田虽然这么说，可是他一望室外的昏黑的夜色，就怕下炮楼去。一直过了一点来钟，天大亮了，他才领了八九个"皇军"，背着机关枪，如临大敌似的窜入赵村，先把住村口，然后叫全村老百姓到东场子里集合。

当小队长和伪村长走到王仲武挨打的地方，人说王仲武才咽气不久。据他老娘说，在临死之前，王仲武曾费了很大气力想说出谋杀者的名字，可是舌头给打成碎片，满嘴又是血，他始终说不出一个字来。最后，他用手向他家人做手势，比了好一会儿，他老娘才会了意，谋杀他的共两个人，其中一个是四方脸圆眼睛的人。

广田沉默地听着，不断地点着头。

等小队长走到场子里，远远的地平线上，已升起一轮橘红的太阳。场子里站满了老百姓，广田威武地在人群前面来回巡视着，他挨个挨个地端详着每一张脸孔。太阳的光芒太强烈了，人们的眼睛都给炫射得眯起来。可是当广田小队长的目光落到一个四方脸，浓眉毛的脸孔上，他就像一只公猫端详它的猎获物似的，侧着头，用戏弄的眼光，长久地察看着。然后说："你的眼睛，张开来！"

那四方脸把眼睑一睁，睁得圆圆的，小队长突然一把扭住他的胸脯，死劲拖出来："嘿，你的心大大的坏！"

广田死力地揪住他，哼着鼻孔，一直等另两个"老皇"把王贵兴的双手捆紧了，他才松开手。但他立即把两手往背后一搓，就得意洋洋地朝着四方脸发问："你的八路哪部分的？"

四方脸觉得受了委屈，颓丧地说："太君，俺不是八路军。"

人堆里嘀咕起来，一个青年人挨近一个老头子的耳朵说："可别保他，这小子死日临头了。"老头子偏过头说："谁会去保汉奸呢？"

大家七嘴八舌地唧咕着，有些大意的小子，竟幸灾乐祸地噘起嘴来。

广田小队长矜持地扬起手，向大家做了个手势，意思是叫大家不要说话。等嘈杂的唧咕声平息了，他即低下头，背搓着双手，在四方脸跟前踱着缓步，又问："你的同志去了哪里？"

"太君，俺真的不是八路军……"

这一下，广田激怒了，他突然挺直腰杆，朝四方脸的脑瓜子上就一掌："八格牙路！快快地说！"

四方脸跟跄了一下，脸色变得很苍白……

"不说，就撕拉撕拉的！"另一个拖着一把指挥刀的鬼子走到小队长身边，摇着刀鞘威吓着，就在这时，赵德林抢上就去说："刚才听仲武老娘说，有两个人一块谋害的，那人是谁呀，你快向太君说！"

广田小队长见他仍然低着头，就向他身边那鬼子"瓦西瓦西"地唧哝了一阵，翻成中国话，意思就是："八路军都是坚决不吐口供的，如再不说，你就杀了他。"

那个鬼子点了点头，就奔过去，一把扭住四方脸的胸口，死力摇了几下，暴虐地吼叫着："跪下！"

他柔顺地跪下来，用一副求救的可怜相，朝着那闪光的刀口……

"快快地说!"鬼子显出更厌恶的、更不耐烦的神情催促着,但四方脸只哭丧着脸,困惑地结结巴巴地说:"俺不是……"

"八格牙路,还不说!"鬼子愤怒得唾沫四溅,挥起刀就往对方的脑袋直劈过去。血向空中直冒,一颗头颅沉重地滚落地上……

太阳已丈把高,照在尸首上,人们看出这个四方脸就是王贵兴。平汉路上的早车隆隆地从南方驶来,但等场子里的人一走散,火车又隆隆地向北边去远了……

(《晋察冀日报》1946 年 1 月 31 日)

拜　　年

草明

亲爱的同胞，亲爱的同志，让我来向你们拜年！

新年年年有，今年过得特别愉快，因为，我们已赢得了和平，在张市我们获得了解放。

和平，我们大家应该好好来庆祝一下。为了它，我们寄予过多少希望，付出过多少代价，流血，流汗，备尝了无限辛酸。它终于到来了，它证明了每一个人的努力都没有白费。

和平是到来了，可是还得等大家去巩固它呢。过新年了，我们不去算旧账，不去说不吉利的话，让我们来说说怎样巩固的办法吧。第一，我们坚决要求全国实现民主政治。只有全国实现民主，全国各地才真的不会打内战。因此，我们要继续过去的努力，坚持军民团结，只要不松懈的努力，大家一条心，我们的要求才会迅速地实现。一个人有一份力量，一万人合起来就有一万份力量。全中国有正义的人民，受过苦的人们联合成一条心，那么，它的力量比原子炸弹大几百万倍，任何反动力量都敌不过它。

其次我们今年要大大地生产。在解放区的土壤上，我们政治有了保障，干什么都有自由。种地的、做工的、做生意的，七十二行，每一行都把自己的业务揽好，比去年增加一倍至两倍的产量。只要我们自己把财富增加，我们腰杆挺得直直的讲话，才更有力气干事，别人才更不敢小觑我们或压倒我们。在解放区里，捐少税轻，有困难政府会来调剂，有意见可以自由提出。我们在这样的地方，这样的年头，不好好生产，更待何时呢？

今年是巩固和平的年，是大生产的年。我在新年快乐当中，说出衷心的话来勉励自己，并献给大家作为贺年的礼物。

除夕

（《晋察冀日报》1946年1月31日）

不改本色
——一个干部进城的小故事

文克

冀晋区妇救会干部白同志，下乡时不忘生产，工作与学习之余，有空就纳鞋底。唐县城关区妇救的某干部竟向她提出了意见："以后别做活儿了。敌人在这时挺排场，咱们这样，给群众的印象不好。"

她脑子里弯了几个弯：我们进城要改造被敌人统治了八年的群众，可不能让他们改造了我们，不接受这意见，还得做。

后来城里的老太太们看到了，果然表示瞧不起："呔，你们怎样也做活儿？"

白同志说："不光我，那些穿军装的大头头们也做活儿。"

"那是怎么的？"老太太们更加闹不清了。

回答倒是一个反问："你们给敌人纳款多？还是给抗日政府纳款多？"

"那还用提，给咱们纳得少！给鬼子纳得多。"

白同志轻轻地补了一句："就是为的这。"

老太太们恍然大悟："唉！共产党八路军真是好，处处为老百姓打算。"

从此，城关区妇救会的那个干部也自动地做起活儿来了。

（《晋察冀日报》1946年1月31日）

旧事重提

萧军

如果人类失掉了"记忆"的机能，或者仅是停留在简单的生理的记忆阶段，说不定，还是要和我们的伯兄弟——猴子——生活得差不多。我现在也就不可能住在屋子里，而且是在"电灯泡"下面来写字了。大概读者们也就未必能够有报纸看。由此可见，不管好记忆坏记忆，记在头脑里还是写在纸上以及刻在石头上的，如果把他们□用到使人类生活向上的一方面，却是万不可缺的东西。因此我就想起了两件旧事。

记得，当中华民国十五年三月十八日□北京的学生和市民要爱国，就去段祺瑞执政门前请愿。结果呢，是在"执政"卫队的步枪大刀杀砍之下，死伤了至数百人之多！而且还下令称之曰"暴徒"！再后来较有名的就是"一二·九"了。后一次死的数目我虽不清楚，但被伤的人我知道确是有过不少的一批。当然这全是"旧事"，而且在今天似乎不该"重提"，那么我们就来提一提"胜利"以后的新事吧。这"是本报本月二十九日才载出来的'新闻'，应该不失'时效'了"。

《上海四千学生因欢迎马歇尔，被特务毒打及假冒经过》这是标题，再抄一段本文：

"……三时四十分，大旗前导，乐队鸣奏，大队起步出发前往华懋饭店欢迎，刚一跨步，突然迎面跳出数十暴徒，手持粗棒大棍，见人便打，许多同学被击昏倒，眼镜被击破，玻璃刺入眼旁，流血者累累。青年会中学某教师出来劝架，也遭暴徒痛殴。十三四岁之初中同学也遭毒打，初冬的大地继昆明惨案后又染上了上海青年的血迹。

……"

"昆明惨案"那是因为青年们要求"民主"。虽然杀死几个，打伤一些，也算"活该"。因为他们要求"民主"，这就有一点"造反"和"暴徒"的嫌疑。当局采取"段执政式"的办法，这是堂堂正正有"明文"和历史根据的，我们在这里似乎不便加以厚非。至于上海这班学生仅是为了要欢迎一下我们的国际友人，想不到竟也"初冬的大地继昆明惨案后又染上了上海青年的血迹"，这就有一点骇人了。

鲁迅先生称"三•一八"为"民国以来最黑暗的一天"，并且在他的《无花蔷薇之二》里，对于这一天写过这样一些话：

"假如这样的青年一杀就完，要知道屠杀者也绝不是胜利者。

这不是一件事的结束，是一件事的开头。

墨写的谎话决掩不住血写的事实。

血债必须用同物偿还。拖欠得愈久，就要付更大的利息！"

一九四六一月二十九日

"写于民国以来张家口最热闹的几天"

（《晋察冀日报》1946年2月1日）

陕北乡村三日杂记

丁玲

到麻塔去

也许你会以为我在扯谎,我告诉你我是在一条九曲十八弯的寂静的山沟里行走。遍开的丁香,成团成片地挂在两边陡峻的山崖上,把崖石染成了淡淡的紫色。狼牙刺该是使刨梢的感到头痛的吧,但它刚吐出嫩绿的叶,毫无拘束地伸着它的有刺的枝条,泰然地盘踞在路的两边,虽不高大,却充满了守护这山林的气概。我听到有不知名的小鸟在林子里叫唤,我看见有野兔跳蹦。我猜想在那看不见底黑洞洞的深邃的林子里,该不知藏有多少种会使我吃惊的野兽,但我们的行程是新奇而愉快的。

这沟将走到什么地方为止呢?

快黄昏了,我们要去的麻塔村该到了吧。

果然,在路上我们发现了新的牲口粪,我们知道目的地快到了。不远,我们便听到了牲口的声音,再转过了一个山坡,错落的窑洞和柴草堆便出现在眼前。已经有炊烟在这村庄上飘漾,几只狗跑出来朝我们狂吠,孩子们远远地站在树底下好奇地呆呆地望着,而我们也不觉地呆呆注视这村庄了。它的周围固然也有很宽广的新开的土地,但上下左右仍残留着一丛丛的密林,它是点缀在绿色里面的一个整齐的小农村。它的窑洞分上中下三层,窑前的院子里立着大树,一棵、两棵、三棵,喜鹊的巢便筑在那上边。

忽然从窑上面转出了一群羊,沿着小路下来了,从那边树底下也赶出了一群羊,又绕到上边去,拦羊的娃娃把铲子使劲地抛着土块,沙沙地响，只看见好几个地方都是稀稀拉拉挤来挤去的羊群。而留在栏里的羊羔听到了外面老羊的叫唤，便不停地咩咩号叫，充满了山沟，于是大羊们更横冲直撞地朝窄狭的门口直抢，夹杂着孩子们的叱骂。我们便也跟到羊栏边去瞧着，瞧着那些羊羔在它们母亲的腹底下直钻，而钻错了的便被踢着滚出来，又咩咩地叫着跑去钻到另外的羊底下去。

"嘿，今年羊羔下得倒不少，可就前个夜里叫豹子咬死了几个。"

回过头来我们看见一个六七十岁的老人站在身后，瘦瘦的个子，微微有点佝偻，有着一副高尔基的面型和胡须，只是眼睛显得灰白和无光，静静地望着拥挤在栏里的羊群。

"豹子？吃了你几个羊羔？"

"哎，豹子。今年的泥洼开荒的水，豹子移民到这搭来了。"

"哈……豹子移民到这搭来了。"立刻我们感到这笑的不得当，于是便问道，"这是麻塔村吗？我们要找茆村长。"

"这搭就是，我就是村长，叫茆克万，喔，回来，回窑里来坐，同志！你们从乡上来，走熬了吧。望儿媳妇！快烧水给同志喝。"

老村长

"说起有，记起有，边区有个吴满有，今年计划两□牛，起鸡叫，睡半夜，半夜起来拾粪料。叫兄弟，快快起，拾柴担水把牛□，鸡儿叫，狗儿咬，庄里邻家听见了，叫大伙，快快起，抬头看□真早哩，急忙起来拿上衣，大伙一听发脾气，为何吴满有没瞌睡……"

谁在院子里小声唱着呢，我睁开眼睛，窑里还是黑洞洞的，窗户纸上透过一点点淡白。

"老村长！快起来！今天咱起在头里了，哈……"这唱歌嗓子在窗外低低地喊着。

没听到回音时,他便又喊了:"老村长!老村长!"

"别叫唤了,他老早就起身了,咱们窑里还盛□有同志呢。"睡在我身旁的村长婆姨从被窝里把头伸了出来,她的形体更使我感到像个小孩子。

"村长起身真早。"我轻轻问她。

"有时还早呢。上年纪了,没有觉。本来还可多躺躺儿,不行,好操心啊,天天都是不见亮就起身去催变工队上山,他是队长啦。同志,你多歇会儿,还早。"

"唱歌的是谁?谁教的?"

"是茆丕珍,谁,这还要教?茆丕珍是个快活人,会编、会唱、会说笑话、会吹管子,是个好劳动呢!变工队的组长,不错,好小伙子。"

我看不见她,但听她的声音,我猜想她一定又挂出一副羞涩的笑容。我对这老的残废妇人,心里有些疼,便同她谈起家常来。

这婆姨是个柳拐子,不知道是因为得了病才矮小下去,还是在很小的时候就得了病。她的四肢都伸不直,关节骨在瘦削的胳膊、手指、腿的地方都突地暴了出来,就像柳树的节一样。她的头发又黄又枯又稀少,不像是因为老了脱落的,像从来如此。她动作也不灵便,下地行走很艰难,整天独自坐在炕头上纳鞋底、纺线,很少人来找她拉话。但我觉得她非常怕寂寞,她欢迎有人跟她谈,谈话的时候,常常拿眼色来打量人,好像在求别人多坐一会儿。我同她谈久了,不觉地就在她脸上慢慢捉住了一种与她皮肤、与她年龄完全不相调和的幼稚的表情。

"他是个好人,勤俭、忠厚,命可不济,我跟他没几年就犯了病,又没个儿花女花,一辈子受熬煎。望儿是抚养的孩子,十个月就抱了过来,咱天天喂米汤,拉到十七岁上了。望儿拦羊,他媳妇年时才娶过来，十四岁，贪玩，还是个娃娃家，顶不了什么。"

睡在她背后的儿媳妇也翻了翻身子，我猜她又在笑，她常常憨憨地望着我笑，悄悄地告诉我说她欢喜公家婆姨。接着她坐起来了，摸摸索索地下了炕，准备做早饭。

我也急急忙忙起身去看变工队出发，可是老村长回来了，他告诉我变工队已经走了，今天到十里外的一个山头上去刨梢。这时天还只黎明，淡白的下弦月还悬在头顶上。

我向他表示了我对他的称赞，他是一个负责任的村长。他谦虚地回答我："说不上，咱是个笨人，比不上枣园有劳动英雄年时□□英雄在'边区'（延安）和别人挑下了战，要争取□咱□乡做模范。咱麻塔的计划是开一百二十垧荒地，稍大些个□皱头手也不多，只好多操心，后晌还要上山去看看呢，抓得紧点，任务就完成得快点。笨鸟先飞，咱不爱说大话、吹牛，可也不敢落后。自己的事，也是公家的事嘛！"

老村长六十三岁了，就如同他婆姨所说一样，一辈子种了五十年庄稼，革命后才有了一点地，慢慢把生活熬得好了一点，已经有了三四十垧地安了庄稼，又合伙拦了□十多只羊，但他思想里没有一丝享受的念头。他说："咱□本分人，乡长怎样讲，咱就怎么办，革命给了我好日子，我□听革命的话，劳动英雄是好人，他的号召也不会错。"因为他对人平和、公正，能吃苦，所以全村的人都服他，他们说："老村长没说的，是好人，咱们都听他。"他人老了，刨不了梢，可是从早到晚都不停，务瓜菜，喂牲口，检查变工队。他是队长，他劝别人勤开地，千万别乱倒生意，一籽下地，万籽归仓，干□□顶不上务庄稼。他说："劳动英雄说这是毛主席的意思，毛主席的话是好话，毛主席给了咱们土地，想尽法子叫咱们过好光景，要不听他的话可真没良心。依正人就能做正人，依歪人没好下场。"

当我问他们村子里人的情况时，他都像谈到自己的子弟一样，完全了解他，对每个人都有公正的批评和不失去希望："那个纺二十四个头机子纱的叫茆丕荣，有病，掏不了地，婆姨汉两口子都纺线，也没儿子，光景过得不错，心里还够明白，不肯多下劲，从开年到如今才纺二十来斤。不过，识字，读得下《群众报》，我要他念给大家听，娃娃家也打算让他抽点时间教教。"

说起冯宝有家的婆姨，他就哈气，说这村上就她们几个不肯纺线，因为她们家光景好，有家当，劝说也不顶事。他盘算今年在村子上安一架织布机来，全村子人都穿上自己纺自己织的新布衣，看她们□里活动不活动。

他是一个有办法的人，麻塔村年时还有吵架的事，今年就没有了。二十九家人有二十五辆纺车，是二乡妇纺最好的村子，荒地已经开了一百五十垧，超过了三十垧，这数目字是乡上调查出的，靠得住。他立有村规，要是有谁犯了规，盛在家里不动弹，就要把他送到乡上当二流子办。全村子人对他领导的意见证明了乡长告诉我的话没有错："茆克万是二乡最好的一个村长。"

娃娃们

望儿媳妇听到外窑里有脚步声音，心里明白是谁，便忙着去搬纺车，一个穿大红棉袄、扎小辫的女娃便站在门旁了。她把手指头含在嘴里，歪着头望着那柳拐子婆姨。

"走！兰道！到你家院子里去。"望儿媳妇把纺车背在肩上走了出来，会□地望着这小女子一笑。

"嘻！"兰道把手指从唇上拔了出来，扭头就跟在望儿媳妇身后跑。她们都听到村长婆姨在炕上又咕咕噜噜起来了，她们却跑得更快，而嘴却嘻得更开了。

任香也在兰道家的院子里等着她们。

三个人安置好纺车,便都坐下来开始工作。兰道的妈妈坐在她旁边纳鞋帮,爸爸生病刚好,啥事也不做,靠在木柴堆上晒太阳,望着他的小女子兰道,时时在兰道望过来的时候,便送给她一个慈蔼的笑。

这女子才九岁,圆圆的面孔,两颗大眼睛,睫毛又长又黑,扎一个小辫子,穿一件大红布棉衣,有时罩一条浅蓝色的围腰,是她父母的宝贝。那两老除了一个带彩退伍的儿子以外就这个小女子了。她在他们的宠爱之下,意味自己的幸福,因此时时都在跳着、跑着,不安定,和满足地笑着。

任香也有十四岁了,黑黑的脸孔,高高的鼻子,剪了发,却非常之温和沉静。她和望儿媳妇、兰道都非常之要好,每天都把车子搬到这边院子里来纺棉线。

本来刚刚吃过饭不久,可是兰道纺不了几下,便又倒在她妈妈怀里哼着。

"妈!肚子饿了!我要吃饭!"

"不,不成!看你才纺的那么一点点,又调皮,再不听说就不让你纺了,咱明日格把车子送还合作社去。"

于是她便又跳到爸爸面前,说是没有棉花条了,老爸爸便到窑里替她拿了来。她然后再坐到车子跟前,歪着头,转着车轮,唱起昨天刚学会的:"杨木车子,溜呀溜地转……棉花变成线呀嗯唉哟。"

"这猴女子淘气的太。"她妈妈又告诉我了,"平时看见这庄子的婆姨女子都纺线线,也成天吵着要纺,咱不敢叫她纺,怕她糟踏棉花。今年吵得没办法,她大才自家掏钱买了十二两棉花,就算让她玩玩,不图个啥利息,不过一个月纺一斤是没问题,一年也能赚九斗米,顶得上她自己吃的粮……"兰道只要看见她妈那愉快的笑容,就知道在说她自己，抿着嘴也笑了起来，纺车便转得更起劲。

比兰道还要小也在纺线的有贺光勤家的金豆。金豆才七岁，头发散披着，垂到颈项边，见人就羞得她头低下去，或者跑开了又悄悄地望着人，或者等你不知觉时猛然叫一声来吓唬你。可是她也一定要纺线。看见兰道有了纺车，便成天同她妈吵。她妈忙得连替她去领车子的时间也没有。她等着她妈一离开车子□便猴在那上边，她纺得并不坏。我去看她们的时候，贺家的正在勒柳树叶，她赤着脚盘坐在炕上纺线线。

"咱们金豆的线线可纺得好，明日格送到延安做公家人去吧，要做女状元的啦。"她妈一边拾妥屋子一边笑着同我说。我便也顺着她逗金豆玩："对，明日跟咱们一道去延安去，你妈已经应承下啦！"

金豆回过头来审视了我们一下，便又安心去纺了。

上边窑里还有一个十一岁的三妮，瘦瘦的，不说话，闪着有主张的坚定的眸子，不停手地纺着。纺线对于□已经是一个很沉重的负担了。年时她死了爸，留下她妈、五岁的小妹妹和她自己。她拾柴、打扫屋子、喂猪喂鸡、纺线线，今年已经纺了八斤花了。她全年的计划，别的不算，是四十斤花，按七升一斤计算可得二石八的小米，可以解决她一切用度还有多。她才十一岁，比兰道高不了很多，可是已经是一个好劳动了。她是她妈得力的帮手，全村的人都说这娃成。

看谁纺得好

还是前年的时候，老村长到南区合作社领了第一部纺车给他婆姨。这时全村只有一个从河南来的瞎老婆子会纺，她便被请到村长家里来当教员了。这事真新鲜，村子上婆姨们都来瞧，村长就劝说，大家也便拿这车子来学，一下便会了六七个人。一连串大家都去领纺车，纺线的热潮就来了。这时的工资是纺一斤线有一斤棉花，纺五斤线合作社还奖一条毛巾，大家都嚷着利大得太，冬天都穿了新棉衣，也换了被头。去年纺的人便更多了，可是今年大家都有了意见，工厂为提高质量把线分成了几等，要头等线才能拿一斗米的工资，而纺头等线的人实在太少。虽然南区合作社又替□们想了办法，只要你入股一万元，便可借到棉花三斤，纺成了线，加点工资仍可换到一匹四八布，不就同去年一样的换布，而且还有红利可分。村长婆姨第一个入了股，别人也跟着入了股。可是大家仍要说工厂把她的线子评低了，向着我们总是发牢骚，希望我们会替她们想出一个好办法来使工厂能公道些，把她们的线评成头等。

我们看了她们的线，实在不很好。车子欠讲究，简直有些马马虎虎凑在一起就算了。于是我们替她们修车子，有的高兴了，有的人还觉得车改了样，纺起来不习惯，又把车子弄回原来的样子。我们不得不同老村长商量，如何能提高他们的质量和速度，老村长同意我们在我们走的前一天，开一个全村的妇纺竞赛会。

一吃过午饭，山上的婆姨们挽着柳条篮子下山来了，她们的娃娃们或者留在家里的老汉替她们背着纺车，像赶庙会一样的笑着嚷着。住在底下一层的婆姨女子们也自己拿着盛棉花条的小盒盒跟在纺车后边，走到山坡坡上的茆丕荣家的院子里去，纺车也是背在娃娃们的肩上。也有自己背纺车的，如同望儿媳妇，如同贺光勤家的。老太婆们也拿着捻线锤子赶来看热闹，村长婆姨已经二年多没出过院子，今年也拿着一个线锤一拐一拐地走来看热闹，也不打算参加比赛。车子让给她孙儿媳妇了，她孙儿媳妇是同□婆婆共一把车子的。小孩们更一堆挤在这里瞧，一堆又挤在那里瞧。兰道老早已经把她的车子放在许多车子中间，得意洋洋地坐在那里唱"杨木车子，溜呀溜地转……"金豆没有车子，不能参加比赛，用小拳头打着她妈。老村长和文化主任很忙碌，清查人数，写名字，点香。我们一边帮着他们写，一边替她们修理车子，卷棉花条，说明那些道理。

老村长说话了："……咱们的线纺得不好，工资就低，织的布就不耐穿，今日个大家比赛，看谁家纺得快、纺得匀。咱们要纺得好，就要考究车子，考究门道。纺得好的有奖品，还要她把门道讲给大家听，这几位同志也会帮咱们讲解……"

"唉，纺就得了，还要啥门道呢。"有谁在笑了。

"对着嘛！老村长讲得对，要纺得好的说说她的窍诀嘛。"又有谁赞叹着。

"咱们车子不顶事……"大家又一阵嗡嗡起来。

听到老村长命令动手，二十五辆车子一同转动起来了，周围看热闹的都退远了些，那二十五个纺车手都紧张地用心地抽着摇着。有的盘坐在地上，有的坐一个小凳子，这里有纺了很久的，也有今年才学的。贺光勤家是年时由山西敌占区来的难民，她在家里就会纺，她是这村里纺得最好的，可是她的事太多，常常帮她汉子掏地、送饭，车子也顾不上好好修理，纺着纺着，弦线又断了。

茆丕荣的机子在屋子里也踏开了，二十四个头呢，一天就好纺一斤。他婆姨也参加了比赛。

车子转动的声音扰成一片，人们在周围道长论短。娃娃们跑来跳去，喊着妈，哄着笑，闹成了一片，香燃过了半截，大家加油呵！看，天升庭家的纺得最快，她的锤子上的线团最大。

时间越短促，大家纺得越起劲。村长宣布香已经熄灭了，才停止下来，轻轻地嘘着气，手与腰肢才得了活动。村长把线团都收了去，一个一个的在小戥子上称，几个人细细地评判，我和妇女们便拉开了。她们笑得好厉害，拿手蒙着脸笑，但她们对这谈话是有趣的，咱们拉的是怎样养娃娃。

评判的结果，几个车子修理好了的都有了进步，棉条卷得好的线都纺得比较匀。大家这才相信纺线线有很多门道。大家都争着留我们到她们家里去吃晚饭，要我们帮助他们修理车子，卷棉花条。这天下午到晚上，我们都成了这村子上妇女们的好朋友，我们一刻也不得闲。她们把我们当成了知己，一定留我们第二天不走，问我们下次啥时候再来。我们也不觉地更加惜别了，心里想着下次一定要再来才好。

五月的夜

王丕礼的婆姨以全村□会做饭的能手招待我们吃了非常鲜美的酸菜洋芋糊糊下捞饭，王丕礼便很有兴趣地说："走，找茆丕珍去！""对，咱一道去。"我们都从炕上跳了下来。

"哎，看你！"他婆姨用责怪的调子向他埋怨着，"才吃完饭嘛，烟也没抽，就拉着客人走啦。"又把身子凑近我们，"哎，多坐会，多坐会，又没啥吃的，又没吃饱。唉……"

那年轻男人就没理，跨步站到窑外，拦住那两条大狗。

院子里凉幽幽的，微风摆动着几棵榆树和杨柳，它们愉快地发出颤动的声音。隔壁窑门也大开，灯光从里面透出来，满窑升腾着烧饭的水蒸气，朦朦胧胧看见有一群人，他们一定刚谈到一个顶有趣的事，连女人也在纵声地笑着。

山坡坡上散开的野花，真香，我们去分辨哪是酸枣的香气、哪是野玫瑰的香气和那是混合的香气。

转过一个小弯，管子（芦笛）的声音便从夜空中传来，王丕礼便加快了脚步："喂，走哇！"我们跟着他飞步向一个窑门跑去，还没有调好的胡琴声也听到了。

原来已经有好些人都集众在茆丕珍家里了，炕上坐了四五个人，炕下面还站得有几个娃娃，婆姨们便站在通里窑的小街里。

我的同伴都是唱歌的能手,他们一跨进窑门便和着那道情的十字调而唱起来了:"太阳光,金黄黄,照遍了山岗……"

茆丕珍便吹得更有劲了。老高横下那胡琴,挪出空地方来。

这几个青年人都是这庄子上的好劳动,身体结实,眉眼开朗,他们的胳膊粗,镢头重,老年人都欣赏他们的充满朝气,把自己的思想引回到几十年前去。他们又是闹社火的好手,身腰肢灵活,嗓音洪亮,小伙子们都乐口跟着他们跑,任他们驱遣。他们心地纯良,工作积极,是基干自卫军里的模范,妇女们总是用羡慕的眼光去打量,因为他们不觉地便会发现自己丈夫的缺点。

我们刚来时还不能很熟悉,他们都带着一种朴质的羞涩说不会唱,但等我的同伴们一开头,他们也就没有什么拘束了,唱了一个又唱一个,唱了新编的又唱旧的。

老高会很多乐器,可惜村子借不到一个唢呐,只有胡琴和一根管子,他不爱说话,只是吹了又吹,拉了又拉,整晚整晚的都是如此。他们告诉我说,他的管子就等于每人腰上挂的旱烟管,从不离开身子。

这些信天游、走西口、五更、戏莺莺实在使我们迷醉,使我们不愿离开他们,离开这些朴素活泼而新鲜的歌曲,离开这藏有无穷的歌曲的乡村。譬如茆丕珍唱出这样的情歌,从"好一朵鲜花,好一朵鲜花,满院的花儿赛不过它,我有心采一枝儿带,恐怕那看花人儿骂……"开始,很细微地述说两人如何见面、相识、相爱,到第九段时便发生了这样的问题:"你今儿把奴瞧,明儿也把奴瞧,瞧来瞧去爹娘知道了,大哥哥刀尖儿死来,小妹子悬梁吊。"这是中国几千年婚姻不自由,梁山伯、祝英台所不能解决的问题,而哥哥却接下去唱:"刀尖上死不了,悬梁上吊不成,不如咱二人就偷走了吧。大哥哥偷钱,小妹子随后跟。"于是二人逃走了。过河、爬山,当他们休息在山上时，却"雪花儿飘飘，雪花儿飘飘，雪花儿飘了三尺三寸高，飘下一对雪美人，小妹子怀中抱"。然而歌词的转折，情致的飘逸是如此之新鲜："太阳下来了，太阳下来了，太阳下来雪美人儿消，早知道露水夫妻，你何必怀中抱。"

王丕礼在唱歌上跟在锄地上一样是不愿服输的，所以他也唱了很多山西小调："……半碗碗的红豆半碗碗儿米，端起个饭碗记起你，唔黄黄的六月暑伏伏的天，为了奴的情人晒了奴的脸……十冬冬的腊月数九九的天，为了奴的情人冻了奴的脸……"

但他们都喜欢唱他们自己编的调子，如："……骑白马，挂洋枪，三哥哥吃的是八路军粮，有心回家去看姑娘，打日本顾不上……"或者就是："延安府，开大会，各区调咱自卫队，红缨杆子大刀片，保卫边区打土匪。西安省、太原省，毛主席扎在延安城。勤练兵来勤生产，抗战为了救中原……"

这样的晚上我们只有觉得太短了的，但我们却不能不反而催着他们去睡，因为他们要赶这几天去揭完杂田。茆丕珍父亲，提醒那充当变工队小队长的儿子说："快鸡叫了。明儿还要起早呢！"

他们□管子吹到门口送我们下坡，习习的凉风迎着我们，天上□□□亮了。我们跨□轻松的步子，好□□□一个甜美的梦中醒来，又像是正往一□轻柔的梦中去。呵！舒畅的五月的夜呵！

三天过去了，我们仨第四天清早背着我们的背囊，匆忙地踏□□归途，离开了这美丽的偏僻的山沟，遍□□开的□香，摇动着紫色的衣裳，把我们送出沟来。

我们也只以默默地注视回报它，而在心里说："几时让我们再来。"

（《晋察冀日报》1946年2月4日，《每周增刊》创刊号）

闻"让"有感

萧军

有什么人说过，中国从来是"礼让之邦"；好像也有些什么人真的承认过："不含糊呀，我们是礼让之邦呀！呀！……"确是的，中国的统治阶级——太远的不必说——仅就一八四〇年到现在，对于我们的诸家"友邦"，就曾礼让了一百个年全有了零头。如果不是老百姓们不想再礼让下去了，这八年抗日战争，就很难说。可是，中国的统治阶级，从有历史记载那一天起，□管对于"友邦"怎样讲礼让，但对于老百姓们却从来不曾□用过这一条款。这大概也就是"礼不下庶人""让不及百姓"的传统古精神吧。

天地间的事情，往往也有例外。兹据本报去年一月二十三日曾刊载过一篇以《政治协商会议前夕，陪都文化界的呼声》为题的通讯，这里面就有谈到，关于这类"让"的精神的地方，□录原文一段：

"……代表邵力子先生说……他认为要做到政治上团结'互'让比'争'要□重，政治协商会议的成功也在互让。他建议招待的主人，要监督代表到政治协商会议里去'争'的话，不如监督他们去'让'，这样政治协商会议才能开得成功。"

话如果真是这般说的，我觉得这确是万喜的现象。因为从有历史第一次，作为统治阶级的代表，而能够和真正人民的代表，讲起"互让"来，这是进步的好现象，应该喜欢。但是这里有两个先决条件，我们却得弄清楚：第一，那就是应该由政府的代表们"为民表率"先"让"起来才对。比方，应该重选国大代表呀，放弃特权呀之类。第二，那就是政府方面应该先把老百姓的生存、温饱、发展，各项应得的自由权利吐出来，"让"还给老百姓。如果这两点能先做得到，即使不用文化界去监督,那些代表们,如果他真正是老百姓的,依我看,大概他们也不会再有什么可"争"的了吧!这会议也一定开得好而"成功"。否则,由"让"而至于"攘",这结果大概就有一点"悲哀"!

一九四六年一月二十七　于张家口

(《晋察冀日报》1946 年 2 月 4 日)

何 大 妈
——拥军模范特写

申玮

一

何大妈是一个五十三岁的人,她长着一副端正而慈祥的面孔,额头上有几条深深的皱纹,显示着她经历了辛苦生活的特征。现在,她单身居住在一间小房子里,靠做针线、洗衣服维持生活。十五年前,她的丈夫带着她和他们唯一的儿子从河北省密云县移居到张家口来。她的丈夫和人家合伙经营了一个煤站。那年景,日子还算过得去。这样的生活刚刚过了三年,她的丈夫得了吐血病,不久便去世了,抛下他们母子二人。这时候,她的儿子之明才九岁,生活没有办法,这样一来,就全靠她的两只手给别人洗洗缝缝,一把泪一把汗地挣上几个钱维持着生活。她眼巴巴地望着儿子长大,读上了一肚子学问,好成家立业,也就心满意足了。但是,不幸的事又接踵而来,日本鬼子侵占张家口后,这日子可就更加难熬了。鬼子要她的儿子去当勤务,她怎么样也不肯。她心里打定了主意,要送儿子进学校读书。她说:"我不让我的儿子去伺候日本人,那事情没有出息!"于是,不管怎样穷困和艰难,她忍着一肚子眼泪,好容易才把儿子供的小学毕了业。为了能在这鬼世界里谋得一个职业,她只好送她的儿子到敌人的养成所学电气。不久,之明因为身体弱,受了敌人的虐待,以至于吐血。日本人不允许他请假回家医治,经过一番周折,她才把儿子带回家里。想送医院去,医院也不收留,何大妈只好偷偷地把医院里的陈大夫请来给之明打针。在这种苦难的生活中,母子两个常常互相地安慰着。

"孩子,我卖掉了一切东西,也要把你的病调治好。"

之明看着妈的脸说:"妈,只要八路军来,我就能住医院了。"

何大妈总是坚信地说:"孩子,我看八路军不到中秋节就会来到的,等着吧!八路军一来,第二天我就送你到医院去。"

于是,母子二人都快活起来了。

渴待终于成为现实。八路军在去年七月十七(旧历)就解放了张家口,何大妈可真是满肚子欢喜,八路军真的不到中秋就来到了。她的精神振奋起来了,在儿子面前,转来转去,说不尽高兴的话;心里想着,不久以后,她的儿子就可以强壮起来了。二十一日这天,她就把之明送到医院去了。当时,陈大夫笑嘻嘻地对何大妈说:"过去敌人在这儿,我做不了主,现在可行了。"

之明住在楼上三十三号,何大妈也被允许搬过来陪伴着她的儿子。

之明得病有半年多光景了,因为没有机会好好调治,病势愈来愈重,这回进了医院就已经没有救了,何大妈整天地愁苦和悲伤。

之明对妈说:"妈妈,别难过,我住一天医院死也不亏了。"

十天以后,她的之明终于死了。她的一切希望变成了云雾,心灵上重重地压上一块石头。她带着这颗沉重孤苦的心,含着眼泪回到了家,从此,就开始了她的孤居的生活了。

二

何大妈一个人待在家里,心里很不耐烦,做活也不安心,常常买些烧纸去看看儿子的坟,烧几张纸以慰藉她的孤寂。她路过医院门口的时候,激起了无限的痛苦,她恨恨地说:"我的儿子耽误在日本鬼子的手里了。"

这时候,医院里住着八路军受伤战士,有一个名叫刘希文的,腿部受了重伤。有一天，在剧疼的时候，他很想有一位老太太给他一些安慰，因为他自己的父母已经去世了，看护答应给他找一位老太太来看他。

不久，何大妈又到儿子的坟地去烧纸，路过医院门口，看护便对她说："何大妈，你又给你的儿子烧纸去吗？"

"是啊！"何大妈停下脚，走到看护的跟前。

"何大妈，我看你今天别去了。医院里有一位伤兵同志，受了重伤，疼得直哭，你去看看他吧！"

何大妈满口答应了。她跟着这位看护走进一间病房。在刘希文的床边坐下了，她不断地安慰着这位同志。刘希文深沉地注视着何大妈，不知该怎样感激她的慈爱，只是连声地说："谢谢老太太。"

从此，何大妈便用她那慈母的心温暖着这一群受伤的战士，她再也不去坟地给她的儿子烧纸了。她想着："给他烧纸，他还真能当钱花吗？"于是，她把买烧纸的钱全部买成糖果、葡萄，给伤兵们吃。每个星期她总要去一次，三百二百的，总要买些东西带去。医院里每一间病房她都去过，每个伤兵同志都吃过她送来的东西。她坐在他们的床边上谈着话，安慰和看护他们，还亲自把东西分到每个人的手里，分不到手的，她很不安地对他们说："同志，我买的东西少，下次再带来。"她爱护伤兵，如同自己的儿子一样，是无微不至的。

谁的衣服该洗了，谁的袜子烂了该补一补，她都周到地问他们，把这些东西带回家里做。

有一次，她看见两位青年的伤兵，受了重伤翻身很困难，疼痛难忍的时候，把衣服垫在床上。何大妈看见这情形就心痛起来了，她说："这衣服上有扣子，怎么能垫在伤口下边呢！"

回家后，她便做成了四个棉垫子，带了给他们。

"我没有好的，这几个棉垫子比衣服好些。"

在这些日子里,每逢她想起儿子的时候,她就马上想起了这一群受伤的同志们。她又愉快地回忆起来那位刘希文,躺在床上用力地抬起头,涨红着脸对她说:"大妈你的儿子死了,你别老是着急,我就是你的儿子。"

"只要我们在,大妈,你还能没有吃的!"

她笑了,她觉得有这样的儿子,是她的光荣。接着,她又想起和刘希文同房住的陈力秋了,他和何大妈谈话,向来都是那么亲密。她又记起了刘希文有一次开着玩笑说:"大妈,老陈家里还有个老婆呢!"他笑嘻嘻的又对陈力秋说:"老陈,将来你病好了,把大嫂接出来,和何大妈一起过日子,还可以伺候她老人家,可多好呢!"

"儿子,媳妇,都有了,那真是我的福气。"她当时这样想着,顺口说了出来。

真的,她不再为她的儿子的死而悲愁了。当她认识了这群受伤同志以后,她的生活愉快起来,在他们之间没有一点点的隔阂,和谐和欢欣交织着每个人的心田。

三

张家口十一月的天气,经常刮着大风。有一天,何大妈一清早便忙着准备行装了,她听说刘希文和陈力秋转到十三里医院去了。她一心想再去看看他们。几天以来,她都在高高兴兴地准备要带的东西。她到街上买了三双袜子、一件背心,心里想,这一定是他们所需要的。她还买了二千多元的糖果,带去慰劳所有的伤兵同志。

她的脚小,走这样长的路程是很艰苦的。四区妇联分会主任张志兰和她一起走,一路上,她们说着笑着,想起伤兵们流血流汗,受尽辛苦,今天老百姓能够翻了身,全是他们的功劳。

她走到了十三里医院,没有碰见刘希文和陈力秋。但是,她并没有感到失望，她把带来的东西慰劳了这儿的受伤同志，还拿着带来的袜子和背心向大家说："这点东西，你们谁需用就拿去用吧！"

这时候，在伤兵们中，早已互相议论开了。

有一个说："老太太真好，过去我在张家口医院时，她就常来看大家，送各种各样的东西给大家吃。"

"可不是的。"另一个接着说，"她和刘希文、陈力秋特别熟悉。我听说，他们把老太太当母亲，老太太把他们当儿子哩！"

"背心和袜子就是带给她的儿子的。"有人这样说。

当他们听见老太太说要把袜子和背心留下来，都笑着说："老太太，还是给你的儿子留下，将来带给他们好了。"

何大妈紧接着说："哪能？哪能？大家都是一样。啊……都是一样的。同志你不用客气。"

★★★★★★

这就是何大妈的拥军故事。在这胜利和平的第一年关里，何大妈对四区妇联会的同志说："我想把我拥军的事情演成话剧，欢欢喜喜地过个年，您看好不好呢？"在妇联同志的帮助下，她就事实编了一个剧本，自己扮演何大妈这个角色，分会主任张志兰也亲身出演自己的这个角色，在这欢乐的日子里，她们尤其欢乐。

（《晋察冀日报》1946年2月4日）

连　长

——子弟兵生活素描

胡可

天很高，地很宽阔，地面上横躺着冰河。当月亮在天空渐渐光亮起来的时候，那冰河也闪起银光，并且不时爆裂着清脆的响声。

哨兵踏着脚在冷风里守卫，嘴里嘘出来的热气在放下来的皮帽子上结冰了……

每天夜里查哨回来，连长心里总□有个毛毛虫在爬。连长想，在这口外寒冷的夜里，站上两个钟点，会把人冻僵的，天的确是冷起来了。可是每当他问哨兵冷不冷的时候，他的弟兄总是回答说："不冷。"

连长心里话："不冷有鬼！我查一趟哨，脸蛋子疼得就像猫咬。"

咳，弟兄是好弟兄，没吹起床号就呀呀地练起刺杀来。一天出操上课、行军打仗、开会、挖工事，甚至推磨、做饭、帮老乡担水，累一天晚上还要站一班岗，可是他的弟兄都是好弟兄，他们知道干这个是为的谁，从没有一个人说句怪话。

连长把雪白的羊油拨在灯芯上，屋里顿时光亮起来了。连长脱下他的皮大氅，然后从口袋里掏出他的"进步小本"来，从那本子上撕下一张纸，便伏在炕上慢条斯理地开始写字……

字写得不算强，连长原先是个种地受苦的，参加部队那工夫连自己的名字还不认得，这工夫自然不同往日，掏出"进步小本"来要写什么就写什么。"进步小本"上已经记得满满的了：干部课笔记、工作总结、汇报提纲、战斗部署、下级的汇报、生字、随便画的小人、本连的生产账目，以及战士对他提出的意见和批评、自己克服缺点的计划，等等。

把写的信和脱下来的皮大氅放在一块儿，就说：

"小锁子，把这大氅和这纸条儿送到一排去吧!"

晚上是战士们最□闲的时间，开完了奖评会，炊事员老吕就□□出一撮旱烟来，大家喝着水，卷着烟，谈笑起来，欢迎面包说笑话，欢迎大海耍活宝……

门外："报告!"

大海假装连长的口气答道："进来!"

通讯员小锁子挟着皮大氅进来，做着鬼脸，把纸条放在灯前，大家就围上来，指点着，有板有眼地念了起来："一排同志们，夜里站岗很冷，我的大衣是皮的，你们站岗穿。今天的口令是'官兵'"。

战士们轰动了，坚决不收留，排长也没有办法了。

大海嚷道："咱们也给他来一封信! 欢迎学习组长写信!"

"对! 对!"

回信写的是："连长同志，我们睡热炕，不冷，连部里一天不动烟火，屋子凉，你留着盖吧，一排全体同志敬礼。"

通讯员把大氅和回信带回连部，连长看了回信，皱着眉头，急得要冒火了："小锁子! 把大氅送到一排去，说这是连长的命令!"

小锁子叹了一口气，挟着大氅又走了出去，不一会儿空着手儿回来了，连长这才消了这口气。

半夜里，月亮被风沙遮住，哨子风咬着耳朵。连长去查哨，远远的哨兵凶猛地问着口令，连长轻声答道："官!"哨兵听出连长的口音，和婉地说："连长吗? 皮大氅真热呀!"

连长走过穿着皮大氅把脸蛋子藏在皮领子里的大海的身旁，心里就涌起一股无法形容的热爱。大海是个好弟兄，连里的活宝，大家玩笑的对象，打闹中常常吃亏，但他老是咧着大嘴傻呵呵地笑。他不懂什么是疲劳，战斗里他不懂什么是畏惧，因为过分轻敌，已经挂过三次花了。

连长抚摸着大海宽阔的肩膀，指给他今夜应该注意的事项。查岗回来，连长的脸冻麻了，但是他很快活。在今天夜里，他想到很多的事情，他想到他往日的生活，想到他被地主逼死的爹，想到他被日本人奸污了的妹妹，他想到他自己，他觉得他不再是一个糊里糊涂受人欺侮的傻小子了。今天，腰里挎着驳壳枪，袋里插着钢笔，率领着一帮好弟兄，懂得很多大道理。

"我是一个新的人……"他想，"我是一个新的人……"

（《晋察冀日报》1946年2月4日）

拜 年

贾风

【新华社晋察冀总分社三日讯】旧□□□旦，七区全体政民干部，分组给抗属、驻军、市民及驻在区学校机关拜年。路上，到处是欢天喜地的人群，小孩子、妇女们、花白了胡子的老汉，都带着亲热兴奋的微笑，点着头、拱着手，说着最吉利的话。路边一个小孩用香点着一支爆竹，跑开两步，高叫着："乒乓两声响，感谢共产党！"爆竹响了，他就笑着，再燃第二支。走过大境门旁的妇女们和孩子们，向着警卫岗哨点头拜年。一个孩子天真地问母亲："妈，八路军要是不在这儿，你过年敢出门吗？"母亲笑了。正沟街七十四岁的老汉，碰见区里的干部，高兴地说："又过一年又长了一岁，老是一年比一年老了，可是我的心从来没像今年这样舒坦，我要再多活两年，为了这，要给八路军拜年去！"

抗属们今天是特别高兴，桌上炕上摆着许多糖果和点心，死拉活扯地塞在来拜年的手里，临别时还再三嘱咐："以后常来。"贫民们的炕上都放着冒着热气的香喷喷的饺子，一家人围着饭桌，显示出阖家团聚的欢乐太平气象。他们说："这都是八路军给的，这都是我们自己用血汗挣的，像去年别说吃上饺子，就是连一点肉腥也闻不到呀！早上高粱面糊糊，下午糊糊高粱面，白面买不起，敌人说是配给，但是配给下来，不够糊个窗户！……"街上锣鼓响了，一时鞭炮声大作，这是街村拜年队集合的号声。人们穿着新衣，闹着玩意，到大境门里给抗属拜年、给部队机关拜年、给热心他们翻身的群众领袖们拜年，清冷的早晨变得热闹温暖了。每个从前愁眉苦脸的人，现在都是生气勃勃，仰着脸，挺着胸，露出微笑来。

(《晋察冀日报》1946年2月5日)

抗属韩大妈访问记

申玮

韩大妈住在本市四区南瓦盆窑。她是一个身材短小,性格爽快的中年妇人。她的丈夫韩瑞五十多岁,两眼双瞎已经八年了。大儿子德福,原在瓦窑上做工,张家口解放后,就自告奋勇参加了八路军。现在家里还有一个十二三岁的儿子德顺。在这第一个能自由呼吸的年关里,人们提起日本鬼子,谁都咬牙切齿,韩大妈满腹的仇恨尤其深重。

下面是她的沉痛的回忆。

"好同志,提起过去的光景,真像做梦一样。想不到我们这命苦人还能有今天的日子!我活了四十二岁,像今年这样欢乐的年,我还没有经历过啊!政府对我们这抗属照管得真好,自卫队的同志来担水、打扫院子;高跷队、秧歌队又锣鼓喧天地来贴对子、拜年。这真叫我高兴得了不得呢!

"我们是关南通州人,家里光景苦,靠着韩瑞拉运瓦盆过活。那时候,还有些吃喝的,自从日本鬼子来了以后,可就走投无路了。有一次,本家哥哥寄放在我家的几个箱子,被敌人的'保护团'抢光了。韩瑞担不起埋怨,赔不起人家,心里很懊恼。那年种了一点红薯地,红薯也被'保护团'拔走了。这样,就把他老汉的眼睛急坏了。为了给他调治眼睛,家里的东西就一天天地卖空了,只剩下一辆破车子。我和德福母子俩天天拉运瓦盆,这是养活不了全家人的。后来,我把这辆破车子也卖了,可怜只卖了二百元。五口人就带着这点活命钱逃到了张家口。"

韩大妈叹了口气,她伸出三个手指头接着说:"来张家口三年了。刚来的时候,没有钱赁房子,就住在北瓦盆窑一个黑窑洞里。那年德福年纪小,给窑上干活,一个月才挣十七元。我给人家做针线活还是养活不住。同志！我不怕人笑话，我那十三岁的姑娘，领着她瞎了眼睛的爸爸，担着挑子到街上去卖烧土，一天从早到晚，只能卖出两担，得六毛钱。唉！没法说！谁知道这样的日子也不长久呢！第二年，我的姑娘病死了，日本人来查卫生，说死了人怕传染，不许再住在那儿，就把我们全家赶了出来。您想想，叫我们到什么地方去呢？我一手拉着德顺，领着瞎老汉一路上哭着走。后来，幸得一个老乡的帮助，才在这南瓦盆窑住下。这年腊月，德福在宣化做工回来，家里缺吃的，因怕敌人把他抓去，也不敢叫他到街上去做工，只好饿着肚子。以后，德福就在这瓦盆窑上做起工了。这二年还是吃了上顿无下顿的。"

现在情况完全改变了。她看了看炕上放着的细瓷茶壶和茶杯和叠得整整齐齐的被子、毯子。□轻松快活地说："八路军一来，就在这窑上成立工会，我们德福高高兴兴地跑回来给我商议，他说他想参加八路军。我那时候还不放心他出门。后来，两个礼拜没有看见他，才知道他参加八路军，到天镇演戏去了。他回来的时候，吃得又白又胖，我可真高兴得很。他也不惦记家，我也不想他回来，八路军比我对他教育得还好。今年过年，还给我买了二十斤大米呢！"

说到这里，她又大声地笑起来，爽朗的笑声充满着无限的快慰。她接着说："现在，我什么也不愁了，家里什么都有了，政府发给我们二十一斤小米，八十多斤棒子，还拨给八千元的贷款。这笔钱我全买成纸烟，德顺每天都到街上去卖，一天卖一条，能挣一百五十元，把钱存起来，再增加生产，就有办法了。现在，吃喝零用全有了。过年还买了五斤肉，大家来拜年，又慰劳我们白面、肉……真是翻了身啦！当八路军的家属才真是光荣呢！"

(《晋察冀日报》1946年2月7日)

两位亲身参加"二七"斗争的老战士访问记

萧也牧

今年二月七日,是"二七"运动的二十三周年纪念日。记者特于四日,走访两位曾经亲自参加过"二七"斗争的老战士——凌必应同志和李振纲同志,请他俩谈谈当时的斗争史实和工人生活,以及对"二七"的感想。

凌必应同志,今年五十四岁,安徽朝县人,抗战前是陇海铁路机器工人。李振纲同志,今年五十二岁,河南荥阳县人,抗战前是平汉路郑州站的机器工人。当"二七"的时候,凌必应同志是陇海路总工会的会长,代表陇海路工人,出席京汉铁路总工会成立大会。李振纲同志是郑站工人纠察队队员。

见面以后,就随便地谈起来。他们两位先谈了谈当时的铁路工人生活:那时候的工作时间,每天至少是十小时到十二小时,技术工人的工资,每天约在九毛左右,勉勉强强可以养活一个人。平时身体结实,那还没有什么问题,但是一有病痛,那就有饿肚皮的危险。早晨六点钟就上工,稍迟一会儿"牌子箱"就关□门,领不上牌子就不让进厂,再三哀求,放了进去以后,就得白干两个钟头。若是息了一天工,除了息工的那天不给工资外,另外还得扣半天的工钱。

损坏了工具,哪怕是损坏得很微小,也得按这工具本钱的四分之一赔偿。赔偿以后,这工具还是归厂方所有,稍收拾一下又可用了,所以有时一件工具就赔了好几次,早超过原来的本钱了。

谈到这里,话题就转到关于"二七"时的一些工人英勇斗争的事迹上去。当时使他们两位印象最深的是:

"工人们的英雄气概是无比的,当走向会场,道上被军阀□队包围的时候，我们一点也不害怕；我们看到没有武器是不行的，于是就跑到工具厂找了一些大铁棍，放在道旁的烧饼铺的炉子里烧得通红，就向那些军阀的队伍冲锋……"

"当□厚生这王八蛋包围了江岸总工会，向工人乱打排子枪，可是工人们并没有退却，就拿起石头瓦片来还击。眼看同志们一批一批在自己面前倒下，可是我们一点也不动摇，一直坚持了十来分钟的时间，直到总工会下了退却的命令，才算退了下去。"

后来就谈到"二七"以后的事情，他们两位都非常难过地说："那些惨死的工友家属，直到现在还有不少人在要饭吃。时间虽然已经过了二十三年，但是回想起来，还好像是昨天发生的事情一样。"

接着又谈道：在抗战以前，在平汉路上，每逢"二七"也开会纪念，那是黄色工会的一批走狗们主持的，工人们一到那时候就变得格外气愤，当场"嘘"的也有，破口大骂的也有……因为工人们看得很清楚，那批家伙不见得比吴佩孚强，简直就是半斤八两；他们口口声声欺骗工人，也骂吴佩孚是军阀，而他们自己好像倒是工人的救星，那简直就是乌鸦耻笑猪獾长得黑！

最后，他们两位简略地发表了一些对"二七"的感想：

"每年'二七'，想到'二七'的死难烈士和流离失所的烈士家属，觉得很难过。但今天就不同了，因为今天中国的工人阶级，已经有了自己强大的政党——中国共产党，和自己的英勇善战的军队——八路军、新四军。中国工人阶级和全国人民几十年来的英勇苦战，已经得到抗战的胜利，实现了全国和平，人民的力量已经能决定中国的命运……今后希望一切都能好起来，流离失所的烈士家属应立刻得到政府的救济，各地工友能自由地开纪念'二七'的会，像我们解放区一样，由工人们自己开，不受任何干涉。'二七'是中国工人阶级争人权争自由的纪念日。'二七'的烈士有知，亦当含笑九泉！"

谈到这里,时近黄昏,记者就握手告别,凌李二同志一直送到门口。回首看见那两位老战士,白发苍苍,塞上的朔风吹动着他俩的胡须,不觉令人肃然起敬。

(《晋察冀日报》1946年2月7日,《"二七"纪念》专刊)

罪在不赦

王子野

据说封建时代,皇家遇到婚、丧庆典,有时心里一高兴,也会颁发个把大赦令,以示皇恩浩荡。大赦是否赦得彻底,这倒是疑问,不过多少总是赦出一些来。

这是过去的事了。生在民国的人,甚至连这"恩典"也没福享。好容易盼了几十年才盼到一个释放政治犯的"圣旨",草野小民理当"三呼万岁",可是"圣旨"下了二十多天一直就没见动静。

经过了不知多少人的"千呼万唤",才放出一个廖承志,其余据说国防部还要进行调查。疑问又来了:叶挺将军难道也要调查吗?

最奇妙的是把张学良、杨虎城列在不赦之列。理由据政府代表说张学良与蒋介石是父子关系,可看作家庭管教。至于杨并非蒋氏之子,为何也要受这种"家庭管教",局外人无从探悉。

记得秦桧杀了岳飞之后,韩世忠跑去诘问秦桧:"岳飞犯了什么罪?"秦桧答曰:"莫须有。"秦桧真也太蠢,如果他回答说:"岳飞是我的儿子,我杀了他是我的家庭管教。"这样一来岂不把一切责任都推卸得干干净净,何致落到遗臭万年。

转过来一想,我又觉得秦桧尚不失为"英雄",好汉做事好汉当,有勇气说实话。而堂堂的政府代表在政治协商会上竟然做出那种荒唐的辩解,比一比秦桧应该要脸红的。

张学良何时投生在蒋氏门下,无从查考。就算是父子关系吧,但家庭管教古今中外也没有无期徒刑的前例,就是最专制的暴君也不致在大赦的时候还把自己的儿子列在不赦之列。

此例一开，人人自危，万一不小心得罪了那些皇爷们，就有胡乱被拉去做儿子、判处无期徒刑的危险。

二月四日夜

(《晋察冀日报》1946年2月10日，《每周增刊》第2期)

蹲在牛角上的苍蝇

萧军

我是不善于记忆故事的,但以下这个小故事却在脑子里存留了若干年,而且越来越难忘掉:

一只牛从田里耕作回来了,在路上走着。忽然飞来了一头苍蝇——大概是自己飞得感到了疲乏——便一屁股坐在了牛角上,也走着。……这时候,从对面也飞来了一只苍蝇,便殷勤地向它的同类打着问候:"午安!"

"午安!"牛角上的苍蝇也冷冷地回答了一声。

"姐姐您到哪里去啦?"

"哼!哪里?……"牛角上的苍蝇,似乎生了气,同时倨傲地掀了掀鼻子回答着,"……哪里?……您没看见,我们(注意'们'字)是才耕过田回来的吗?"

"哦!哦!"那一头苍蝇就连连抱歉地一面"哦"着飞去了。

故事就是这般短,当时作者究竟何所指,我也不太清楚,只觉得它倒很切于抗战胜利后的中国。那些真正耕过"抗战的田"的牛,倒还是静静地走着自己应走的路。

而骄傲和叫嚣得最甚的倒反是一批批蹲在牛角上的苍蝇之类了!

一九四六年一月六日夜

(《晋察冀日报》1946年2月10日,《每周增刊》第2期)

孩　　子

付克

一、"小要饭的变成了小学生"

我第一次看见这孩子是在张北十九专署的事务室里,那时他正向专署的李秘书要什么东西。两只发光的小眼睛□不时地向人挤来挤去,脸苍白而虚胖。从表面上可以看出,那是由于久经饥寒,现在有了较好的饮食而把脸给吃胖起来。他的头是方的,简直像颗秋后的柿子那样圆滑光亮;身体,是那样短粗,再配上他穿的那件直筒的小皮袄,就像一条装满了粮食的口袋,走起路来总是一摆一摆的。

这一次他给我留下了很深的印象,我似乎觉得有一条口袋在我的面前晃来晃去。

有一次我问专署的一个小鬼那小孩子是哪里来的?他是谁的儿子?他笑了笑告诉我,那是个小要饭的,老家是宝源县,很小就没了妈妈,爸爸给人家做工,又不能照顾他,所以他就到张北来要饭吃,过去吃不上穿不上,还得给日本鬼子做苦工。

"他姓什么?多大岁数了?"我问。

"他姓樊,今年才十一。"小鬼也叹了口气。

"多么可怜的小孩子!"我自言自语地说。

"你可不知道,现在可好了,咱们八路军来了,这些穷人可就有办法了。"小鬼端着一盆炭灰望着我点了点头,继续说,"嗯!现在可不是要饭的了。公家给吃给穿,还送到学校里去念书,天下哪有这么便宜事,要不是八路军,他还不是在街上要饭。如今可不同了,小要饭的变成小学生……"小鬼关上门出去了。

"哦!有多少这样受难的孩子,现在又回到温暖的好像母亲似的怀抱里啊！"我默默地想。

二、"你看我是多么高兴呢？"

吃过晚饭，我正在读报纸，门吱呀一声便开了，随着一阵□风那个口袋似的小孩子进来了。他的两只小老鼠似的眼睛，挤来挤去地望着我。

"小孩子，你怎么知道我们这里？"

"他们都说你们这里好玩，今天是礼拜，我就跑来了。"他摸摸我的衣服，东张西望，这里的一切似乎对他都是新奇的。他穿着厚厚的棉衣和一件带皮领的皮大衣，两手插在旁边的口袋里，仰着头，神气活现。

"你到八路军多久了？"

"两个多月了。"

"八路军好不好？"

"不好还有我这样子吗？吃的穿的哪样不是他们给我！"他抿着小嘴笑起来了。

"你怎么跑到这里来了呢？"我拉他到桌子旁边。

"以前，他妈的日本狗杂种叫我给他们受苦种地，我才十一岁，哪能受得了？可是不干不行呀，他们打骂我，我真是受不了，就偷跑了。八路军到了这里，人家都说好，这样我就跑回来了。"他手里拿着铅笔，摇来摇去，说句话便抬起头来看我一眼。

"听说你在学校里念书，真的吗，你在几年级？"

"是，我到了这里，专署□秘书待我可好啦。他见我年纪小很可怜，就问我愿意不愿意念书，我说怎么不愿意呢？他就把我介绍到县政府，县政府给我缝了棉衣，又做了皮大衣。"他把他的皮大衣上下看了看，又把上面的脏东西打了打继续说，"后来把我送到学校里

去，现在我跟半年级，先生整天教我认字，我都学会写了，不信我给你写。"他扯过一张纸，小手握住铅笔便画起来，开始写了他的姓，以后又写了"鼻子、眼睛、嘴、牙齿……"不多会纸上便写满了东倒西歪不整齐的大字。我发现那个牙齿的"齿"字写得不对，便很认真地指给了他。但他却很有信心地说："先生就是这样写的。"这句话惹动了周围其他小鬼的一阵哄笑，房子里充满了活泼愉快的空气。

不久，他又告诉我他在学校里可高兴极了，先生教他读书认字，还要关心他吃饭睡觉，甚至连做饭的大师傅也帮他缝补东西。他把他的帽子摘下来指给我说："连这帽子都是大师傅给我缝的。你看我是多么高兴呢！"

三、孩子回家来了

有一次那孩子缠着李秘书要皮帽子，李秘书答应叫他礼拜天来取，那天还可吃顿饺子。当时我想这也许是故意逗逗小孩子而已。到了礼拜天，那孩子果真来了。他高兴地拖着小步子，一摆一摆地进了专署的大门，嘴里还唱着"没有共产党就没有中国"这个群众中唱熟了的歌子。

他走到事务室里，弄弄这，翻翻那，和这个扯扯，和那个笑笑，一切都是那样自然愉快，他就好像到了自己的家里，同志们就好像是他的亲人——父母兄弟姊妹。尤其是李秘书就好像家长一样问这问那，那孩子也拉他的衣襟像央求自己的父母一样要衬衣要帽子。当李秘书和他开玩笑说"没有"时，小孩子哼哼□声，撇撇嘴，撒撒娇，直到答应了以后才放心地笑起来。

吃过了同志们自己做的饺子，小孩子拿着裁好的皮帽满脸高兴地跑到俱乐部去，看看墙报，望望打乒乓球的，最后看到我在按风琴便跑到我的跟前问:"你会按什么歌?"

"什么也不会。"

"不,你会,按一个'没有共产党就没有中国'好不好?我来唱。"他张开大嘴、闭上两眼,用一种半哑的声音开始唱起来了,但唱了没有两三句,自己听着音不□,便扫兴地说:"唉!你按得不好,把我的声音也弄乱了……天也黑了,我还得回学校去。"他一摆一摆地消失在狭长的过庭里了。

写于张北

(《晋察冀日报》1946年2月10日)

悼 羊 枣

恽逸群

【新华社延安十二日电】正当政治协商会议胜利结束，国民党当局宣布释放政治犯的时候，昨晨翻开报纸，忽然看到羊枣囚死狱中的消息，这实在使人有"初而疑、继而哀"，最后则发生"人间何世"之感了！

羊枣是他的笔名，他本来的姓名叫杨潮，湖北沔阳人，年四十五岁，毕业于交通大学机械工程科，曾供职于京沪、沪杭涌两路管理局材料处。民国二十三、四两年曾任广西大学教授，一度主讲西洋文学史。民国二十五年夏回上海任塔斯社记者，以余暇译述国际政治名著，在各刊物上发表。抗战开始，我们这一□长江、夏衍、邵宗汉等每天都聚在一起，彼此交换意见、交换消息，就在淞沪战役末期诞生了中国青年新闻记者学会。上海租界成为"孤岛"后，许多朋友因工作关系陆续到大后方去，他仍留在上海，除继续在塔斯社工作外，经常为《译报》撰写分析抗战军事及国际情势的评论，并为《民族公论》（救国会理论刊物）经常撰写论文。

直到一九三八年夏，我因受敌伪特务的压迫，不能留沪，遂南下赴香港，两个月以后，他也因同样的原因到了香港，不久即入《星岛日报》（时金仲华任总编辑），并为国讯社及《世界知识》撰写论文。一九四〇年至四一年还兼任"中国新闻学院"（青年记者学会主办）国际问题教授。一九四一年，因《星岛日报》改变态度，他和金仲华、邵宗汉、胡风发表退出《星岛日报》的声明，即转入《华商日报》工作。

太平洋战争爆发，香港失守，彼此都隐蔽着不敢出头露面。我到他住处找过他一次，没有找到。当我离开香港的时候，他因肠病在医院开刀，施手术后的第二天，医院被日军征用，把他赶出来，那是非常危险的。一则刚施手术不久，得不到适当的治疗，可能发生危险；二则因不能迅速离开香港，如给敌伪发觉，一定不会放过他，然而他却没有死在日本法西斯及其走狗手里。一九四二年春末，我在东江游击区的时候，听说他已离香港经广州湾入桂。

一九四三年，听到他在衡阳任《大刚报》主编，后来他转到福建永安去并在永安被捕的消息。日本投降后，大后方的朋友陆续东下，据说国民党当局已允"立即释放"，但是到了十月里——今春没有放出。

当新四军深入浙闽敌后，到处展开对敌伪的战斗的时候，国民党第三战区的特务就在福建大批逮捕进步文化人，第一批有四十余人，羊枣的名字也列在黑名单之内。但因他是美国新闻处的职员，不好意思直接到美国新闻处去逮捕他，就向美新闻处负责人说，要请他去谈一谈。羊枣拒绝这一邀请，但美国负责人却认为可以去一趟，免得时常来麻烦，而且第三战区的特务还向美国新闻处担保去谈之后，立即回来，绝无任何留难，结果由美国新闻处的两位美国朋友陪羊枣去谈。一到之后，特务却说事情比较复杂，"要杨先生留下来详谈一两天"，这样当时约定暂留时期，美国新闻处可以每天派人去会见羊枣，随时可以送东西给他。三天以后不仅人不放出来，倒说"案情严重"，停止接见，以后就不知道人在哪里。在福建呢？还是已移送上饶（那时三战区的集中营有一部分搬回上饶）？美国新闻处及不久之前在此的"合众社"记者罗尔波先生是奔走营救最有力的，他们屡次向特务质问，但特务置之不理。美国新闻处向重庆抗议，重庆的答复是"马上释放"，然而三战区仍深闭固拒，不理不问。

日本投降后，三战区各机关都迁到杭州，"集中营里的囚犯"也带到杭州。十月底十一月初,杨夫人赶到杭州打听,经三天的要求,才见到他一面。羊枣见了他的太太说:"你也不要再奔波了,听其自然吧。我大概不至于死的……"眼泪流下来,说不下去。

国民党当局已亲口说出要"释放政治犯",我们以为羊枣当可恢复自由了。然而他"病死"了,他等不及"释放"。羊枣的身体并不太坏,究竟是怎样突然病死的呢?有一支锋利的笔,特务老爷是非常怕他暴露真相的,所以所谓"病死狱中"就更不能不令人怀疑了。

(《晋察冀日报》1946年2月14日)

新闻界的责任

政治协商会议成立协议后,新闻界的责任特别重大。为什么?因为协议虽然只有五项,实现起来就要靠全国人民努力督促,要全国人民能这样做,就要使人人懂得这些协议的内容怎样,对人民的切身利害关系如何,要国家民主化能实现,要人民来监督执行,这里报纸就是一项重要和有效的工具。如果新闻界从积极方面去做,就要使人民有说话的地方,又能成为教导人民的工具。在政治协商会议得到了成果,中国政治的新方向确定了之后,新闻界都应该从本身做到改进,使能适应新的形势、完成新的任务。一句话,报纸本身就要有民主的作风。

我们愿意提出几点意见,以勉励自己,并供同业参考,请同业指教。

首先,政协重大成就要使人人都能认识到。到现在,由于我们新闻界的解释还不够,所以还有些人了解不彻底,因此也还有些专心破坏和阻碍实现政协会议的人们,有机可乘,这方面大家还得更加努力。

其次,协议虽然只有五项,内容却很丰富,尤其是和平建国纲领,不仅重要,还包含了若干我们还不大熟悉的东西,这都是实行民主政治的具体步骤,只有人人懂得了,才晓得怎样去努力争取实现。而且纲领中的各项原则和条文,还需要大家提出实现的建议,帮助政府,这就更非对这纲领多加说明和解释不可。一方面固然要从理论上做详尽的研究,更重要的却是请人民发表意见,提出办法,使人人有拥护和努力的热情。没有这些,纲领还不可能从文字成为实际。

再其次,就是报道新闻要对人民更加负责,所谓负责就是一定要真实，事实怎样就要怎样报道，不容许不经过调查捏造事实。因为报道不真实，是欺骗人民，纵然能欺骗于一时，迟早总会戳穿西洋镜。而且要解决问题，要提出建议，都要根据事实，报道不真实，根据这种报道做的结论提的建议，就会不正确，这样便无法正确地解决问题。所以歪曲事实和捏造事实，都是要不得的，至于关起门来造谣，或轻信谣言，就更非所取了。我们很感觉遗憾的就是中央社和《中央日报》昨天发表了一则新闻，对山东解放区军民极尽污蔑，显系捏造，这种不真实的报道，就是对人民不负责任的态度。

最后，我们要在新闻界确立培养民主作风、和谐空气，不要在国共两党、民主同盟和其他民主党派及无党无派人士之间已走上民主合作的时候，再用种种办法来挑拨团结，破坏合作。意见尽管不同，只应该根据事实，用商讨的精神相互批评，再不能做毫无根据的立论，不采说理态度进行诬赖□骂，这不是新闻自由下应有的态度。这种改变并不容易，但是完全必要的。(《新华日报》社论)

二月十日

(《晋察冀日报》1946年2月15日)

龙华县的新英雄主义运动

赵鹏飞

龙华县的新英雄主义运动,为过去龙华县长的赵鹏飞同志所写,内容丰富生动,提出了许多宝贵的经验。一九四六年大生产运动即将开始,其规模与成绩要求超过以往任何一年,今特将全文揭载,以供各地参考。

——编者

一、大生产运动严重的被动形势与新英雄主义运动中的偏向

龙华县一九四五年大生产运动,一开始就陷入了严重的被动形势!

一九四四年冬季练兵,没有和生产很好地结合,春天造成柴荒,群众被迫突击打柴,直到"清明"才开始送粪,耕地比往年推迟了一个节气。大生产运动布置得又晚,也是到"清明"才布置到村,种园子植树都没有很好领导;做计划开家庭会议,和当时送粪耕地脱节;游击区反清剿很剧烈,六区群众又正进行着围困紫荆关的斗争;"谷雨"到了,一春无雨,旱象已成,又时刮狂风,山后四六区马牙玉米马上需要播种,可是多一半粪还没有送完,多一半地还没有耕完;山前各区天气亢旱,地已不能再耕,但棉花、红薯、花生急需挑水点种;拒马河两岸开渠修滩,筑坝的工作,往年这时已经完成,而今年则还未动工。"节气不饶人",群众情绪开始感到不安,奇峰塔村有的老太婆急得哭起来,可是却普遍存在着消极等雨心理。随着旱灾的威胁,被动形势更加严重!

领导上感觉很吃力，大家抱怨上级工作布置得晚，工作任务给得太多；又觉得区级新干部，多能力太弱，而区干部则是觉得忙不过来；上级还说工作做得不好，埋怨村干部借口不误农时，忙于个人生产，不积极照顾整个工作；而村干部则是怨上级只是让做计划与家庭会议，不顾及群众忙闲，不关心干部生产。可是这时对于新英雄主义运动各级领导上却都很忽视，形成自流状态！

好多新区干部还不知道各村英雄都是谁？到村工作也不闻不问！较著名的英雄如葛存、杨友春，则一般新区干部不愿接近，怕英雄看不起，村英雄有缺点不敢提意见，怕伤了英雄的"脸面"。又怕上级说自己"对英雄尊重不够""不检讨自己"，背地里发牢骚。有的英模负担任务太重，忙不过来，如贾洛思又是村长，又是协助员，又是医救会医生，本村、外村、工作、看病，忙的什么也顾不上。对新英模的发现与培养也很少有人注意。在发动竞赛方面，则因为反对竞赛中的形式主义，使竞赛形成自流，未能自下而上地认真组织起来。很大一部分干部把英模运动当成只是秋后英模选举时，或开展某某运动时短期突击的工作，还没有真正自觉地认识新英雄主义的伟大力量及其伟大作用。

而英模则少数的已发生自满骄傲和自私不顾广大群众的情绪，工作上不求进步，有的则是怕开会、怕误工、怕当脱离生产干部，工作不努力，个人生产暗地加油。葛存村因为干部不团结、工作不起劲，有些干部则因为本年县区开的群英会，只奖励了个人，没奖励自己，感觉"辛苦一年为人忙"，工作上也不起劲，心存"看英雄的吧！让他个人干干！"的错误思想。有些村干部则是对英模嫉妒，或怀戒心，有意见不提，暗里"憋劲"。群众中则有的人对英模寄予很大希望，盼他能帮助自己调剂些土地，盼他能设法□给些粮食。有的英模确实对他们关心不够，有的则事实不能满足要求，因而发生对英模的失望或不满。

但是很大一部分英模特别是参加过县英雄会的,还都很积极。葛存积极领导打柴,半个月,突击了三十六万斤。杨友春日夜领导全村都做了计划,开过家庭会议,帮助各户解决了很多困难。岭子南王瑞新决心去掉落后村的"名誉",去年冬天就憋足劲,打了四十一万斤柴,不但保证了全村供给,还用十一万斤供给了军队;一开春就组织起来,刮风天挖大渠,晴天分工打柴、送粪、耕地。植树英雄甄海领导全村接枣树二百五十棵,又被一区群众接去(素不相识,而是群众闻名赶驴去请),接树十余日。□□英雄陈凤鸣领导五个妇女学习织布传习技术。他如荣军模范杨振芳积极领导学校。二区于伯用,一区张荣辉,五区赵香亭、赵重勋,七区贾洛□等等,都积极组织拨工生产,成绩很大,工作都很主动!

事实教育着我们,哪里有英模发挥应有作用,哪里工作就活跃。

县领导机关的负责同志们,四四年大生产运动胜利所带来的自满情绪,与一九四五年所造成的工作的被动,开始被纠正。领导上必须自觉地掌握开展新英雄主义运动,思想领导与组织工作必须密切结合以激发广大群众的生产积极性与创造性,防止旱灾,向自然做斗争的正确思想,与正确领导路线开始树立。

二、新英雄主义运动的开始,与大生产运动的转机

四月二十号,我们发出了"旱象显露,紧急动员起来,适时旱种,向自然做斗争"的号召,并指示了各种防旱、防虫的具体措施,纠正了干部中麻痹大意与消极等雨的思想。

又提出了"纠正偏向加强新英雄主义运动的领导"的口号,并组织了县区干部精锐力量,加强县级英模所在村的领导,创造典型推动全盘。这是从"点"的突破,组织新英雄主义运动的开始,领导

与英模结合起来了，果然产生了极大的效果。

龙华铺异军突起，在合作英雄赵香□与全村干部努力之下，创造了"三不闲"——劳动力不闲、担水家具不闲、井不闲的拨工防旱办法。全村二十一个自然村按地形□成几个拨工分队，下面是自由组合的小组，按整地的程度、地块大小、水的远近，决定拨工的时间和人数，"死组活变"，"大拨工小集体"，争取"半天不调台"（不移地方之意）。普遍做到了家庭分工，留下做饭的、纺线的，其他所有劳动力都组织起来，男的挑水，妇女儿童□□□、按山药秧、抓粪、浇水、丢棉花籽，统一使水和使水的各种家具。又组织了抗属、干属、孤寡以及出外当长工家里无男劳动力的妇女、儿童纺线，和男子变工种地。纺线妇女也□小庄儿集体起来，白天纺线，夜间拐线，发动了纺线竞赛，用增加手工业的收入来防备旱灾。全村男女老少都动员起来了，种了八十亩棉花、三十五亩花生、四百二十亩红薯、二十亩□，技术推广小组又种靛一亩半，保证全村染料自给，特种作物播种面积占了全村土地百分之七十一。妇女纺线造成了热潮。赵洛良生活困难，两个姑娘每集纺三斤线，可挣手工钱七百五十元，解决了全家的春荒。十二岁的小姑娘坐着够不着纺车，垫上两个蒲墩，每天纺三两，一春天全村共纺了二千多斤线，组织了六盘机子织布。后来刮大风，刮死了四十亩玉米、一百一十亩红薯，全部挑水补栽上了。天气旱得厉害，又组织了担水浇棉花、浇红薯的工作。他们完全贯彻了组织起来精耕细作，防旱备荒的精神，获得了最优越的成绩。

四区葛存村首先组织了播种竞赛，挑水点种，起了带头作用。宋各庄、岭子南、孔各庄、南城寺、奇峰塔各村英雄都积极跟上去，宋各庄决心要赛过葛存村夺取全区第一的锦标。勾汉奎在薄沙地推广了二二〇亩花生、一八五亩棉花、二〇亩红薯、一二〇亩洋山药、七亩大麦、二亩小麦、二五亩麻、一亩靛，成了推广特种作物的模范。岭子南刘瑞新,则在打柴送粪、耕地胜利鼓舞之下,还要继续超过别人,保持以前的优越成绩。四区播种突击,狂热地掀起来了!

六区英雄杨友春组织了玉山铺、山神庙、大兴安三村的干部英模座谈会,交流经验。会上杨友春说:"大兴安有医药、门羊、养猪、纺织等合作社,比我们村发展得全面,只要拨工努一把劲,那就比我们强得多了。山神庙供给运销业务办得好,解决了贫民的衣服问题,合作社还赚了钱,办法高,我们应当学习。"山神庙、大兴安都说:"你们玉山铺拨工是强,我们比不了!"大家互相帮助检讨,互相提供如何提高工作的意见,会后并相约竞赛。大兴安回来积极整理拨工,拨工组发展到经常集体劳动的有一百一十人,组织了播种大突击。他们是紫荆关敌人撤退后新解放的村子,突飞猛进,全村干部群众都下定决心向老解放区看齐,非争取个模范村与培养一个参加县英雄会的英雄不可!他们带着充分的信心发起了和附近五个村庄的竞赛,这一个小区卷入了播种竞赛的热潮。

一区抓紧了白石港,赵润生、张荣辉两个拨工组首先发起了竞赛,拨工生产、不花伪钞、不搞破鞋、努力学习、改造懒汉,两个组逐渐发展成为五十四人的拨工队,盘了七眼井、挑水点种玉米。此外还创造了旱年耩谷的办法:离水近的秸沟子阴地,用土盖上再耩;离水远的,就用锄拉一个短沟用水浇两头,种两蔓,将来间一下苗就行了。这样干的结果,头下透雨以前,除山坡外全村还只剩二亩半地没有种上。白石港的生产搞得挺红火。区里带上白石港的拨工组长到上下邻村豹子峪、太宁寺去给他们做典型报告,交流经验,白石港的英雄们扬言"一定要把他们两村一担挑起来"(因为白石港村在中间的位置)。他们精神上受到很大刺激,豹子峪郭洛发自告奋勇,决心急起直追,老头子抖擞精神,亲自领导拨工组播种开荒,解决各拨工组的问题,不久就逐渐扩大成五十六个人的拨工队。大宁寺则一方面组织拨工，一方面充分利用水利浇地，提出秋后和白石港比庄稼的口号。刘家沟张春福也不服气："区里净说白石港好，难道我就不能将刘家沟组织起来？"于是带领自己小组八个人一天挑了十五个工的羊粪；又用帮助与感化的方法，争取了死不愿参加拨工的孙洛东，扩大了拨工组的威信。后来全村发展了八个拨工组，五十四个人，自愿成立了拨工队。

二区上黄蒿主村与副村比起劲来，三区则是突破坎庄与金家庄，把拨工的影响首先以事实拿给封锁沟外群众与干部看！

"点"的突破，配合以发扬模范，交流经验，大大地鼓舞了人们的情绪，铁的事实也在粉碎着畏难悲观或消极等雨的心理。只四六区七天完成了二二五五三点五亩马牙玉米播种，全县半个月内完成了棉花、花生、红薯等特种作物的播种计划。

天旱，没有旱住我们；大风，没有吹倒我们。依靠了群众的力量初步奠定了播种工作的基础，安定了群众的情绪，鼓舞起干部们的信心和勇气，严重的被动形势，初步转变了。新英雄主义运动的空气，一天天酝酿得高起来，各地英雄模范都在摩拳擦掌，为争取防旱备荒的彻底胜利而斗争！

可是上次特种作物和四六区玉米的播种突击，终于是在严重的被动形势下仓促举行的，山前播种还没有进行；渠滩管理还存在误工费水的毛病；许多拨工组制度还不健全；旱灾、虫灾、猪瘟、鸡瘟还在威胁着我们；有些英雄模范和村干部与群众的关系还有些问题，并没有得到彻底解决；有些英雄情绪还不够十分健康与饱满；新英雄主义运动在区村干部的思想上还没有彻底搞通，停止在自上而下宣传鼓动发□热情的状态之下；新英雄主义运动还存在着不普遍不平衡的现象；通过英雄模范把新英雄主义运动贯彻到广大群众中去，使广大群众都自觉地参加而成为广泛的群众性的运动还很不够。

三、新英雄主义运动全面深入地展开

为适应当前大生产运动的情况，五月中旬我们召开了区长联席会议，根据前一时期经验，彻底使干部认识了新英雄主义的伟大作用，详细讨论了新英雄主义运动发展的形势，具体研究了如何全面深入开展的办法。

我们当时的口号是："从点到面，从上到下，全面深入组织与开展新英雄主义运动，贯彻组织起来，整顿与发展劳动互助，彻底战胜一切灾荒。"

首先四区在县委书记直接领导下，召开了英模村干部扩大生产会议。会议的开始，县委书记同志报告了红军占领柏林、德寇无条件投降的胜利消息和当前的形势与任务。胜利大大兴奋了全体英模与干部，鼓掌、欢呼，人心沸腾起来了！龙王庙青年干部邢克山跳起大喊："妈的！希特勒这小子可完蛋了，这回心落到肚子了，光剩下日本鬼子还怕什么？中国快反攻了，大家加油搞生产吧！"这成为大会一致的舆论与信念！

会议进行到前一阶段生产工作的总结：全区二十一个村划分了七个小组，先开小组会，村推举代表报告工作，民主讨论互相检讨，选举小组内的模范村。小组会开得很热烈，互相提供意见，研究工作，大家都觉得到这里开会，提的经验很多，村子里的困难都找到了解决的办法，很感兴趣。全区推出葛存村、宋各庄、岭子南、南城司、奇峰塔、辛庄六个模范村，决定他们在大会上做典型报告，一方面介绍经验，一方面好使大会评判谁是第一。

典型报告以后分组进行大会评判，争论很热烈地展开了！有的说："还是葛存村组织的好，拨工灵活，制度健全，效率最高，应列第一。"有的说："葛存村干部闹不团结，送粪、耕地领导上放松，直到今天情绪上还不够高，老模范村闹这样毛病，确实不该，不如宋各庄。"有的说："岭子南过去是落后村，刘瑞新打去年冬天就加了劲，大家抱住团体，一扑心儿往好里办，拨工灵活，干部能做模范，打柴送粪，耕地播种，样样都比别村早，一点节气也没耽误，要按那村工作基础，进步最快，葛存村、宋各庄都比不上，应列第一。"有的说："宋各庄制度健全，有经常性，拨工自开春打柴始终没停，能和战斗训练与文教工作结合，妇女儿童广泛参加生产，组织统一，领导又好，应列第一。"有的说："南城司、奇峰塔、辛庄都是各有一长，别的不怎么样，选不选不吃劲！"有的说："一着先，吃遍天，南城司精耕细作有成绩，是耕三余一的最有效力的办法。奇峰塔，发展纺织，响应了工业品自给号召，四区那村还都没办，实在可以做个表率。辛庄积肥最注意，粪最多，谁不知道'种地不上粪，简直瞎胡混'，就凭人家这一着，怎么不值得表扬表扬！"后来又都检讨了他们的缺点，葛存村干部不该不团结，南城司、辛庄拨工不够好，奇峰塔抓紧农时上差，现在还有两户玉米没种上，辛庄别的工作都不大进步，决定把这些意见提出来，经大家认真热烈地评判之后，一致公举：宋各庄第一，岭子南第二，葛存村第三，南城司第四，奇峰塔第五，辛庄第六，最后大家又一致提出桑园、文海、尚庄工作太差劲，应提起他们的注意。

主席公布了结果，台下报之以热烈的鼓掌，情绪激动，舆论沸腾起来。当选第一的勾绍永低头笑，桑园等落后村干部低头不敢看人，一向沉静的葛存板着面孔，眉宇间流露着羞涩的神情，全体区村干部都在愉快地谈论。营安子抗联主任刘山提高了嗓子压住大家的声音兴奋地说："这个会收获大极了。谁能说不公平不合理呢！自己报告大家评判，省得说领导上有偏心眼儿！谁有经常性，谁进步快，就占上风，葛存村并没有买下第一，进步慢，就比别人要落后一点，这样干大家才有劲呢！谁都有盼望争取胜利，落后村岭子南努力转变，工作有成绩，得了第二，谁还是不能不服人家！这才使别的村脸红呢？我自己觉着有点臊，工作不如葛存村还可以原谅，为什么今天还不如一向落后的岭子南呢？人家辛庄、奇峰塔、南城司一着儿也都当了模范，人家那点特长，就得让大家佩服，这样做越干越有劲。人有脸，树有皮，五尺高的大汉子谁脸上没四两肉，在领导老百姓生产上落后，怎么称得起是'为人民服务的英雄模范！'"这席话好像是给总结会做了个结论。

尚庄抗联主任刘荣沉痛地说："我刘荣多年老干部，竟领导我村成了落后村，主要我自高自大，不负责任，看不起区级领导。"葛存也□□了自己有自满情绪，会议发展到大家反省整风，检查领导。

郝区长首先勇敢地揭发自己的缺点道："这一阶段工作不活跃，主要是区领导的不好。第一，我们光向村里要成绩，没有帮助村干部解决困难，没有成绩就闹态度；第二，工作不活跃，群众反映问题，不加考虑就相信了，特别是对落后村，轻易地就把村干部叫到区里来训一顿，批评非常不慎重，但却没有更好地给他们以具体帮助领导。这是我们的官僚主义，因此使许多村干部不高兴，情绪低落。"村干部见区长坦白承认了领导上的缺点，很受感动，青年工人邢克山一跃而起："责任还在村里，我村工作不好，主要还是我开了倒车。我脾气急，上级偏要我实行民主；我觉得工作难做，又见不当干部的做运销，赚钱很多，生活很好，越想，干着越没劲，觉得工作对自己没有什么好处。因此吊儿郎当，以这个方法使区里不满意我，好达到不当干部的目的。今后可不这样了，当个模范还是光荣。"

继续踊跃坦白承认自己错误，和直率批评区里的二三十人，此坐彼起，紧张地进行了二个钟头，中间不曾有一分钟的休息，因天气已晚，才被制止，出得门来莫不说这个小整风真是痛快。

在这种新英雄主义的热烈情绪之下,区长布置工作之后,大家自发地展开了热烈的竞赛,葛存村向宋各庄挑了战,决心夺回全区的第一,接连许多村庄都找与本村条件差不多距离较近的村庄彼此相约竞赛互相检查,大家带着紧张的情绪踏上了新英雄主义运动的热潮!

四区经验马上传播到各区,五区首先采用了这一方法,因为比较好的是新起来的村庄,村干部同英模的小组会上的争论认真而又热烈:大良岗不相信龙家铺的拨工与纺线数字,龙家铺要求共同组织检查团到实地检查,并且因为本村合作社没了棉花,要求良岗村社供给棉花试试他们的效率。有的村庄建议大良岗不能老大自居,怀疑和看不起人家;许家村对黄沙口拨工生产成绩,以及村干部利用拨工生产进行地头工作,不误农时也不大相信;黄沙口也请求许家村干部派人到黄沙口参加拨工组试验试验。经过大家争论与评定选出了模范村。一、六、七区也相继采用了这方法,召开了英模与村干部会议,新英雄主义运动全面热烈展开了!

甲:在干部英模群众热烈的情绪之下,创造出新英雄主义运动领导上的新方式。

第一,参观。

七区为鼓励大峪沟、泥瓦铺等模范村提高一步向龙家铺看齐,由区干部率领他们的村干部英模到龙家铺去实地参观,学习经验。参观后,大峪沟贾洛思很受感动,深刻检讨了过去的自满情绪,强调拨工有基础,领导上形成自流,回村之后马上召集干部会议,报告参观情形,介绍龙家铺经验。并以自我批评揭发了工作上的自满松懈,没有计划、没有检查总结、没有评判与奖励,新英雄主义运动在村里开展不够,村生产委员会决议提出"三克复"的口号:第一,克服自满情绪与工作上的缺点,按期订计划,干部分别参加各拨工组以自己的生产领导生产,定期评判奖励;第二,克服虫灾,发现一点消灭一点，保证庄稼不受虫灾；第三，克服旱灾，所有长出平地苗按时浇水，保证不能旱死。全村立即紧张起来，共计拔麦七十亩，五天内全部完成了收、打、晒、藏的工作；挑水点种了九十亩玉米，每块都浸了种；阴沟种谷，担水浇棉花；全村播种全部完成，没有旱死一颗庄稼。光是贾鸿春一个组零星打死地边草蚂蚱三升，搬仓老鼠十九个，獾窝两个，还捣毁了三十窠害鸟（斑鸠与麻雀），全村展开了做模范的竞赛。

第二，留洋。

四区君玉村、九源滩，与孔各庄挑战竞赛失败，君玉村和九源滩干部到孔各庄去留洋，由孔各庄村干部给他们讲解该村劳动力如何组织起来，儿童妇女先拔苗，然后男子清晨锄地、白天种稻子，四个滩一四九亩旱地是怎样完成的。君玉、九源滩两村干部也报告了本村工作失败的原因与缺点，接受教训，双方都互相勉励而散。

第三，认输。

四区各村挑战竞赛，后来由区评判。葛存村以大拨工小集体收拾完了稻地，并打了四十五丈护滩坝、防洪；高于别村，担水浇棉花一颗没旱死，妇女纺线二十斤，又新修了小磨合作，生产发展的全面胜过宋各庄。宋各庄勾绍永当场检讨了本村工作的成绩与弱点，服输。龙王庙，输给三义村。端阳节剧团到三义村演戏，开展文化娱乐工作，其他各村竞赛也都进行了评判，大家情绪更加饱满努力工作，努力生产！

乙：新英雄主义运动开展到群众中去。

新英雄主义运动的开展，使得各村领导干部开始自觉地掌握这一新的领导方法，大多数村庄都采用了发动竞赛奖励英雄的办法。如大峪沟当村生产委员会订出半个月工作计划以后，新制了流动模范牌，定了评判的日期，谁好奖给谁。结果贾鸿春的半劳动组共四个人，在半月中共拨工五十九个；每人都学会了埋雷；利用休息时间泡淋干子土制成五百支粉笔，供自己学习和学校使用；拨工还与除虫害结合。大家公认他们的拨工组坚持得好，天天集体劳动没有断过，是全村模范，奖给他们"模范拨工组"的光荣牌一面，边币一百元。另外赵洛化在他们的拨工组中最模范主动，先给旁人拨工，并亲自给抗属种了六亩地，大家公认为很好，也奖了"生产模范"牌一面，经小学生排上队唱着歌子，把鲜红的木牌给他们送去挂到门口上。这样一来，又兴奋了大家，每个人都尽力争取模范。宋福庆带领他们的组暗自使劲，以前的劳动英雄武洛柏、□济宽也不服气，更加了油，并当着大家说："下次非争到模范不可。"龙家铺在荣膺全区第一模范村以后，干部回村分别向全村群众传达，这是龙家铺有史以来第一次的胜利与光荣，是群众努力生产，应得的果实，群众都很高兴。大家计议起早、卖黑、不歇晌，挤出一天的活来，开个全村祝捷大会。那天大家都换了新衣服，院子打扫得干干净净，孩子们脸上有的点了红点，都吃了一顿好的饭食，像过节一样，庆祝自己的胜利。大会分小组检讨了工作，评判了优劣，并由村公所与英雄给了积极分子以奖金奖品，村长检讨了全村工作的优缺点，鼓励大家不要骄傲，团结一致，贯彻到底，并宣布了全村生产计划，各组之间亦都展开了热烈的挑战竞赛。群众都很高兴，很多积极分子都想："干吧！将来咱们也当个英雄！"村里的工作更加活跃起来。

县里鉴于英雄主义运动的新形势，决定要从领导上把英雄主义运动在群众中更加促进与发展起来，使之真正成为群众的自觉运动，就召开了区干部会议，布置了看齐运动。这一运动原计划的办法是以拨工组为单位，组员与组员间、组与组间、村与村间，互相检讨，民主评定优劣，并找出组内、村内、区内的最高标准，然后个人、小组、村庄自由定出向哪个人、哪个组、哪个村的标准看齐，发动相互间的竞赛。这样做的目的，第一是解决：最高标准易使一般群众望尘莫及、丧失信心，不足以使运动更加倍广泛展开的问题；第二是自下而上民主评定，以群众力量发现新英雄检定老英雄，使老英雄看到群众进步，更加努力，并得到群众的教育，密切英雄与群众的联系；第三是希望能从看齐运动中总结出前半年生产工作中群众的创造，以发扬光大指导下半年的生产运动。可惜这一运动布置不久，选举工作来了，青纱帐时期工作来了，县区村领导精力分散，形成自流，没有检查总结。不久反攻形势到来，领导机关与领导干部纷纷调动，这一工作结果如何，笔者无从知晓。不过我们相信这一方式是把新英雄主义运动普及到群众之中很有效力的办法，明年还可以试验与研究。

丙：落后村带来了新气象，新英雄主义运动波及县区干部之中。

四区桑园，在区评判会上受到大家的批评与建议，看到岭子南工作的进步与光荣，也深深受到感动，回去组织了五个拨工组，干部们都参加了，拨得也还活跃。可是第二次大会，自己的成绩还是太小，别人还是看不起。二次回村之后，不两天向区写了个报告："我们干部回来开了个会，大家认为实在太泄气，现已组织好四个失足分子，又扩大了两组，大家自愿地给抗属一人一合黄米，做粽子过五月节，并派人给医生送去五升。如有军人跟我村过，干部们不派饭，保证引到自己家吃上粽子。棉花，因为我村下了二指雨不浇了，现在突击种山坡地。区长！以后瞧我们的工作吧！我们一定争口气，希望你多来帮助点。"（报告原文，许多白字，都改正了。）干部们很积极努力，工作带来了新的气象。五区台底由落后村转变为模范村！七区赵岗也取消了落后村的不光荣的头衔。

全县日益澎湃的新英雄主义运动，其影响波及于县区干部，四区区长、抗联主任都和县实业科科长挑战，开渠治旱，筑坝防洪，看谁领导方法好、完成得快，输了以黄酒四两，鸡子十个，低头听取人家的经验为约。五区干部突击大播时，相互约定，不种完地不回区，人人都要以身作则，以生产领导生产，看谁有创造性、有新经验。可惜领导上对县区干部的开展新英雄主义运动问题未能自觉地加以领导，未能真正广泛持续地开展起来！这是一个思想问题，领导上只知反个人英雄主义，而不知引导干部的革命上进心、竞赛心，发动大家的革命英雄主义。这是一种消极的，而且也是官僚主义的领导方法。事实上证明没有革命英雄主义的发扬，个人英雄主义是很难克服的。这确实给了我们很大教训。

在全县新英雄主义运动之下，我们全部完成了播种、锄苗、防旱备荒的计划，虫灾、猪瘟也大致得到克服，取得很大成绩。五、七区因为生产工作主动，得住了春苗耪完了二遍之后，易县、完唐一带落雨，各村拨工队纷纷组织"远征队"到外县打短工挣钱，两区不下一千五六百人，于此可见我们已经完全取得了生产运动上的主动。

县里鉴于英模运动之发展，迅速总结前半年英模创造，集中起来，通过英模，贯彻下去，以进一步改进与提高工作之必要。在反攻前夕，召集了全县主要英模的座谈会，并布置了打蒿、秋收等工作。散会前，苏联参战，敌人无条件投降消息传来，县里号召大家坚持不论何种情况下的生产，英模们兴奋而去。以这一个会议与新形势的变化，使龙华新英雄主义运动走入一个新的时期。

这一阶段，在新英雄主义运动中，我们应该检讨的是在处理葛存村工作的问题上，只是偏重了生产工作，而对该村干部不团结问题的处理，领导上未能彻底发扬民主，真正展开群众的批评与自我批评，以至工作上存在问题未能得到彻底解决，村中一些干部产生了浓厚的个人间的嫉妒与互相攻击的个人英雄主义的毛病，种下了以后该村工作陷于消沉与失败的根苗。其基本原因还是由于领导上未能切实掌握革命英雄主义的原则，不顾及英雄的"个人脸面"（领导上这种看法就是一种个人英雄主义的出发点),亦未能让英雄向干部与群众自我批评,而某些干部间的嫉妒与不善意的攻击,亦未能加以教育纠正;有些县区干部则是看见英雄缺点,而大惊小怪,不从积极方面帮助纠正,只是消极的背地里责备,这是一种沉痛的教训。可惜当时领导上未能及时发现纠正,铸成后来工作失败的大错。

其他大多数的英模在新英雄主义运动之下,在本村群众与干部广泛的竞赛中,工作上都有很大进步,威信日高,新英模也日有增加,如六区大兴安村□锡瑞与马圈子吴森、泥瓦铺郝洛明等,都有非常光辉的成绩。总的方面说,绝大部分英模是在这一民主的群众性的运动中得到进步,克服了自满骄傲以及某些人的消极退缩的倾向。

四、英雄模范坚持了大反攻中的生产运动

反攻大进军的号召传遍了各地,大生产运动已经进入了打蒿、压肥、锄三遍、种荞麦的时期。

县区干部纷纷调动了,留下的旧干部情绪不稳,惶惶于进城;新干部则工作生疏,感觉无法下手。扩军征收,一连串的动员工作来了,领导上对于大生产完全陷入了自流状态。

生产情况也是不乐观的,"旱年蒿矮山草晚""柴缺割青乱又忙"正是当时极好的写照。拒马河两岸尤其火上浇油,大水冲毁了,或淤没了稻田,修渠道,除淤渣,排积水,拯救将熟的稻苗,又刻不容缓,在这种紧迫严重的情况下,英模们发挥了伟大的骨干作用。

他们正当从县开会回去之后,就连忙召集了各村英模举行紧急会议报告了英模座谈会的经验,传达了县里打蒿生产的布置。七区贾洛思说:"太平年是我们希望的,但必须多集肥多打蒿,明年五谷丰登,那才算尽了我们的责任。"六区吴森说:"鬼子完蛋了是咱们顶喜欢的事,可是越喜欢越该多打蒿多生产才是。"一五区的英模们则又在

会上提出了："打蒿优抗报答子弟兵。"各村英模动员起来了！他们自定突击周，自动发起竞赛，自动发起打蒿优抗运动，取得了优越的成绩，据不完全的材料：

龙家铺劲头最足，赵香亭回村之后，先召开了全村干部会传达了县里开会情形，又检讨了本村工作，表扬了模范干部与组员，确定计划发起竞赛，建立突击打蒿时期的制度，黑板报活跃起来，天天表扬模范批评落后。村主要干部组成"中心领导"拨工组，起核心与骨干作用，全村男女整半劳动力都组织起来了。张老康组与赵印乾组挑战起早卖黑，九个劳动力半月打蒿八万斤。全村男子一百二十多个共打蒿五十一万斤，妇女五十四个打蒿十七万五千斤，儿童二十三个打蒿十二万五千斤。半个月全村共打蒿八十一万斤，明年加上别的粪每亩平均可上粪八十驮，孤寡抗属也都参加了打蒿运动！五区在英模领导下，据三十一个村十五天的统计，给二百一十七户抗属打蒿二十五万零三百五十斤，群众自己打了九百九十四万三千二百四十斤。

六区在英雄们的领导下，据二十四个村的统计，共打了二百八十万四千一百七十斤，割荆条子六万六千二百四十斤，杀虫药四百一十七斤。

葛存村，在打蒿突击中偏偏遇上八天连阴雨，真是"墙倒屋塌房子漏""缺米（推不了碾子）无柴（打不了青柴）饭不成"。葛存与全村干部提出了"雨小就搬（搬石头），雨住就垒""先垒圈后补房，农闲之后再修墙"的口号，五天连阴雨就垒好了二十二个圈，四个蒿坑。天一放晴，先突击了没种完的麦子地，马上就组织了一切整半劳动力转入打蒿打青柴的运动，一百斤青柴顶一百五十斤蒿，拨工互助七天的工夫，全村打了二十六万三千多斤蒿，四万多斤青柴。

七区大峪沟十天突击打蒿十八万六千五百斤，贾洛思并在拨工组内讲宽大政策，动员大佛教坦白，收到很大成绩。

听说英雄们在秋收秋耕种麦中发挥了很大作用，龙华英模运动开展较好的一、四、五、六、七区都没有留一亩"生茬地"。一区白石港的英雄还组织两犋牛到易县城关新解放区去帮助秋耕。

在领导上完全自流的情况下，英雄模范以身作则，推动全盘，坚持了第三阶段的大生产运动。事实一再证明着新英雄主义运动的伟大作用！笔者那时早已离开龙华，写到这里不禁引起对英模们无限的钦敬与怀念！

五、主要的经验与教训

从两年来的新英雄主义运动中使我们深刻地认识了，当群众行动起来、组织起来的时候，力量是无比的伟大。而新英雄主义运动正是发动与组织广大群众提高其热情、积极性与创造力的最有效的办法，运动的本身也就是群众□□与创造力的体现。根据这个道理，所以我们可以肯定地说：哪里群众已经发动组织起来，哪里就一定有英雄在其中起骨干作用，所谓"世有伯乐而后有千里马，千里马常有，而伯乐不常有"确有道理。但是只要我们肯于深入到群众运动中去，听取群众呼声，我们就会发现英雄。所以如果说那里没有英雄倒不如说那里没有伯乐。在新英雄主义运动中，我们受了教育，个人英雄主义在工作中所产生的骄、急、忙、乱，依靠行政命令与包办代替，埋怨干部能力低，群众落后，都只有脱离群众，而招致工作中的损失。

新英雄主义运动的指导思想，必须是群众英雄主义也就是集体主义的而不是个人英雄主义的，这是两种根本不同的指导思想。

以群众英雄主义的思想指导新英雄主义运动，英雄是由群众中民主产生，而不是"钦定"。英雄的事业是群众集体的创造，而不能是外力加油打气的方法，把成绩扣在"英雄"头上，拔苗助长。奖励英雄是集体意义为主个人意义为辅，而不是只奖励个人，看不到集体。从英雄客观条件出发，保持冷静地批判，而不是奉若神明，或要

求过高,只看成绩不看缺点,只知奖励不知教育。英雄发生缺点与错误,应敢于听取广大群众真实的呼声,要启发英雄的自我批评,勇于接受群众意见,而不是顾及"英雄脸面",掩饰缺点,埋怨群众;也更不是看到一点缺点,大惊小怪,失望不满,或更继之以冷嘲热讥,丢弃打击。群众英雄主义的思想是以英雄的工作标准、生产标准去动员群众前进向英雄看齐,而不是培养突击的典型使一般人"望尘莫及",失去其带头作用。英雄名次的先后,随着工作的开展可以而且必然有所变化,而不是一时突击选举,赐以"封号"之后便成了唯一不二的正统;是勇于提拔已经过于突出而本村又有后继者,可以接续的英雄,出任干部,而不是长期保守,留着一个突出的典型来装饰门面;不是过分强调英雄的帮助别人并以此来向群众炫耀,形成恩赐,而是说明英雄与群众血肉相连的关系,号召群众学习英雄的先公后私、努力生产、互助友爱的精神,争取当英雄;不是越级领导,而是通过区村干部,加以指导与帮助;不是停留于对少数英雄的鼓舞与培养,而是开展于群众之中使群众向英雄标准来看齐,使英雄的标准得以普及;不是单纯自下而上的号召与鼓动,而是结合以自下而上的具体组织。

个人英雄主义思想与指导方法之下,领导、英模、群众三者之间必致脱节,英雄的骄傲自满,轻视村级领导,一有成绩个人居功,而故步自封、不求进步,只愿听奖励,不愿接受批评,产生浓厚的"虚荣",如此必然会引起村干部嫉妒、讥讽,以至攻击对立,并对领导表示不满。如此领导,如此英雄,岂有不垮台之理?常见谁领导的英雄,谁就偏袒他们领导的英雄,不愿让人说不好,正是这种个人英雄主义领导思想的真实反映。而从群众英雄主义的指导思想与方法出发,则英雄一刻也不敢离开群众,一切不能个人居功,要随着大家的进步,而自己更加进步,群众对领导也会感到满意,对英雄□是心服、口服,真诚爱戴。如此领导、英雄、群众三者密切结合起来,而使群众英雄主义运动经常持续。群众进步、英雄进步、工作进步，日新月异人才辈出，岂不正符合群众英雄主义之目的！

所以一切英模中所发生的问题，首先要检查领导思想与领导方法（包括区村干部在内），其次是英模的自我批评，最后才是群众反省（因为个人英雄主义的领导容易使群众发生偏见也以个人英雄主义的眼光去看英雄），这样一切纠纷自然可以水落石出。

从此得出一个清楚而确定的认识，新英雄主义运动，是群众英雄主义运动，是革命英雄主义运动，与个人英雄主义运动是有本质上的不同。它是民主的、集体的、群众自己的，是解放区人民在减租翻身之后，在生产运动中高度发动与组织起来的标志。

因此，新英雄主义运动指导方法应该是，从点到面，从上而下，又从下而上，由领导上自觉的掌握，发展到成为群众自觉的运动。领导者要善于根据运动发展的形势、群众的情绪与要求，连续地指导，反复地运用从群众中来到群众中去的方法，总结群众的经验去指导群众的工作，激发群众的情绪，发掘群众的创造。

具体地说就是突破一点，吸取经验，发扬模范，推广典型；发动竞赛认真检讨，实行奖励，民主评定。把这一系列的方法，结合起来，贯彻领导骨干与广大群众相结合的原则，团结积极分子，提高中间分子，争取落后分子；而落后分子的转变，反过来又鼓励了落后分子向革命的进取心，刺激了中间分子的积极性，也更加坚定了积极分子锐意进步的决心。所以开展新英雄主义的方法，必须是全部贯彻中共中央所指示的领导方法的精神，坚决地走群众路线，才能真正造成热火朝天的英雄主义运动。

所以，新英雄主义运动不是单纯的政治鼓动与发动热情，而是要有一系列的领导方法，组织实现，创造新的工作与生产的标准而使之普及于群众。它不是孤立的、突击性的工作，而是结合于各种工作之中的经常工作。不是单纯为了完成某一个工作，而是为发动与组织群众去完成一切革命工作。只有在人民自己的民主政权下，这种群众英雄主义运动才能真正展开而发挥无比伟大的力量。

如果真的把新英雄主义运动开展起来，在群众中生了根，那么只要领导上不犯错误，群众和工作都会不断进步提高，领导也就能建筑在真正的广大群众基础上进步提高。

（《晋察冀日报》1946年2月16日、2月17日连载）

争不"自由"

王子野

仿佛听什么人讲过以下两则故事：

某甲在街上行走，迎面来了一个不相识的人，当两人碰在一起的时候，那个人突然伸手劈脸打了某甲几记耳光。某甲拉着问他："你为什么无缘无故打我？"

"这是我的'自由'，你管不着。"嘻嘻一笑，扬佯而去。

某乙家里突然走进一条黑汉，不是朋友，也不是亲戚。某乙问："请教贵姓？"

"……"对方不答。

那黑汉在屋里东张西望，看见衣架上有一件新大衣，一把取下来披在身上就走。某乙拉着问："你为什么拿走我底大衣？"

"这是我的'自由'，想拿就拿。"理直气壮地回答。

★★★★★

你以为笔者在说"笑话"、编"故事"吗，那就错了。在咱们国家里只要肯把眼睛睁开来，哪里都有这样的"笑话"和"故事"。

当官的可以"自由"贪污，可以"自由"要捐要税，可以"自由"开支国库，可以"自由"引用私人，可以"自由"发布手令；带兵的可以"自由"克扣军饷，可以"自由"向老百姓要钱、要粮、要柴、要衣服、要破鞋，可以"自由"拉夫、抓壮丁，可以"自由"开枪杀人；大银行老板、大商人，可以"自由"囤积居奇，可以"自由"发"国难财"、发"胜利财"；特务可以"自由"骂人、打人、捉人、杀人；官家的报纸、通讯社可以"自由"造谣污蔑、挑拨离间；大汉奸、大伪军头目可以"自由"在政府里当上宾，可以

"自由"加委□；保甲长可以"自由"霸占民妻，"自由"强奸妇女……

啊呀呀，这么数下去不知要到那一年才数得完，姑且带住。应当可以明白了，我开头讲的两则故事是编造的，还是真有？许多人都在摇头叹息着中国的"自由"太少，我以为不然，中国就吃亏在"自由"太多了。

"'自由'，'自由'，天下几多罪恶假汝之名以行！"

在全中国高呼"自由万岁"的今日，我想做个不合时宜的呼吁：争不"自由"。

★★★★★★

在中国的确有一部分不"自由"的土地，那里没有以上那么一大堆的"自由"，而且严格限制这样的"自由"，正唯其如此，那里的人民才有真正的说话的自由、吃饭的自由、呼吸的自由、睡觉的自由、走路的自由、工作的自由、读书的自由，一句话，生存和发展的自由。

没有"自由"，限制"自由"，哼，这成什么话，为了这，不是很有一些老爷先生们叫嚷了好些年吗？一直到最近还在要求："中共军队驻在地内，……解除现有的一切限制。"

老实回答他：对于那种"自由"的限制是解除不得的。

二月十日

（《晋察冀日报》1946年2月17日，《每周增刊》第3期）

闲话"东北问题"

萧军

一、"东北人"

"东北人"这三个字的名词，不知是谁起头叫的，更不知是从哪一天叫起。大家伙如此叫，我们也就如此听，自己也就如此承认了。在起初，恐怕也并没有什么特别的"恶意"或"善意"，顶多也不过暗指指那是个"野蛮地带"，尽出军阀、土匪……或是"那里出产很富啊……"之类。自从"九一八"以后就不同了，"东北人"和"高丽人""犹太人"竟被列成了弟兄！若按"四海之内皆兄弟也"这原则来说，当然也无不可，不过在这里的含意却有点不同。记着我初到上海（一九三四年）偶尔和一位"上海人"闲谈，他半玩笑半认真地和我说："你们'东北人'不行啊！"

"为什么？"我摸不着他指的"东北人"是哪一点"不行"，只好虚心地问下去，"你指的是哪一点不行？"

"你看，你们把'东北'丢了，却跑到我们上海来住了，这证明我们上海人是厉害的……"

"是，是……"我能说什么呢？第一，我确是"东北人"；第二，也确是跑到上海来住了；第三，我虽然也可以为自己辩护一番，说自己当时既无发布"不抵抗"命令的大权，又无三十万大兵的武装实力，虽然当时在军队里当个小官，也曾建议把那部队的一点人马"拉"出去，但却挨了上级一顿臭骂，结果是大家纷纷而逃。……想到这里，觉得还是应该沉默的好——我那样回答了一句，于是就沉默了。

事有凑巧，一九三七年上海"八一三"以后的几个月吧，我当然又是跑到了武汉，竟又和这位"上海人"遇到了，而且他还约我到一家知名的肉馆去吃牛肉。吃喝完毕，竟忽然引起了一点报复的小感情，我用一根筷子，指着桌沿笑笑地问着他："还是你们'上海人'厉害呀？"

"为什么呀？"他有些蒙。

"看，这不是到了武汉吗？"

他怔了一刻，似乎才明白了我的"报复"。

"哎呀呀！别提了，现在咱们彼此一样了，哈哈哈……"

说完以后他那喝过酒的胖脸，竟由红而变紫了。

二、抚今追昔

又记得，当东北由□□苏联和东北人民把日本人赶跑前后吧，在延安我竟读到好一批重庆"要人"们关于"东北问题"的演说电稿，大致全是淋漓慷慨，在说明着他们一直是没忘（？）过"东北"以及"东北人"。其中有一位最"要"人，话说得最长，也最"沉痛亲切"，大意是说，他自从"九一八"以来，连吃饭、睡觉，以至××……全想念着东北的土地（！）、东北的人民……他的一贯"艰苦奋斗"，以至于伤风咳嗽……全是为了东北的土地（！）、东北的人民……这确是值得我们"感动"一番的。不过感动以后，人总是喜欢思量思量的，这也就是人和其他直觉动物不同的关键。

还记得好像这位"要人"在"九一八"以后也有过这样的演说："东北的丧失，×××不能负责，而且对于中国革命也并无损失的。"这种一刀两断，干干脆脆是把东北的人民、土地不算在中国范围以内，慷慷慨慨地捐给了日本人！这倒确像是"革命"的手段。就人民来说，这一"革"就去了三千多万，就土地来说，这一"革"就是××万方里，其余的只好算是"小搭头"，不能归于本账了。这对于他们的"革命"虽然不能算为损失，但是对于我们这小百姓，却吃不消了。仅就我个人来说，我的"家"就被"革"去了十几年！直到现在还是不能回去（理由见后）。想不到鲁迅先生早先所指的一类"做戏的虚无党"，竟寡廉丧耻堕落到如此的地步！

三、我的主张

几天前（二月十五日），正当《晋察冀日报》发表了《关于东北现势与中共对东北问题主张》一段消息以后，一位同志随便问我："你是东北人，对于东北问题有什么主张呢？"

"我有什么主张呢？……"我实在没有想这"主张"的问题。因为我清楚地知道，以我这样一个平常的老百姓，"区区"的一个文艺作家，在目前这军事、政治高于一切的中国，我的主张有没有，大概不会有多大关系，也不会有什么人注意。这并非看轻自己，这是实在的感情。但我在十几年前自己的一本书里，也确是有过一番主张的："……我们一定有全联合起来的一天，建设起我们自己所需要的政府啊！什么'前清''张氏父子'，什么'满洲国''国民党'……我们全不要他们。他们不是将我们当人看待着，他们拿我们做奴才……我们不想做奴才，也不想被日本兵赶跑、杀死……要建设我们'自己的政府'……"（《八月的乡村》一三九页《一个农民出身的司令陈柱发言》）

在今天来看这主张，当然有一点过"左"。就今天来说，除开"前清""满洲国"没有商量的余地以外，其余如"国民党""张氏父子"等等，这当然还有考虑的地方。但那必须要在人民"自己的政府"基本原则之下，而不再以人民为奴隶或奴才的前提之下，才能被容许吧。前面所引的那虽然是我小说里人物的话，当然也就是我自己的主张。在今天，原则上，我还是坚决地主张东北人民"自己的政府"这办法，但除开汉奸以及专门以破坏中国民主团结向上的流派以外，在政治上，不分党派，以及无党派，他们是全可以在那人民的政权下去工作。只要他们能够认真、切实、有效率地为人民做事，而不是想到那里去刮地皮，摆老爷架子，以及别有用心，另有打算……他们将全要被拥护、被爱戴、被尊敬……否则，无论是谁，就应该如东北人俗话所说"地豆子搬家，滚蛋出口"——这就是我今天对于东北问题的主张。

四、尾声

前面一提起"东北土地""东北人民……"以及自己的"家"……又看了几天来的报纸，就想起了一个近乎可悲的老故事：

相传曹操的二儿子曹丕，做了皇帝以后，还很恐惧和嫉妒他的弟弟曹子建，想尽各种方法要杀他。有一天，他竟命令曹子建于七步以内作成一首诗，否则就杀头。曹子建也确是不愧为"才子"，大概还不到七步，就吟成了以下这首诗："煮豆燃豆萁，豆在釜中泣；本是同根生，相煎何太急！"

这故事的真假，以及此诗是否子建所作，究竟用了几步的时间？……在这里且不重要，重要的倒是那"本是同根生，相煎何太急！"请翻一下二月十七日《晋察冀日报》第一版：《辽宁国民党军进攻东北民主联军，侵占盘山、台安等城市村镇四处》。标题后面是本文，里面载着进攻的日月、时刻、部队的番号、人数，以及进攻和占领的地名，我看这不会是"造谣"吧？如果属实，国民党军队这种"艰苦奋斗""杀、杀、杀……"的精神，可惜奋发得太晚了一点，起码应该在苏联红军未进入满洲以前，去到东北表演一番，也不愧是民族的好汉。如今进攻的却是东北的老百姓，勉强一点说，也还是你们的同胞，这行为就有点下贱得不要脸！东北人民是决不要这类豺狼来给自己的羊圈做卫兵的。于是我就又想起了那些"要人"们以及最"要"人们的演说:"哎呀呀,我的亲爱的东北同胞呀……哎呀呀,我的土地(!)我的人民呀……哎呀呀……"

一九四六年二月十九日夜　张家口

(《晋察冀日报》1946年2月21日)

记古北口古战场

田雨

长城要隘的古北口,向为历史上著名的古战场,这是由于它险要的军事战略地位造成的。雾灵山的峻脉横亘而过,在它的周围突起了兴开岭高地和军事制高点妈妈梁,南天门正屏于前,潮河滚滚环抱于侧,它显然给热河西南大门建筑了一道坚固的防塞。

古北口有一千八百口人,有平古铁路经过,并有公路可通承德和张家口,故又是关内外贸易及交通要道的重镇。往日的商业尚称繁华,但人民的生活并不富庶。全镇仅有□百□十七亩地,分布在山坡和黄土丘岗,公□又占大半,百分之七八十的人口没有土地。清朝时是"旗人无恒产",而自顽寇统治十二年之久,则不管旗汉,都是"无恒产又无恒业"。古北口的人民,十二年来务农无耕地,商业在封禁之下也逐渐日趋萧条,大多数商人都以行商小贩的方式生活。农民变成土木短工,他们的生活都是无固定的"行时"度日:春天到口外运粮;夏天扛锄跑到关内很远的地方打短工;秋来了,他们自己没有庄稼收□,又到处替人家收秋,或是挑着小担卖白薯、花生;整个的冬天他们只有普遍地打柴谋生。

但,这种最低的劳役生活,仍旧不能自由,赤着背背粮是禁止的,赶一条毛驴驮贩,更不允许。可是人都是要□着的,不管怎样,古北口的人总是立下誓:要"命顶命"□□□□东□□□老元第一个不顾敌人统治,到口外烂泥潭扛粮去,路上被敌人打断了腿;宋来印黑夜里偷着干被枪打死;人们不能生活,向外逃荒,同样在路上被打死。那里只有一条路,允许大家无偿地饿着肚子替敌人修兵营、修大坝、建造洋房。古北口的人民十二年来,□土篮子、换道垠、打石洞子,没有一天□过。不错,现在古北口是有着不少现代化的建筑,正如王镇长说的"这都是我们饿着肚子修的",在这些巍峨的建筑下,不知压着多少的白骨啊!

居住在这个商业交通重镇上的古北口人民,为什么他们的生活都是历来穷困不堪呢?我向该镇一个五十多岁的哈文轩,提出这个疑问。他说:"古北口是闻名的古战场,就是战争把老百姓的生活糟蹋□了!""那么你□讨厌这次古北口的战争吗?"我提出这个问题后,他的回答是:"不,我们讨厌的是找着打仗的人,□□破坏和平的人。明明已□和平了,我们古北口解放了,八路军好好在这里驻防,再有人来进攻,这自然我们是会反对。"古北口的人民对于在他们家乡里历代的战事,有着正确的看法。他们提起宋朝杨家将镇守古北口,都是赞叹的;对潘仁美为敌作伥,谋害忠良,无不唾弃。高子元老绅士曾是西北军的团长,他伸出大拇指来说:"杨令公第一,老冯第一,八路军第一。八路军转战长城数载,终于解放了古北口,这些仗打得对,这些战争对我们有好处。除此,朝朝代代的战争,给古北口人民实在造孽太深了!"战争的历史教育了古北口人民,使他们深切地要求和平,也□得了用自己的力量保卫和平。

也正是人民渴求和平的缘故,当停战令已下之后,十二月十二来自石□的国民党九十二军仍向古北口进犯时,当地群众即奋起帮助八路军进行自卫了。王子斧带领全镇木匠,一夜□好六百多□担架赶送前线。该站铁路工人组织了平道车,全体参加,开到前线昼夜不停地运送伤兵。古北口的儿童四十多人组织了慰问队,当伤员抬下之后,孩子们伴随在身边,给战士洗身上的血,替他们喂饭送水。男人们全体跑到前线抬担架运输伤员、物资,女人们□□饭,烧好水送到远距十几里的战场上,一担一担送到山头。许多的农民从战争的开始到结束,都始终参加下来,逃避偷懒的人很少发现,整个古北口的和平自卫战,人民是忠心拥护者,并实际参加了战争。人民胜利了,终于保卫了古北口,赢得了和平!

截至旧历年节，人民生活在民主政府领导下转入和平建设（但石匣国军仍不断□□）。我当地驻军协同区政府组织了战地善后安民团，已在各地调查灾难民及在战争中牺牲者，并□□四万多斤，进行救灾。驻军中借旧历年普遍展开拥政爱民运动，逐户检查群众纪律。在兴开岭一带作战时，□□□□□□都一律换发。一个战士因烤火不慎烧了西河村一间茅房，当检查出后，当即付还二十万元赔偿。兴开岭有许多户家在国军进攻时，拉走了毛驴、砸碎了家具锅碗和吃粮未给钱者，我当地政府都设法给了普遍的救济，群众得到救济和赔偿后，无限欢慰。古北口本镇，铁路站的工人也积极在修整机器车辆，准备交通复原；并建立了利民商店，民办合作社，他们从张家口办去大批盐、布货品，准备批发给小商，使失业商贩复业，繁荣市面。出口跑"运脚"的人，大批的自由活动了，经常有四十余头毛驴，很多失业的行商、木瓦匠、扛脚夫、打□工者，都陆续□□□地到热河产粮地带做起运贩。镇上的两个小学开学了，总计有三百上下的学生入校，镇上群众也成立了民办夜校。不久以前，古北口曾发动了复仇清算，在群众要求下三个战犯已被处死。总之，古北口各方面的和平建设工作，都在着手开展。

而另一个不幸的侧面，距古北口三十多里的石匣国军防地上，却不断在向古北口我军防地，发射出机枪和炮弹。当记者二月六日离开古北口时，挑衅行为，仍无休止：窑亭柳树沟的群众被打死者有三人，团部向石匣近村要了三十多人，使当地人民仓皇不安。古北口东□卡口的封锁，仍旧未□开放，致使古北口的物价犹在不断飞涨。和平后的古北口人民，要求这种挑衅行为的立即停止，极为迫切。（新华社晋察冀总分社通讯稿）

(《晋察冀日报》1946 年 2 月 22 日)

黎明前散记之一

陈稻

黎明前会有刹那的黯黑，但晨风和鸡唱都在启示着光明。

在我们这魑魅魍魉麇集的国度里，我们的祖先就给我们遗留不少关于鬼怪神异的著述，《阅微草堂笔记》《子不语》《虞初新志》《聊斋志异》……怕有那么好几十部，它使我们这些不能白昼见鬼的后辈了解鬼魅的行踪和它的规律。

鬼魅多数是害怕白昼的，它或者在太阳出来之前逞起最后的凶相，或者趁这黯黑的刹那，披上画皮，幻作人形。古人云："书鬼易。"写出这一刹那的鬼头鬼脑，聊备一格。

★★★★★

南方的一位将军说："……行营从未奉到辖区内有中共军队番号、驻地及驻军数目的通知，事实上在粤专扰治安者，仅系地方零星土匪，及伪军之残余，与逃亡之日军，其行动之任何方面观察，均不能承认其为军队，故本人实无法应中共代表之要求妄行承认此种败类为军队。"

北方的一位将军表示对打内战的痛心，说："我们是摇旗呐喊的奴婢听太太使唤。"

前者气焰咄咄逼人，大是勾搭上老爷的婢女或扶了正的姨太太的口吻。

★★★★★

"汉口妇女裸体游行""共产公妻""上五十岁的老头都被杀害"……已经是多少年前的老话，因为说得太奇离、太不近人情，没有人相信；说着说着就露出自己那副躲在指挥刀后面出卖人头的尴尬脸孔。

"机关、学校男女住宿，不但同屋，而且铺□杂处，一同打闹；摸摸逗逗，秽言秽语，实在是家常便饭。"说的好像亲眼见的一样，其实人们从这几句话里就看到说者的脸孔。

赞曰：造谣正统，叭儿衣钵，世代相承，千古难绝。

★★★★★

重庆医师熊克武被警局拘押四十多天，罪名是"抽大烟"；政治协商会议代表讲演后，沧白纪念堂门口两位青年被围殴，据说是"扒手"；重庆法国新闻处职员王琦被扣留半天，因为"服装不整"。查实：熊克武被拘前曾参加参议员竞选，沧白堂口被殴的青年曾在会场上发言，王琦乃是个木刻家。于是乎不抽大烟的变成了"烟犯"，从未偷人的被□为"扒手"，"服装不整"成了"思想不纯"的同义语。

诗云：欲加之罪，何患无辞，花样翻新，有此创举。赋也。

★★★★★

政治协商会议的成功是举国同庆的大事，同时却忙坏了"特"字号人物。哪儿有庆祝政协会议的集会，哪儿就有这些人物出现，抛石头、放爆竹，强当主席"申述民意"（某巨公给狂叫口号捣乱会场的雅号），横竖"奉有命令警察不得干涉"，干它一气，腰包里添五千法币。

虽然，赴会者痛感威胁，演讲人饱尝拳脚，奉令免庆的时代是永去不复返了。

★★★★★

但是"特"字号人物的嘴脸还是怪蛮横的：

"你干得好，老子正在拿你！"——将打李学民时这样说。

"民主你妈的，跟老子抬洋包袱的东西！"——骂李德全先生的话。

"妈的，你踩了我还诬人！"——打沧白堂门口那位青年时说。

"如果你□蒋主席报告星期日晨群众大会被捣毁会场的事件时，请你先看看这颗子弹。"——给中共代表周恩来的恐吓信。

写在纸上还如闻□声，吓得一些久遭蹂躏的人民闻声生怖，不过这些渣滓能存留多久呢？快到的民主浪潮就要把它冲刷掉。

正是：且将冷眼观螃蟹，看你横行到几时。

二月二十夜

(《晋察冀日报》1946年2月24日，《每周增刊》第4期)

马

郭光

四一年秋，冀中，反"扫荡"的最末一天，我们踢破敌人的"铁壁包围"，黄昏时候，跳过滹沱河南岸，到河北去。河水卷着尘沙，一条灰色带子似的驾着风扑啦啦地扯向苍茫的东方去。这个渡口，只有一只两头尖尖的小船，织梭似的来回穿摆着，静静的，只有船，繁杂细碎的脚步声和水花的荡响，而随着天色的渐转昏黑，这声响就显得扩大上来。轮到我们这队人上船的时候，它扩大得简直叫人讨厌了。

"老德，经心啊，天黑人又多！"岸上的声音，轻轻的而又严重的，接着一口公鸭嗓响在船头上："放心吧，谁像你，鬼子吃高粱米——有我甄老德，啥也没问题。"响得叫人说也不好笑也不好。我抬头一望，一个中流个光条条骨碌碌满腮胡子的老汉正自站在船头上，苍茫中模糊的眉眼下挂着个翘翘的鼻头，秤钩一样显得格外分明。只见他向船尾那浑身一丝不挂的精干青年一招手，喊声"来"，把铁篙斜刺里戳向水中，屁股向后一蹲，船就摇两摇，离岸了，再几蹲，船已飞过河心。

上了岸，天已全黑了，踏着松软的沙滩，看着北极星前进，蓦地一座村庄，迎头耸起，衬着乌蓝的天空，黑黝黝的从没见过这样的高，在那株随风摇摆的摩天树的后面，透过几颗早起的星在闪来闪去。村口墙根工事里，两个游击组员，一声不响地握着枪朝着河的方向。街上，冷清清的，没有一个人影，没有一点灯光，风吹来四野熟透的谷香，告诉人早是秋收的时节了。

队伍住下了。谁家大门里，一个孩子迎出来悄悄地说："同志，进来吧。"说着闪出一排小白牙。我们走进屋里，屋里黑洞洞的。房东女人一声不哼抓把柴草就要烧水，我刚要说不渴，蹬蹬蹬，门外进来一人喊道："点灯，点灯，同志们来了！"女人轻□道："点什么灯，招诱鬼子！"

"还招诱什么，北边的鬼子退了，刚才庄上的游击组来传报，咱们的队伍追下去了。河南的吗，我们的船不是给他们预备的！——点吧，没问题。"声音怪熟悉，特别是最响亮的"没问题"三个字。忽然，"擦"的一声，火柴燃着了。我顺着那只拿火柴的大筋暴暴的手向上望去，啊，正是甄老德。圆圆的两只小眼溜着光，嘴角左边咧着一道伤疤，苍黄的乱蓬蓬的胡须，好像更茂盛了，从左耳直扯到右耳。一身旧紫花布裤褂，点缀着几处补绽：有桃子形的，有梨子形的。他笑着对我们说："同志，你们坐着，水就开了。我把消息告诉别家队伍去。"说着，灯光一闪，他跨出门槛，蹬蹬蹬地走了。女人烧开锅水，站起来，浑身刮净，四十来岁年纪，笑着说："喝水吧，同志。"她伸手拿拭布要擦碗，小孩早把水端上来了，微笑着靠在我身上。

"叫什么？"我问。

"栓子。"

"多大了？"

"十二岁啦。"

女人笑着说："正上学哩！唉，这几年，若不是鬼子来折腾，日子更旺啦。共产党八路军治理得真好，就说我家那匹马吧，幸亏前年来添了几亩地，若不，怎喂得起呀！"

蹬蹬蹬，老德回来了，挟捆蒿子，扔在地上说："熏蚊子。"我急忙说："不用，不用，秋天了，蚊子没劲气。""不要这样说，常言说得好，七月里磨嘴，八月里伸腿，眼下还不到八月天，蚊子正要磨嘴哩!"他说着,蒿子已经点起了,一阵噼啪乱响,火焰过后,浓烟卷上屋顶,弥漫屋角,压下来,就有一股窒息的怪样的香味,热辣辣地钻进鼻孔,我夺门而出,老德也跑出来,大声说:"熏出来了!"于是,像蒿子燃烧一样爆起了一团大笑。

门外有人喊老德,老德向我们说:"你们该睡了,我到农会去,讨论明天收大秋。"他扭转身,蹬蹬蹬走了。

第二天,我们几个决定帮助老德收秋,恰好上级帮助群众收秋的指示也来了。老德听得这消息,死也不叫我们去,他说我们东挡西杀的累了,该歇息歇息。没想到我们在后面偷偷地跟着他,走到地里,他回头一看,突然他胸脯向上一挺,几乎跳起来,似嗔似喜地说:"你们真是……"

我松了口气,展眼扫过四野,四野是多少种颜色织成的图画。谷头藏在叶底下,荡漾在微风里,一条条像金黄色的狗尾巴;高粱头子涨得又大又红,扭着身躯挺向灰蓝的天空。百步不见人,但听得四野镰刀声、吆喝声。东天,太阳已冲开云层,为我们出来了。

镰少人多,我们有的是手,老德怕我们累着,独自在一头拔。我割得还不到五捆,衣裳已经沾湿满身了。强挺腰板,向前望去,尘雾中,老头子正向前钻,屁股后面静静地躺着六捆谷子。他抬眼看见我的狼狈相,跳过来,夺了我的镰刀,扔在地下,说道:"歇歇。"

太阳走到天空的东南角时,老德女人他们送饭来了。老德伸手胡乱抹两把嘴巴,哑着嗓子朝我们喊:"来,吃饭啦。"我们说:"不吃,家里做饭哩。"老德沉下脸来:"什么不吃,谁的你们不吃?"我们的小鬼连忙解释道:"老乡,不是单单不吃你的,我们帮助你们是应该的,我们从来不要报酬。"

"吃也是应该的。在我这口你们就得开开戒!"我知道扭他不过,只好吃了。多香啊,又细又白的麦面馒头。

太阳咬住西山的时候，谷子割完了。老德要我们回去，明天他套车拉。我们刚走到家，老德背上驮着结结实实的一大捆谷子回来了，都以为他是顺便带回来的呢。我们洗过脸，到伙房打来剩饭吃。刚吃罢，老德又背来那么一捆。"老德，你骗我们，明天套车拉，紧着背干吗？"我笑着责问他。

他惶惑了，卷着袖子只管擦脸上的汗水，忽然他大笑起来："就是骗你们。"这回我们得住理了，老德允许我们帮着背，可是明天才行。又得依他。

"为什么他放着马不用，偏要自己背呢？"我老半天解不开，我们一同去看马，马住在老德他们卧室的隔壁小屋里，正吃麦麸拌干草。它微微有些清瘦，只是肚子大，我问是怎的，栓子说："爹说要下小马了，爹心疼它，不叫它做活。"老德笑了。我问："这马多少钱买的。"

"个子没花偷来的。"

门外有人叫他，他向我一笑，说："农会有事情。"耸耸肩，转身走了。

我就问栓子，提到马，栓子兴奋上来，他说："鬼子来的那年，爹说还有一百多里地呢，可是中央军就退到俺村了。抓人翻东西，横糟竖闹的，俺家一口袋麦子留着过年呢，他们都给吃了。还拿小米喂马，粮食马粪混混着一摊一摊地摆了满院子。他娘的，我那只大母鸡正在窝里下蛋呢，一个抽武装带的小子硬去掏，我那鸡跳出来，一爪蹬在他脑瓜皮上，蛋也打了，咯咯咯地飞上南墙，不知道他们是生气了，还是紧着吃嘴？叫了几个家伙遥街串房捉我那母鸡，白当叫他们杀吃了！"他提口气接着说，"这还不算，临走，把俺家那小驴也牵跑了——同志，他们只住了半天哪……

"哼，他娘的，这股子刚走，又来了一股子！他们哪，张口就骂，举手就打，说白面藏到哪里去了。爹叫鞭子打得不敢哼声，娘跪下了，把我也扯着跪下了。那人满脸横肉丝，一道也不打弯，忽拉巴地抓住我脖子上挂着银子的小锁，一把扯去！那银锁是我干娘给我挂的，虽说是封建，可是值钱呀！怎么不把它藏了呢！咳，真是，他娘的！

"一会儿，爹溜出去了，老半天不回来，忽拉巴地吹起号来，他们像老鼠听见猫叫，胡乱抓起枪什么的，胳肢窝里一夹就跑出去了。忽拉巴地响了声枪，待了半天，爹摇摇摆摆地牵着匹马回来了。呀！爹半块脸都是血，爹把马拴在这棵槐树上，一边拴一边骂：'娘的，你打，你□不住我牵！'"

★★★★★★

两个月过去了。我们又住到老德家。已经霜降了，天气渐渐冷上来。老德不在家，拾柴去了，黄昏时候，我在操场正打球，转眼见老德背着像一垛毛毛草，低着头歪呀歪呀地挨过来。我喊他一声，他喘着气笑道："来——啦，走，家去，家里添了喜啦！"

我一时弄不清怎么回事，走到家里，老德推开马门，一股暖和和的混着马粪味的气息冲出来。正对门堆着一片木柴灰，朝里看去，一匹毛茸茸的小马扬着脖儿正吮它母亲的奶头哩，四只□蹄□的小脚，得得得得地站不稳。母马歪着清瘦的脖子轻轻地舐着儿子的小屁股。老德眯缝着眼对我说："看，这幅母子图，多喜人呀！"

说着，双手把小马抱起来，伸嘴巴蹭了蹭马肚子。母马起初瞪着他，随后也眯缝了眼。

★★★★★★

第二年六月初梢，敌人"扫荡"冀中正紧，好多重要村庄都被敌人占据了。

一天下半夜，我困乎乎地随部队进到一个小村里，躺下就睡着了。忽然老阎□急地把我推醒，说是村南打了几声枪，队伍拉到村边去了。我听了听，只有风声，出门一望，东天有些鱼肚白了，我回到屋里，撑着眼皮躺着。好一会儿，忽然一阵错落的人马脚步声，哨兵送进一个人来。我顺着灯光一看，不是别人，是老德，满脸土，左额角沾着两道乌黑的什么，鼻头上也突起着乌黑的一块。我心口一振，走近他，才辨出是津出来的血。我忙叫小鬼去请医生。

"啊，是你呀！"他扯起我的手，就朝门外拉，"你来看！"

一匹浑身火炭般的高头大马，尖起耳朵，两眼溜溜地转。

"哪来的？"

"不是你们的？……反正是咱们队伍上的！"

医生来了，到屋里给老德疗伤，医生一边包扎，老德一边骂："这马是我从日本人狼嘴里牵出来的！""今个大清早，我和栓子牵着俺家的小马走到村里，猛不吃地眼见这马□不是俺村的，我就认定是咱们队伍上的。我就喊，没人应，过了会，听见'叭'的一声，游击组打了一枪，接着响了好几枪。不响了，就听着村东口一片乱腾腾的脚步声，越响越近。我知道不好，忙打发栓子牵着小马到他姥姥村去，我牵起这马，就朝北跑，忽拉巴地后面'嘎咕嘎咕'，枪子擦着我的耳朵嗖嗖地飞过去了。这马一惊，跳起来，嘿嘿叫，曳起脖子，就往前窜。我老手笨脚的，哪里拧得过它，叫它拉倒了，怎也爬不起来。这马也不管是麦田是沟，只是窜着跑，我死劲地攒着缰绳，幸亏缰绳长，要不，准把我踩死了。可是我攒着攒着，眼看攒不住了，干着急没办法。哼，真好，它也栽倒了，后面也不打枪了，可是头倒晕晕地痛上来。……想不到在这碰上你了！"

"你那母马呢？"

"叫鬼子抢走了！"

窗外一阵风吹来，菜油灯抖了两抖。沉默，紧张的沉默。

老德似乎是感觉出不对头，故意提高嗓子说："老郭，你想什么？——有你们，日后打走鬼子，还怕俺们老百姓没牲口使吗？"。

我不知道对他说什么好？我的眼睛胀胀的、湿湿的……恰好开饭了，我盛碗饭，伏着他的肩膀，只说了四个字："同志吃饭！"

忽然，通信员跑来说有情况，接着村南响起清脆的两声枪，敌人来试探了。老德跳起来，骂道："追上来啦，我去看看！"一串蹬蹬蹬，叫也叫不回来。我急了，生怕他有危险，三步并两步赶出去，赶到村南阵地上扯住了他。他怪样地笑着说："不要紧，没事！"忽然，左边半截土墙底下工事里发出个低沉的声音来："你没枪，在这干吗？打起来了，还得照顾你！"我低头一看，是神枪手张二保。我看老德，老德像座泥胎，脸上一阵阴一阵晴，过一会儿，他给自己点了两下头，眼睛又亮上来。

东天，太阳快起来了，红被朝霞掀蔽了半边天，左右土墙下一个个的工事里趴满了人，从后面望去，好像都睡着了，动也不动，可是每个人的枪却端端正正地瞄向前方。忽然张二保那亮黑的眼睛向我闪了一下，低声说："过来了！"就是，两大串活动的黄橛橛，从前面那柏树林里移动过来了。老德也挨过来看，黄橛橛们的手急急地摆动着，散开了。

老德说二保："打呀！"

"……"

敌人脸面的轮廓都看清了，队伍由"一"字变成罗马字"U"字了，老德说："可该打了！"

"……"

敌人的眉眼都看清了，老德也急了，张开大嘴，才喷出一个"还"字，二保的机枪哈哈笑了，村左右两角的机枪也响了，眼看正前方的敌人就倒下五个，后面的转身就跑。

老德胳臂一抡"打得好！"跨过土墙，跑到敌人尸身边，捡起两杆枪，就往回跑，连跑连喊："大盖，大盖！"

可是敌人又翻回来了，几挺机枪掩护着，子弹像数不清的饥饿的飞蝗专找禾苗一样，不是飞过村去，就是落在村沿的地上，只有少数瞎眼的，才碰在我们守卫的土墙上。他们打得不能说不激烈呀！可是那些端着步枪的黄色动物们，显然谁也不愿意走在前面，有些简直是缩头缩脑的，若不是他后面那明晃晃的战刀不停地飞舞着、吆喝着，他们简直要躺下去，因为我们组织的射手的子弹，已经把他们走在前面的那些人打倒三个了。但是他们终于越来越近了。

"老德怎么不哼声了？"我双手架住枪，向老德一看，啊，不知是怒火在燃烧哇，还是为了什么，老德那黑□的眼睛血红了，他趴在工事里，瞄着枪，不哼不动，那副不自然的姿势，若在平时简直要笑痛人的肚子。

忽然"叭"一声，"看我的！"老德喊起来，就见最近的那个敌人，手一扬，栽下去，爬几爬，便兀自滚动着。这时，二保他们的机枪也叫起来了。敌人呢，曳起枪又退回去。忽然，老德滚身又出去捡枪，拦也晚了，从左前方飞来一颗子弹，打着了他的腿。我急忙下去拉他上来，还好，没伤到骨头，他喘着气说："不打紧，不打紧！"

这时，发现敌人转从东面过来了，并向北迂回呢，我们兵力单薄，应该转移。

路上，已经铺起淡红色的阳光了，老德一声不哼，咬着牙，躺在担架床上。我们送他到地下后方医院去，临走，他挥手说："不要结记我，好好地对付他们，对付那些强盗！"

担架隐进那片树林里了，而透过林隙，还可望见他那挥动的手。

（《晋察冀日报》1946年2月24日）

文　件

吴伯箫

　　这是一九四一年五月，敌人还没在南北侯贯安钉子（据点）以前，发生在冀南四分区反"扫荡"中间的一件事情。

　　青年连的指导员带彩了。枪弹打在右胸，鲜血透过紫花色小褂向下流，按上手去，便从指缝里流，无论如何也止不住。通讯员站在他旁边，想搀他起来，不想那样沉，怎么也搀不动。这个孩子还年轻，经历少，被这事吓□了，急得直跺脚，汗珠像雨点一样滴落。

　　"指导员，你忍着点，我背你回去，你需要上药呢！"

　　"不要！"指导员说话虽没有气力，但人是清醒□，也很镇定。"不要着急，也不要害怕。啊？"他伸手向左边口袋里掏出一卷纸来，声音轻□地，但清晰地□。

　　"你赶快回去，告诉连长说快一点转移！敌人就要上来了。"

　　"我不，指导员，还是我背你一道走。"

　　"不要管我，战斗要紧！"指导员的语气是恳切坚定的。

　　"要不，我和你□道在这里……"

　　指导员仿佛没听见通讯员□话，把手里那卷纸递□他，"这是连上的伙食账。司务长给我□，我没来得及还他，回去亲自交给他。说我看过了，叫他好好地工作。他是很辛苦的……"他稍稍喘一口气，又补充一句话，"这关系全连的生活，全连的战斗情绪哩！"

　　通讯员的眼泪扑簌簌地就落下来了。

　　"为什么不走？"

　　通讯员□僵了，在迟疑着："我不能走，指导员。"

　　"怎么，你没听见敌人的枪声越来越近了吗？你能一连打死三个鬼子,我知道你好,但是他们是八百人啊!还有马队。你一个怎么打得赢?……我又……"指导员的声音变微弱了。

沉默。——拂晓的旷野里吹着熟麦的微风。

指导员闭口闭眼睛,仿佛疲倦了,想休息一下,但忽而又振奋地抬起头来,看见通讯员还呆呆地、踌躇地站在那里:"你怎么还不走?"

"我——"通讯员泣不成声了。

"你不知道我没有力气吗?"指导员似乎生了气,"想想,我一个人要紧,还是全连的性命要紧,还是革命的事业要紧?……"

通讯员答应着:"嗯——可是?"

"可是什么?回去,这是我的命令!还是你的任务!"

这几句话止住了通讯员的眼泪,他要说话,又用力地咽下去了。——"敬礼!"那么一口严肃的姿势,充满了一种坚强的克制的力。——指导员的枪呢?口临走通讯员这样问。指导员的回答口简单的:"我的枪留下,我要把最后一颗子弹送给敌人,不能留给自己。"

通讯员毅然地走了。"多么好的同志口!"指导员望着他匆匆逝去的背影,自言自语地说。

指导员躺在道沟里,他脑海里掠过了这样一个信念:"口口,战斗,生活是多美呀,我多么想活!"

但是敌人的枪声和马蹄声却愈逼愈近了。

指导员突然举起他一直紧握在右手里的盒子枪来,想朝着敌人的方向,实际朝了自己的太阳穴扳了一下枪机,枪没响,这时他记起子弹早已打完了。他惊悖了一下,于是立刻把枪递到左手里,便用右手拼命挖掘泥土。手一用力,伤口便涓涓流血,手一用力,伤口便涓涓流血。很吃力,很口苦的样子,但是他紧闭着渴口要冒烟的嘴和着的锁着结的眉头,却显现出一种坚强的意志。

他把枪放在挖好的土凹里，略一沉思，仿佛想想还有没安置妥帖的事情没有，一霎，他猛然记起，便又用颤抖的左手从右边口袋里摸索出另一叠纸来，也急遽地按在放了枪的土凹里，然后困难地掩盖上些土，像了结了最后一件心事，两手一松身子重重地压在土上。微弱地喘息了一会儿，他昏死过去。不过一刹那他又清醒了，他用手指撕开衣服，更痉挛地用手指撕了撕伤口。伤口一撕，血便横溢地流出来。血流沾湿了泥土，湿透了他身子下的土凹，成了一片殷红。

最后一息，"来吧！我是胜利的……"像口里的嗫嚅，像意念的一闪，像神经的一个轻微的颤动，似乎有声，似乎无声地在空中荡漾着，愈荡愈缥缈，愈远。

而他纸白的脸上浮着的是胜利的微笑。

通讯员回到连部，连部恰好还有足够的时间转移。知道指导员挂彩了，连长一面准备战斗，一面立刻派了一个班交通讯员带着去救护指导员。临走，连长再三叮咛："无论如何，要和指导员一块回来。"

出发的人出发，太阳刚刚露头，太阳一竿子高的时候，北侯贯的一个老农民孙老汉颤颤巍巍的赶来了，打听出连长的住处，一进门就喊："我要亲自见连长……"声调里透露呜咽。

"老爹爹！"连长听见声音就赶忙从屋里出来，他感到有一种不祥的预兆，"有什么事要你老人家自己跑？这样人慌马乱的！"

"给！"孙老汉递给连长一个用手巾包扎得严严的小包，"人慌马乱？老命不要，我也是要来的。"——连部过去住过孙老汉的家，他是把青年队的小伙子当作子弟看待的，那是队伍的一位慈祥的老爸爸。

解开手巾，连长愣住了，脸色有好一阵苍白，半天□□孙老汉的手说："老爹爹，这是怎么的？"

"清早，看看鬼子过去了，我背着粪筐想跑回家去看看，不想碰见有人躺在我地边的道沟里，浑身是血。我当是谁，走近一看是指导员。我骂我的老花风泪眼，一定是看错了，可是待我擦干了泪，分明看见指导员要和我说话的样子。唉，还是那么善和！……"孙老汉的叙述，因为哭泣，有一霎中断了。"我向村里走，可是我这两条老没出息的腿，老是发抖发软，我喊六月他爹，我的喉咙又偏偏不听使唤！……好歹，来了人，把指导员抬起来。这不是，看见土凹里埋的这枪、这纸。纸都叫血浸透了……"他哽咽地说不下去，最后又挣扎着问道："连长，这可怎么好？"

文件，连长已经打开了，那是五月反敌人抢麦"扫荡"的作战命令，还有一纸支部的决议。他很感动，说不出安慰孙老汉的话。但是，终于是战争里久经锻炼的，他还是抑制了情感，说："老爹爹，住你的，吃你的，伤了还要你来照管！"

"哪里话，都为了打鬼子。"

"指导员呢？"

"我已吩咐家里装殓了，郭五的寿棺，我的寿衣，村里人都来帮忙了，就埋在我祖林的旁边，不要操心！只要把这个（指枪和文件）收下，还是领咱老百姓齐心打鬼子！"

"是，老爹爹，我要替指导员报仇！保护咱们乡亲！"

激昂、悲愤、肃穆，交织着南北侯贯军民的一片战斗的赤心。那一年这一带麦收是丰饶的，麦田里留下的是敌人一次次抢麦的惨败和反"扫荡"中敌人大批的伤亡。

（《晋察冀日报》1946年2月24日）

张家口和北平

杜导正

几个月来，北平国民党的报纸，污蔑共产党人，造成了一部分人，对于共产党的误会和成见。如果在八年前的由于人民的觉悟程度和交通的隔绝，倒容易受骗。但是在今天，这种情况却不同了。解放了的张家口，离北平只有几百里，人们常来常往，事情都看得清清楚楚。有一位大学教授说这样的话："国共两党的目前主张，我都看过了，现在不是比主张的时候，而是比行动的时候。"至于广大工人，贫苦市民他们更说不得什么党不党，主义不主义，他们只要求吃顿饱饭，谁能给他解决了这个问题，他就跟着谁走，也正如一群木器工人说的话"哪里有饭吃，到哪里去，不必宣传，不必造谣，还是比一比吧！"

"物价和生活"，这是北平广大人民最关心的问题。北平城内物价是："棒子面三百元一斤，洋布两千四一尺，不说养活一口人，每月生活费就得两三万，但是工厂至今没开工，到处都是失业的工人。""城内一小部分工人，总算有活做，可是工资都低得吓死人。枣林街印刷局工人，一天只得五百元伪币的工资；铁路工人经再三周折，四个月来，只能暂借到三两万元伪币；普通私营工厂，工人待遇稍好一点，一天除吃饭外，最高只能赚□四百元伪币，试问工人能不能活下去？"但是由于"失业工人太多，厂方把工资压得再低一点也是不敢吭声的"，不然就要失业。"我有一次有请掌柜的加几个工钱，掌柜说：'你要加请另找个主吧！'"物价这样高，找不到活做，怎么办？"另一部分人回家了，一部分人'跑车'（注一），一部分扛短，一部分只好喝粥，甚或沦为乞丐。"于是，"在天津法租界，我亲眼看到一个工人和他的老婆拖着两个小孩儿，沿门乞讨。""在北平，我亲眼看到我们的老电车工人领着穿着单衣的小孩，在工人宿舍勉强过冬。"也就"亲"眼见到好多机器工人愤怒咒骂自己。于是，好多机器工人忍着痛改了行，并说"就是好饭也不干这一行了"。以上都是北平工人讲的实事实话。

国民党统治北平刚刚五个月，使北平几十万工人、苦力、贫民，遭受了重大的灾难。人民心里全明白，这是谁给他们的不幸和痛苦。市民对国民党高度的不满。

张家口的"物价和生活"情形，北平人还了解得很差，但是"张家口东西贱，有工做，生活好维持"，这是全北平城，从国民党到庶民百姓，都共同相信的事实。凡是从张家口回到北平的人，就像有义务给北平人报告似的。有的说："张家口，吃啥啥便宜，用啥啥便宜，一斤小米二十元，一斤细白面四十多，只要勤俭，就保险有饭吃。"有的说："共产党对人好，特别是把工人看成第一，工人的生活待遇，比军人高一等，一天一顿白面，经常吃肉，穿得齐整，有工作，有休息，工钱又多，除维持自己一个人的生活外，顶少也能养活一口多人。"一个参加过张家口过年的工人回来说得更有劲，他说："张家口过新年，可热闹多了，数不清的秧歌队，不用说那个热闹啦！老百姓都乐得不行，过去哪有那么个世界啊！"这一点就连一个小资本家也都奇怪地说："北平是'国军'占的地方，张家口是'共产军'占的地方，张家口百货便宜，工厂都开了工，人人有活做，人民生活可以维持。而北平却是百货昂贵，工厂关门，人人失业，人民生活不能维持。想必是共产军比国军法子高明。"

现在，北平工人苦力到张家口或到保定一带做买卖，已成为一种浪潮，每天跑保定一带者不下五千人，跑张家口的不下千人。好多人临到解放区时，总有些苦力工人来找他，恳求地说道："我给你一块去，行不行？"对他答道："行。"问的人不放心，又问："不怕扣？"答道："可没关系，人可多啦！可热闹□！"于是一批批的人出来了。

东城一个某姓的十九岁的拐子，去过几趟张家口，他相信张家口帮助穷人，于是他恳求父亲道："我同我母亲去张家口，我去当八路，母亲去做工，张家口是会救活穷人的。"后因种种困难，拐子的志愿没有达到。像这样的事，在北平还只在开始，不少工人和贫民，今天已从自己的生活体验中，开始体验到张家口有温暖，正如很多很多工人背地里经常讲的话："北平不能活，去张家口去噢！"

北平的人民，对我们最大的怀疑是我们军队与人民的关系问题。这几个月来，北平国民党人动员舆论报纸，捏造事实，污蔑共产党"抓壮丁，玩妇女""劫抢商民"，加上从解放区逃来的汉奸、特务、少数顽固地主们有成见的宣传，所以当北平人来到张家口时，他们就特别注意八路军和老百姓的关系，注意八路军的每个细节。

到张家口的商人回到北平后，总是有一些人带着惊异而又相信的口气问道："你回来了，没有出岔吧！"回来的人答道："哪能出了岔，只要不带军火毒品，想干什么，干什么，没有人敢管。"人又问："那么八路军待人究竟怎样？"有的说："检查是为了维持人民治安。啥东西也得被摸一摸，不过，人家顶和气、顶规矩，不违背政府法令，就没有人阻挡。"有的说："全张家口的八路军和工作人，没有一个'跑下道的'（注二）。"有的说："张家口八路军公买公卖，老百姓都不怕军队，军队待老百姓好。"有的小商人说："张家口的人口比过去加了好多，街上很热闹，买卖人都赚钱不少，现在各字号正在计划扩大买卖。我一去，就看到张家口，不论军队和老百姓都有一种'火气'和'兴气'。"总起来看，今天北平还有一些人不了解张家口共产党和老百姓的关系究竟怎样，但是"张家口的八路军不打人、不骂人，和气规矩，老百姓安居乐业"的事实，却是很多很多的北平人已共同承认了的。

一个老教授和他的一位朋友，迈进了解放区，行至北安河旁，朋友的车子和一个八路军的车子碰到一块碰倒了，朋友没受到损害，但是八路军的车子倒摔坏了，八路军的枪亦掉在地上，沾满了土。朋友显出着慌的样子，因为他知道对方是军人，不被打骂至少亦会受到责备，可是事实完全出乎他的预料，八路军不但没有生气，慢慢地扶起车子，擦了擦枪，笑眯眯地说了一声"没关系"走开了。朋友惊异地呆了半天，然后才连声谈道："不同！不同！八路军原是这样。"

是的，八路就是这样。这在解放区被解放了的老百姓和八路军看来，是很应该的，很平凡的，但在国民党统治下的北平人看来，那就是神奇的了不起的故事。今天的北平城，类似这样的故事，已经传开了一些。

八年前，国民党人统治北平十数年，北平城已被统的死气沉沉，奄奄待毙。国民党人究竟怎样，北平人民已经体验到了，也看透了，今后还要体验。至于对共产党人，随着形势的发展，北平人将有更多机会体验共产党的主张，特别是体验共产党的实际行动。然后北平人将根据自己的体验，决定选择谁、拥护谁，任何统治和造谣污蔑都是无济于事的。因此，我劝北平的国民党人在今后还是少造些谣言，多拿出主张，特别是多拿出实际行动来比一比吧！

注一："跑车"，北平人称到保定、张家口做买卖的，为"跑车"的。

注二："跑下道的"，北平人称逛妓女院，为"跑下道的"。

（《晋察冀日报》1946年2月24日）

泰安城的悲哀

《新华日报》特派员　李普

前天记者冒着被伪军射击的危险,攀登泰山脚下的五贤祠,俯瞰伪军盘踞的泰安城。五贤祠是抗战前冯玉祥将军抗日受阻读书养性的地方,从泰安车站走过去约有六七里路远,大部分在城内炮楼上伪军射击距离之内。不久以前,就曾有八路军的战士在这里受过伤。站在从前冯将军卧室的旁边,从望远镜里看出去,泰安城城墙上排列着整齐的红垛子,衬着远山和太阳,的确可以说是美观得很。敌人投降以前,泰安城墙上是没有垛子的,这是敌人投降以后伪军头子宁春霖的"成绩"。他这样大兴土木的打算如何?凭什么有这些打算,是喜剧呢,还是悲剧呢?

让我们说一个小小的笑话,这是一件事实。有一次有一个人叫洋车到伪政府去,走了好一段路,车夫忽然想起来,问道:"先生你到哪一个县政府?"原来这小小的一座泰安城里,县政府竟有八个之多。泰安、新泰、莱芜、蒙阴、肥城、东阿、东平、平阴等八个县的所谓"县政府",现在都集中在这里,城内的伪军便是这八个县的伪保安队。原来在敌伪统治的时候,这是所谓"泰安道尹"的所在地,管辖着这八个县。敌寇投降以后,奸伪们屁滚尿流,其他七个伪县政府带着各县伪保安队,集中到这个"首府"里来。不知道伪道尹吴仲轩从哪里弄来个名号,把这些保安队改编为所谓"山东省防军暂编第一师",自己当起师长来。这时候有一个姓张名辉的,自称从重庆来,名义是所谓"华北先遣军第五路副司令",至于总司令其人,便是臭名昭著的伪第三方面军总司令吴逆化文。张辉□自称是军委会来的,一来就挖吴仲轩的墙脚,把泰安保安队朱茂轩,改编成为第五路军第四纵队，任朱为纵队长，阶级等于旅长，可谓连升三级，平阴、肥城两县的保安队长也连忙投奔济南，领得所谓山东行动纵队第八、第十一纵队的头衔回来。

记者在有一次的电讯中曾经报道过一句很有趣味的民谣，《老残游记》上有一句话描写济南说："三面荷花一面柳，一城山色半城湖"，现在济南的老百姓把它改为："三面八路一面匪，一城司令半城兵"，后半句对于泰安城也是十分确切的。现在城内伪军号称一万多人，但是逃亡得非常厉害，虽然伪军头目们戒备十分严密，据记者调查所得，逃亡的伪军最近两个月来至二十日已在两千人以上。有的是冒死从墙上吊下来的。三天以前，记者便曾亲眼看见两个逃亡出来的伪军班长，出了一身大汗总算逃出来了。他们很快乐。

且说泰安城内，当小头目们纷纷号称司令的时候，现在的主角宁逆春霖还没有出场。他现在是国民革命军新编第五路军副司令兼泰安警备司令。此人从"九一八"后就给大汉奸殷逆汝耕组织军队，后任沈鸿烈省政府的山东保安副司令，抗战后投敌为吴逆化文伪三方面军副司令，他是光杆儿到泰安来的，一个人也没有带。那些头目们虽然拥戴他，他却不能完全控制他们，何思源省政府派了个明广谱当泰安县长。宁对张辉大吃其醋，这也是意料中的事，便和明广谱联合一气，反对张辉。张辉见势头不妙，匆匆大肆搜刮了一番之后，逃之夭夭，据说现在济南。至于那位伪道尹吴仲轩吴老爷呢，也早在张、宁来到之后溜之大吉，听说现在也在济南做寓公。

据城内和近郊的老百姓说，鬼子投降以后那个月中，甚至比鬼子在这里八个年头中还要难过。每亩产粮一百斤的田，宁春霖们在几个月之内要过三次粮，每次二十斤，一共是六十斤，过旧历年之后，又要八斤，再加上棉衣费一万二千五百元，这还是报得出数来的。伪军们进门，照例加要一倍，以饱私囊。凡是方便带的细软家私，见到就拿，如好一点的被面之类，也顺手撕下来带走。此外，要柴火、要面粉，零零碎碎地要穿的、吃的，这笔账就更没法算了。何以这几个月伪军们比以前八年敌伪联在一起还要刮削得凶些，记者起先也很疑惑，原来以前敌伪统治的区域大，凶手们分驻各县，现在集中在一起，同缩于泰安一城，一切的压榨都加在这小小的地区的少数人民身上，这事情不是明显得很吗？

泰城人民的苦难还不仅在这里。敌寇投降，宁春霖来到之后，以政府的任命为护符，企图加强城防、苟延残喘，勒派附近老百姓拆除城外东南角的模范监狱，修筑城垛，加厚城墙，增修八个炮楼，十几个地堡，又在城墙上修了几十座守卫房，挖了一道交通沟，约长五六里。城墙下面又挖了一道壕沟，城内各巷口都构筑了工事。在伪军们的皮鞋和枪托之下，男的、女的、老的、少的，运砖块，挖泥土，把这座罪恶的野兽的巢穴修筑起来。记者小时候曾听老年人叹息着讲述过长城和运河的悲惨的故事，如今万万想不到在这八年血战胜利之后，在这庄严的泰山脚下，我竟亲眼看见受过更深的苦难的人们，听他们跪下来哭诉，跪下来喊冤，更亲眼看到凶手们仍在耀武扬威。模范监狱是用红砖修起来的，老百姓叫它做"红房子"，这就是泰安城上的鲜艳的红色的来历，这是浸满了老百姓的血的。

济南执行小组来泰安三次，每次都有无数的老头子、老太婆跪下来向他们痛哭，当他们走过的时候，还远远地跟在他们后面拜。一个老头子老泪纵横，抓住雷克上校的手说："你要救我们啊！你要救我们啊！"除了奸伪之外，谁无恻隐之心，哪个能不流泪！

不仅老百姓痛恨伪军们，伪军的头目们也有许多不满他们的头目。伪军下级士兵的生活，其实也痛苦得很，济南小组于十三日来泰，曾进城会见宁春霖，谈到允许老百姓自由来往时，宁春霖竟悍然拒绝，他自认不讳说是如是一来，他部下的士兵会要跑光了。记者当时也在座,我想他还有一句话没有说出来,就是如果可以自由出来的话,可能跑的老百姓也要跑光了!这座小小的城内,有多少人热望着救援,有多少人盼望着出来啊!

记者离开重庆时,政协会议正在开会,等我从临沂回到济南,会议已经圆满闭幕。泰安城外的士绅们和济南委派的泰安车站上的朋友,把我当作新闻人物,一见面总是首先问我关于解散和惩办伪军的问题。我告诉他们原则上已有决定,但是当他们追问到什么时候办和怎么样办的时候,我便只有苦笑,而无言可答。特别是对于当地的一般士绅和一般的老百姓们,使我苦笑也笑不出来。我能安慰他们吗?我能叫他们再耐心等一等吗?尤其是当我在泰安停留了将近两个星期之后,我知道了宁春霖部几次出城抢粮和射击八路军与老百姓的事件,甚至在二月十四号那天,济南执行小组来了以后,宁部还出城抢粮,打伤了一个老头子,老头子满身是血,我亲眼看见了。我又曾骑马到出事地点察看了当时的情形,我还能说一句轻松的安慰的话吗?苦难的人民的要求是快些、快些、快些!不在水深火热之中不知道水深火热之中的人民的痛苦。每天每天,他们好容易盼到太阳落下去又好容易盼到太阳爬上来。作为一个记者,我所能做的只有把他们的呼声和热望报道给重庆的政治家们:请你们快些救救他们,请你们快些,快些再快些,那是度日如年的日子啊!

二月十六日

(《晋察冀日报》1946 年 2 月 26 日)